유령의 시간

유령의 시간

김이정 장편소설

교유서가

· 이 책은 2015년에 출간된 『유령의 시간』(실천문학사 刊) 개정판이다.

차례

프롤로그 007

노란 택시를 타고 온 손님들 011

새우 양식장 031

영석이네 057

흔들리는 것들 075

화투점 104

다시 길 위로 130

산12번지 시민아파트 159

해방촌 179

지우 220

사회안전법 240

유령의 시간 260

에필로그 284

개정판 작가의 말 290

초판 작가의 말 293

프롤로그

거리는 온통 잿빛이다. 페인트가 모자란다는 도시는 시멘트 색깔이 고스란히 노출된 아파트 건물들 탓에 음울하고 무거워 보인다. 콘크리트 속 철근이라도 녹일 듯 한여름 햇살이 아파트 위로 사정없이 쏟아진다. 창문이 열린 아파트 건물들이 정면으로 늘어서 있다. 고려호텔 13층 27호. 에어컨의 찬바람을 견디다못해 긴팔 카디건을 덧입은 지형은 짐도 풀지 않은 채 창밖을 바라보고 있다.

창광상점이라 쓴 파란색 간판이 내려다보인다. 진군이라도 하듯 잔뜩 힘이 들어간 글자체가 이국의 문자처럼 낯설다. 결사옹위, 자력갱생. 호텔로 오는 길에 보았던 붉은 글자들이 떠오른다. 건물마다 써붙인 구호 탓에 환청이 들려오는 것 같은 도시, 서 있는 곳이 평양 한복판이라는 사실이 도무지 믿기지 않는다. 마지막으로 남북작가대회 작가단에 끼게 된 건 아무래도 꿈 덕분인 것 같았다.

연노랑 꽃무더기가 햇빛을 받아 환하게 빛나고 있었다. 잎이 얇은 꽃잎들이 무리 지어 바람꽃처럼 살랑였다. 잎맥이 훤히 드러나는 눈부신 꽃무더기에 넋이 나가 있을 때, 전화벨소리가 요란히 울렸다. 잠을 깨운 전화는 작가대회 실무를 맡은 시인 김이었다. 결원이 생겼다는 소식이었다. 추첨에 떨어진 후 지형은 그에게 전화를 걸어 혹시 결원이 생기면 꼭 연락을 달라고 부탁했었다. 그는 시간이 촉박하니 방북 서류를 서둘러 준비하라고 말했다. 전화를 끊고 나니 노란색 꽃무더기가 생생히 떠올랐다. 그후로도 몇 번이나 불쑥 노란 꽃들이 생각나곤 했다. 꿈을 꾸는 즉시 곧 잊어버리는 지형으로선 몹시 드문 일이었다.

한 여자가 땡볕의 거리를 걷고 있다. 분홍 치마저고리 차림의 여자가 양산도 없이 아이스크림 가게를 지나 창광상점으로 들어간다. 시간이 뒤엉켜버린 가상의 도시에 들어온 기분이다. 어디선가 투구를 쓰고 창을 든 전사들이 몰려올 것 같다. 찬바람이 맹렬히 쏟아진다. 지형은 관자놀이를 지그시 누르며 다시 고층의 아파트 숲을 바라본다.

고려호텔에서 마주보이는 아파트라고 했다. 그들이 3년 전까지 살았던 집, 특별한 일이 생기지 않았다면 그들은 지금도 그곳에 살고 있을 것이다. 지형은 맞은편 아파트를 한 집 한 집 바라본다. 흰 와이셔츠를 말리는 12층 저 집일까. 빨간 화분을 내건 7층의 두번째 집은 아닐까. 어쩌면 베란다에 흰 나무 창틀을 깔끔하게 만들어놓은 5층의 마지막 집인지도 모른다.

지형은 막막해진다. 고려호텔에서 마주보이는 아파트는 한두 동이 아니다. 아니 고층아파트들이 삼나무숲처럼 호텔을 둘러싸고 있다. 동서남북 방향조차 구분이 되지 않는다. 게다가 건물 벽면이 꽉 차게 파크빌이니 캐슬 따위를 써넣은 남쪽과 달리 아파트 이름조차 눈에 띄지 않는다. 지형에게 그들의 소식을 들려준 탈북민 최도 아파트 이름은 알지 못했다. 고려호텔 맞은편 아파트라고만 했기에 호텔에 가면 그곳이 보이리라 생각했을 뿐이다.

그들을 찾는 것은 불가능해 보인다. 여기서 아무리 소리를 질러도 그들에게는 지형의 목소리가 들리지 않을 것이다. 아니 그 어떤 것도 가능해 보이지 않는다. 호텔에 도착하자마자 제일 먼저 들은 말이 개별적으론 절대 호텔 밖으로 나갈 수 없다는 것이었다. 점심식사 후에도 집행부는 두 번이나 더 강조했다. 이곳에 머무는 엿새 동안은 늘 단체로, 예정된 곳만 방문하게 될 것이라 했다. 어쩌면 혼자서 거리를 산책할 수 있을지도 모른다는, 산책중에 그가 선생으로 있다는 대동강변의 대학을 발견할 수 있을지도 모른다는 기대는 순진하기 짝이 없는 생각이었다.

    지형은 다시 잿빛의 아파트를 바라본다. 한 사내가 그토록 그리워하던 사람들이 살고 있다는 집을, 지형은 이곳에 머무는 단 며칠 동안만이라도 바라보며 그 사내를 생각하기로 한다.

노란 택시를 타고 온 손님들

 새우 양식장은 네 개의 호지로 나뉘어 있다. 경지정리가 잘된 논처럼 네모반듯한 호지 사이엔 긴 둑길이 뻗어 있고, 그 한가운데에 섬처럼 사택이 들어서 있다. 모래가 많이 섞인 길은 유난히 흰빛이다. 소금기 때문에 이파리가 붉게 변한 달맞이꽃과 마른 솜털을 갈대처럼 바람에 휘날리는 뻘기 군락, 키 작은 함초, 나문재, 메꽃 따위의 해안 식물들과 대비를 이룬 둑길은 현기증이 날 만큼 희게 빛난다.

 사택 평상에선 둑길이 한눈에 보였다. 평지보다 높은 길 위로 누군가 불쑥 들어서고 있었다. 처음엔 검은 막대처럼 보였으나 가까이 다가올수록 사람의 형체가 또렷해졌다. 해의 방향으로 보아 우편배달부가 올 시각이었다. 흰 둑길에 가르마라도 타듯 다가오는 검은 자전거는 우편배달부가 분명했으나 늘 오던 키 작은 중년 사내가 아니었다. 자전거 위의 상체가 오른쪽 소나무숲을 찌를 듯 삐죽 솟아 있었다. 드디어 사람의 윤곽을 알아볼 수 있을 만큼 다가왔을 때였다. 자전거가 갑자기 비틀거리더니 넘어져버렸다. 우편 가방도 바닥으로 함께 떨어졌다. 지형은 넘어진 남자가 몸을 일으키다가 다시 주저앉고 나서야 벌떡 일어났다.

"우체부 아저씨가 넘어졌어."

지형은 집안을 향해 소리를 질렀다. 사무실에 있던 아버지는 물론 설거지하던 엄마까지 뛰쳐나왔다. 아버지가 넘어진 남자를 향해 달리기 시작했고 엄마도 흰 앞치마에 손을 닦으며 뛰어갔다. 평상 위에서 지루한 소꿉놀이를 하던 지형은 동생들을 데리고 달렸고, 숙제를 하던 지석도 연필을 던지고 뛰어갔다.

출근 첫날이라 자전거가 서툰 청년을 아버지가 일으켜세우고, 엄마는 쏟아진 우편 가방을 챙겼다. 지석은 제 키만한 자전거를 끙끙대며 바로 세웠다. 기름이 검게 묻은 체인이 톱니를 이탈해 있었다. 지형은 동생들과 함께 흩어진 우편물을 주웠다. 식구들의 얼굴이 생기로 반짝였다. 손님 하나 없이 햇살만 하얗게 부서져내리던 양식장은 낮잠이라도 깬 듯 활기가 넘쳤다.

동네와 떨어져 있는 섬 같은 사택을 가장 자주 방문하는 손님은 우편배달부였다. 아버지가 일간지는 물론 어린이신문과 엄마를 위한 주간여성지까지 받아 보게 한 것은 적막한 집에 우편배달부라도 자주 오게 하려는 의도였다. 신문은 고립된 양식장에서 바깥세상의 소식을 알 수 있는 중요한 통로였다. 자전거로 한 시간이나 걸리는 면 소재지까지 돌아가기에 너무 늦거나 비가 오는 날이면 아버지는 우편배달부에게 저녁을 먹이고 하룻밤 자고 가도록 방을 내주곤 했다.

우편배달부 청년이 복숭아뼈에 빨간약을 바르고 옥수수까지 먹은 후 자전거를 끌고 돌아가자 아버지는 편지를 들고 안방으로 들어갔다.

"손님들이 온다네."

아버지가 면도칼로 깔끔히 봉인을 뜯은 편지를 든 채 중얼거렸다.

"누가 온다고요?"

감자 껍질을 벗기던 엄마가 다가왔다.

"일본에서, 장 서방댁 말이야. 애들이 방학을 해서 장 서방만 빼고 다 서울에 온 모양이야. 다음주 수요일 날 온다는군. 언제부터 한번 오겠다더니."

"그래요?"

엄마의 목소리가 갑자기 흔들리고 얼굴엔 그늘이 졌다.

"제주도 있을 때부터 한번 온다 했잖아. 어려운 사람 아니니 걱정 마."

아버지의 헛기침이 이어졌다.

"그래도 처음인데."

"걱정 말래도. 까다로운 사람 아니야. 어릴 적부터 나를 큰오빠처럼 따랐고, 누구보다 당신에게 고마워한다니까. 분명히 당신도 좋아할 거야."

"아버지, 누가 온다는 거야?"

지형은 궁금증을 참지 못하고 물었다.

"응, 친척들. 언니 오빠들도 같이 온단다."

"정말? 우리도 친척이 있어?"

친척이란 말에 지형은 가슴이 두근거리기 시작했다. 지선은 지우와 손을 맞잡고 뛰고 마루에서 팽이를 깎던 지석까지 얼굴이 환해졌다.

최씨 집성촌인 소황리에서 지형의 가족은 이방인처럼 살아왔다. 촌수에 상관없이 서로를 '삼촌'이나 '고모'라고 부르는 사람들 틈에서 지형은 한 번도 그런 호칭을 쓰거나 들어본 적이 없었다. 그런데 친척이 있었다니, 믿기지 않았다. 도대체 어떤 사람들일까. 지형은 생전 처음 만나게 될 친척이 궁금해 가슴이 다 조였다. 그것도 일본에서 온다니, 지석의 지리부도에서 세계지도를 찾아본 적이 있지만 도대체 어떤 곳인지 짐작조차 할 수 없었다. 지형은 빨리 그들을 만나고 싶어 침이 말랐다.

손님들은 노란색 택시를 타고 왔다. 기차역이 있는 면 소재지로 마중 나간 아버지와 함께 어른 한 명과 아이들 셋이 택시에서 내렸다. 어쩌다 서울 본사에서 오는 사람들을 제외하곤 택시를 타고 온 손님은 처음이었다. 낯선 사람들을 내려놓은 택시가 기름 냄새를 잔뜩 남겨놓고 떠났다. 지형은 속이 메슥거렸다.

일본에서 온 친척은 반짝이를 붙인 물고기들 같았다. 키가 큰 여인은 쌍꺼풀진 눈 아래로 웃을 때마다 벌어지는 붉은 입술이 농어 아가미처럼 선명했다. 허리가 잘록하게 들어간, 흰 바탕에 하늘색 물방울무늬의 민소매 원피스 밖으로 드러난 팔은 지난봄 뱃전까지 뛰어오르던 숭어처럼 길쭉했다.

"너희가 지형이, 지선이, 지우구나. 전부 세 살 차이라더니 지선이랑 지우는 쌍둥이 같네."

여자는 허리를 90도로 굽혀 인사하는 지석의 손을 쓰다듬더니 눈시울까지 붉히며 지형의 자매들을 한 번씩 품에 안았다. 말랑말랑한 여자의 품에서 갓 피어난 해당화 냄새가 났다. 지형은 그녀의 깨끗한 옷에 공깃돌을 쥐고 있던 손때가 묻을까봐 얼른 손바닥을 오므려 주머니 속에 넣었다.

"호칭이 애매하군. 너희는 그냥 고모라고 불러라."

그녀의 품에 안겨 있는 막내 지우를 바라보던 아버지가 그만 내려놓으라는 듯 호칭을 정해줬다.

"여기가 애들 엄마, 인사해요."

그제야 아버지가 엄마를 소개했다. 친척이라도 처음 보는 사이라서 그런지 고모와 엄마는 서먹해 보였다. 하긴 고모는 일본에 산다니 만날 수도 없었을 것 같았다.

"먼 데까지 오시느라 고생 많았죠."

엄마의 목소리가 가늘게 떨렸다. 평소 투박한 경북 억양을 감추지 않던 엄마가 매끈한 서울말을 썼다.

고모는 엄마보다 훨씬 젊어 보였다. 지난 장날 대창상회에서 공들여 고른 남색 꽃무늬 월남치마를 차려입은 엄마는 고모 옆에 서니 갑자기 나이가 열 살은 더 들어 보였다. 크림 하나 안 발라도 윤이 나던 피부 역시 고모 옆에선 옥수수빵색으로 보였다. 동네 친구 엄마들과 함께 있을 땐 누구보다 젊고 희게 보였던 엄마가 지형은 슬며시 부끄러워졌다.

"진작 인사드려야 했는데, 고생 많으시지요?"

고모도 깍듯하게 고개 숙여 인사했다. 지형 남매들을 대할 때와는 달리 정중하게 인사를 나눴지만 두 사람 모두 어색함을 감추지 못한 채 아이들만 쳐다보았다. 아버지가 고모와 같이 온 아이들 셋을 차례대로 소개했다. 미희라는 고모의 딸과 큰아들 민, 그리고 막내 훈이었다. 일본말을 쓰면 어쩌나 내심 걱정했던 아이들은 한국말을 했다. 일본 지사로 발령난 아버지를 따라 동경으로 간 지 5년이 되었다고 했다.

"먼길 왔는데 일단 짐부터 풀고 좀 쉬어야지."

아버지가 서먹한 분위기를 무마하려는 듯 평상에 놓여 있던 가방을 들고 현관으로 들어갔다. 엄마도 그제야 할일을 찾은 듯 서둘러 부엌으로 가 준비해둔 미숫가루 대접들을 쟁반에 받쳐들고 나왔다.

고모의 딸 미희는 열네 살, 지석과 동갑이었다. 지석은 아직 소년처럼 보이는 데 비해 미희는 다 큰 처녀 같았다. 머리를 바리캉으로 빡빡 민 지석과 긴 머리를 탐스럽게 풀어헤친 미희의 헤어스타일은 누가 봐도 아이와 어른 같았다. 민과 훈도 상고머리가 아닌 긴 커트여서 세련돼 보였다.

큰 키에 쭉 뻗은 다리와 긴 팔, 쌍꺼풀이 진 맑은 눈과 오뚝하면서도 도톰한 코, 그리고 무엇보다 백설기처럼 흰 이마를 가진 미희는 자기 엄마를 쏙 빼닮았다.

"서울 사람들은 전부 얼굴이 하얗디야. 우리 언니가 서울 갔다 왔는디 거기 사람들은 수돗물을 먹어서 얼굴이 다 그렇게 하얀 거랴."

지난봄, 숙자가 자랑처럼 한 말이었다. 숙자의 언니가 방직공장에 취직하러 서울에 다녀온 직후였다.

일본은 서울보다 수돗물이 더 잘 나오는지, 그들은 유난히 희었다. 몸 전체에 석회라도 발라놓은 것 같았다. 미희는 밑단에 흰 수술이 달린 큰 꽃무늬 반팔 상의와 곧은 다리가 허벅지까지 드러나는 반바지를 입고 있었다. 그녀가 신고 있는 빨간 에나멜 구두가 내리꽂히는 햇살을 받아 눈부시게 빛났다.

지형은 고개를 숙여 자신의 모습을 슬며시 내려다보았다.

깡말라 무릎뼈가 툭 튀어나온 다리는 옹이 박힌 나무처럼 뼈죽했고 사철 내내 바닷바람과 햇살에 그을린 피부는 표백을 해도 절대 희어지지 않을 것 같았다. 신고 있는 색동고무신은 빨간색이 반쯤 지워졌고, 특별히 골라 입은 쑥색 주름치마의 가는 주름들이 뾰족하게 날선 채 발등을 덮고 있었다. 저들은 왜 이제야 나타난 걸까. 지형은 생전 처음 만나는 친척이라는 사람들이 다른 피부색만큼이나 낯설기 짝이 없었다.

 손님들은 물을 좋아했다. 특히 큰아들 민은 호지를 보자마자 수영을 하고 싶다고 졸랐다. 짐을 풀고 민이 감색 수영복을 입고 물가로 나왔다. 한 살 많은 그에게 지형은 오빠라고 부르지 않았다. 지석 이외의 사람에게 오빠라고 불러본 적이 없어 어색하기도 했지만 아무리 보아도 아버지와 고모는 남매처럼 보이지 않았던 것이다.
 지석도 학교 운동회 때 입던 검은색 나일론 반바지를 입고 나타났다. 지석이 그들에게 배를 태워주겠다고 했다. 차양이 큰 모자를 쓴 미희와 민이 재빨리 뱃전으로 올라왔다. 돌기둥에 묶여 있던 밧줄을 푸는 지석을 보며 지형은 잠시 망설였다. 잘해낼 수 있을까, 지형은 이번이야말로 기회라는 생각에 얼른 노를 잡았다.
 "수영도 못하는 게 무슨 노를 젓는다고 그래?"
 지석이 눈을 부라렸다.

"수영은 못해도 노는 저을 수 있어!"

지형은 지지 않고 노를 잡았다. 아버지가 수영을 금지한 탓에 지형은 수영을 하지 못했다. 유난히 겁이 많은 아버지는 지형의 자매들에게 아주 얕은 곳에서 검은 고무 튜브를 타는 물놀이만 허락했고, 수영은 절대 금지였다. 양식장 바닥이 갑자기 깊어지기 때문에 위험하다고 했다. 물놀이도 반드시 아버지가 지켜보고 있을 때만 할 수 있었다. 하지만 지형은 아버지가 외출하거나 낮잠이라도 자면 양식장 일을 도와주는 최 기사에게 노 젓는 법을 배웠다.

배는 조금만 방심해도 기우뚱하고 노의 방향이 살짝만 비껴도 다른 곳으로 틀어져버리기 때문에 섬세한 균형감각과 방향감각이 필요했다.

"난 지형이가 노 젓는 배 타보고 싶은데?"

미희가 지석을 빤히 쳐다보았다.

그걸로 끝이었다. 얼굴은 물론 귀까지 빨개진 지석은 더이상 아무 말도 하지 못했다. 지형은 지석으로부터 노를 건네받았다. 몸보다 큰 노의 손잡이를 두 손으로 꽉 잡았다. 온몸이 긴장으로 단단해지고 노를 잡은 손에서 땀이 배어났다. 창고에서 일하다 달려온 최 기사가 배의 꽁무니를 힘껏 밀어줬다. 언제나 그랬듯이 최 기사는 지형이 무사히 돌아올 때까지 그 자리에서 지켜보고 있을 것이다.

사실 수영도 못하는 지형이 겁도 없이 노를 젓는 가장 든든

한 배경은 바로 최 기사였다. 처음엔 절대 안 된다고 야단을 치던 최 기사는 지형이 눈물까지 보이자 하는 수 없이 허락했다. 노가 커 힘에 부쳤지만 지형은 온 힘을 다해 노 젓는 법을 배웠다.

"여자애가 왜 그렇게 노 젓는 걸 배울라고 한다냐?"

최 기사가 몇 번이나 물었지만 지형은 입을 꾹 다물었다. 이유는 누구에게도 말할 수 없었다. 다만 지형은 노를 잘 젓고 싶었다. 어떤 도움도 없이 보란 듯이 혼자 배를 저어가는 것을, 누구보다 자신에게 보여주고 싶었다. 문득문득 수치심이 몰려올 때마다 지형은 아버지 몰래 최 기사를 찾아가 노 젓는 법을 배웠다.

배가 비단처럼 매끈한 수면을 가르며 나아갔다. 다른 사람들을 태우는 게 처음이어서 지형은 잔뜩 긴장했다. 꼭 잡은 노를 두 손으로 천천히 젓기 시작했다. 오래된 놋대에서 삐걱거리는 쇳소리가 났다. 어부 못지않게 노를 잘 젓는 지석이 같이 타고 있다는 것도 든든했다. 배가 넓은 타원형을 그리며 네모반듯한 양식장가를 천천히 돌았다.

"와, 정말 배가 가네!"

민이 지형의 두 손에서 눈을 떼지 못한 채 감탄사를 내뱉었다. 지형은 노를 잡은 두 손의 움직임에만 열중했다. 온몸으로 밀고 당기는 두 팔이 어느새 리듬을 타고 있었다. 배는 균형을 잃지 않고 물살을 가르며 호지의 중심부를 향해 나아갔다. 길게 행렬을 지어 유영하던 학꽁치떼가 갑작스러운 물살에 놀라 일시에 흩어졌다. 햇살을 받은 은빛 등이 보석처럼 사방으로 번졌다.

그때였다. 반짝이는 빛이 눈부셔 잠시 눈을 감았다 뜨는 사이, 첨벙하는 물소리가 뱃전에서 들려왔다. 지형은 놀라 소리를 지르며 노를 멈췄다. 오른쪽 뱃전에 앉아 있던 민이 보이지 않았다. 지석도 짧은 비명을 질렀다.

"걱정 마, 쟤 다이빙 선수야. 자랑하려고 일부러 뛰어든 거라고."

미희가 놀란 지형과 지석을 쳐다보며 깔깔댔다. 굳었던 몸이 풀렸다. 지석도 긴 숨을 토해냈다. 앉아 있던 자리에서 일어나지도 않고 바로 몸을 꺾어 뒤로 입수하는, 마치 실수로 물에 빠지기라도 한 듯 태연한 동작이었다. 수영에 자신 있는 사람만이 할 수 있는 행동이었다.

"넌 수영 못해?"

미희가 다시 지석에게 말을 붙였다. 미희 주위를 빙빙 돌면서도 부끄러워 말도 못 붙이는 지석에게 미희는 서슴없이 말을 걸었다. 지석의 길고 마른 얼굴이 다시 한번 발개지는가 싶더니 느닷없이 물속으로 뛰어들었다. 붉어진 얼굴을 식히기라도 하듯 자맥질해 들어가는 지석의 다리가 곧 시야에서 사라졌다. 지석이 일으킨 파문이 채 사라지기도 전에 민이 힘차게 솟구쳐 오르며 한 손을 흔들었다. 곧 두 팔을 날렵하게 휘저으며 수면을 가로질렀다. 거침없이 나아가는 모습이 한 마리 숭어 같았다.

지석이 소라 두 개를 들고 물위로 올라왔다. 소라는 어른 주먹만큼 큰 놈들이다. 유난히 다이빙을 좋아하는 지석은 동네 어떤 아이들보다 소라를 잘 주웠다. 어디에 소라가 많은지 잘 알고 있기 때문이다. 뱃전에 앉아 있던 미희가 소라를 건네받았다.

지석이 다시 물속으로 자맥질해 들어갔다. 지형은 노를 멈추고 가만히 물에 떠 있었다. 물속에 들어간 사람이 나올 때까지 근처에서 기다려야 한다는 것도 최 기사에게서 배웠다. 몰래 배우느라 항상 가슴 졸이긴 했지만 지형은 처음 호지 가운데까지 배를 저어나간 날, 노를 멈춘 채 한참 동안 서 있었다. 이젠 더이상 배안에서 공포에 떨며 울지 않아도 되었다. 아니 누구에게도 배를 얻어 타지 않아도 되었다. 치욕의 장면이 또다시 떠올랐지만 지형은 노를 쥔 손에 더 힘을 주었다. 더이상 부끄러워하지 않기로 다짐하지 않았던가. 오늘처럼 다른 사람들을 위해 노를 저어줄 수 있는 건 혼자 이를 앙다물고 두려움을 참아낸 날들의 보상이었다. 지석이 소라 하나를 더 들고 배에 오르자 지형은 양식장을 천천히 한 바퀴 돈 후 배를 댔다.

미희가 평상에 앉아 있는 지형에게 리본이 달린 머리핀 하나를 내밀었다.

"배 태워줘서 고마워."

작은 구슬들이 촘촘히 박힌 분홍색 머리핀이 새까만 손바닥 위에서 찬란히 빛났다. 숨이 콱 막힐 만큼 예뻤다.

"우와!"

옆에서 보고 있던 지우의 입에서 감탄사가 터져나옴과 동시에 머리핀은 어느새 지우의 손에 쥐여 있었다. 순식간에 텅 비어버린 손바닥을 바라보니 지형은 눈물이라도 쏟아질 것 같았다.

"지우야, 이건 미희 언니가 큰언니 준 거니까 큰언니 거야. 넌 나중에 엄마가 사줄게. 알았지?"

찐 옥수수를 가져온 엄마가 지우를 타일렀다. 지우는 고개를 끄덕이긴 했지만 머리핀을 내놓을 생각을 하지 않았다. 늘 그랬다. 뭐든지 아까워서, 소중해서 망설이는 사이 지우가 덥석 집어들었다.

세 살 차이의 남매들은 외딴집에서 가장 친한 친구로 지냈지만 그중에서 가장 힘이 센 건 지우였다. 순전히 나이 많은 아버지 탓이었다.

아버지는 막내 지우를 지나치게 예뻐했다. 지우는 한 번도 방바닥에 혼자 앉아본 적이 없었다. 늘 아버지의 무릎이 의자였다. 지형은 더이상 업힐 수 없는 아버지의 등에 지우는 언제든지 업히거나 올라탈 수 있었다. 아버지가 기마 자세로 엎드려 그 위에 지우를 태우고 방안을 서너 바퀴쯤 도는 일은 매일 저녁식사 후의 일과였고, 누운 아버지의 두 발 위에 올라가 하늘 높이 들어올려지는 발그네는 지우의 아침 놀이였다.

 지우는 아버지의 팔과 다리뿐만 아니라 온몸 구석구석을 놀이기구로 이용했고 아버지는 그런 지우를 한 번도 귀찮아하지 않았다.

 그럴 때면 지형은 아버지와 지우가 가끔씩 할아버지와 손녀 같다는 생각이 들었다. 아이들과 그렇게 놀아주는 남자 어른은 동네에서 할아버지들밖에 없었다.

 지형이나 지선에게도 가끔 발그네를 해주었지만 지우처럼 자주는 아니었다. 아버지는 오로지 지우만이 무제한으로 독점할 수 있었다. 그래서 지우는 집안의 어느 누구보다도 힘이 셌다. 원하는 것들은 모두 지우의 것이 되었다. 그러니 머리핀 역시 지우의 것이 될 게 뻔했다. 체념이 빠른 지형은 더이상 머리핀을 달라고 하지 않았다. 다만 나이 많은 아버지가 원망스러웠다.

 얼마 전 학교에서 돌아오는 길이었다.
 "느이 아버지하고 엄니는 몇 살 차이가 나냐?"
 누렇게 익은 밀밭에 들어가 이삭을 훑어 손바닥에 비빈 후 껌처럼 질경질경 씹던 중 숙자가 갑자기 엄마 아버지의 나이를 물었다.
 대부분의 부모들은 비슷한 나이거나 아버지가 몇 살 많거나 했다. 엄마가 아버지보다 네 살이 많은 경우도 있었다. 염전집 숙자네 엄마였다. 숙자네 엄마는 온종일 염전에 바닷물을 끌어대고 고무래질을 하거나 소금 가마니를 졌고, 때론 수차에 올라가 해가 지도록 나무 발판을 밟았다. 여자가 하기엔 힘에 부치는 일 때문인지 숙자 엄마는 유난히 나이가 들어 보였다.

하긴 친구 엄마들치고 그만큼 일하지 않는 사람도 드물었다. 썰물이 되면 모두 바다에 나가 백합을 캐거나 바지락을 긁었고, 겨울이면 찬바람을 맞으며 굴을 깠으며, 드넓은 갯벌에 엎드려 게를 잡기도 했다. 하다못해 바위에 다닥다닥 붙은 고둥이라도 주워야 적으나마 돈을 만들 수 있었다. 농사와 집안일까지, 엄마들은 한시도 놀 새가 없었다.

"느이 아버지랑 엄마는 몇 살 차이냐께?"

힘껏 불었지만 풍선이 채 되기도 전에 꺼져버리는, 밀로 만든 껌이 아쉬운 듯 숙자가 다시 재촉했다.

"응, 열여섯인가 열일곱 살."

지형은 한 살이라도 줄여보려고 열여섯을 먼저 말했다.

"얼라, 열일곱? 그럼 느이 아부진 도대체 몇 살인 겨?"

늘 산수를 못해 나머지 공부를 하는 숙자는 그날따라 셈이 빨라져 금세 되물었다. 밀 이삭을 훑어 먹던 아이들도 갑자기 걸음을 멈추고 나이 계산을 할 태세였다.

"으응, 아버진 쉰여섯 살, 엄마는 서른아홉. 아버지가 굉장히 늦게 결혼했디야."

지형은 아이들의 다음 질문을 막아볼 셈으로 재빨리 뒷말을 덧붙였다. 집에서는 아버지를 따라 거의 표준말을 썼지만 친구들과 놀 때는 완벽한 충청도 사투리를 구사했다.

제주도에서 이사온 후 지형의 남매들이 가장 먼저 한 것은 제주 사투리를 버리고 충청도 사투리를 배우는 것이었다. 말이 느리고 억양과 어미가 좀 다를 뿐 표준말과 크게 차이 나지 않는 충청도 사투리는 배우기가 쉬웠다. 어느새 제주도 말이 잘 생각나지 않았다.

"근디 느이 아버지가 왜 우리 아버지보담 더 젊어 보이냐? 우리 아버지는 서른일곱 살인디. 얼라, 우리 할아버지하고 느이 아버지하고 두 살백기 차이가 안 나네. 우리 할아버지가 쉰여덟 살인디."

지형도 숙자의 할아버지를 잘 알고 있었다. 하얗게 변한 머리카락은 한 번도 빗지 않은 사람처럼 늘 헝클어져 있고, 실로 잡아 꿰매기라도 한 듯 깊숙한 주름과 대낮에도 술에 취해서 벌건 눈으로 다니는 숙자네 할아버지를 지형은 볼 때마다 피해 다녔다. 그런 숙자네 할아버지와 아버지가 고작 두 살 차이라는 게 믿어지지 않기는 지형 역시 마찬가지였다. 아버지는 자신의 나이보다 열 살 이상은 젊어 보였다.

아버지가 젊어 보이는 것은 아침 운동 덕분이었다. 아버지는 새벽마다 운동을 하러 바닷가에 나갔다. 모래사장을 얼마나 뛰는지, 캄캄한 새벽에 나가서 늘 해가 뜨고 나서야 집에 돌아와 냉수마찰로 마무리하는 아침 운동을 아버지는 하루도 거르는 법이 없었다. 운동으로 다져진 단단한 살집이 아버지를 젊어 보이게 했지만 조금씩 목살이 처지는 것은 어쩔 수 없었다.

"아버지는 왜 그렇게 늦게 결혼했어?"

지난 3월, 가정환경조사서를 들고 지형은 엄마에게 물었다. 아버지가 만년필로 정성스럽게 작성한 가정환경조사서의 나이가 유난히 무거워 보였다. 늘 나이 들어 보이는 차분하고 어두운색 옷만 입는 엄마는 아직도 주름살 하나 없는 고운 피부 덕분에 친구 엄마들보다 훨씬 젊어 보였다.

"글쎄, 이렇게 이쁘고 야무진 딸 낳으려고 늦게 결혼했나보지."

엄마는 빨래한 옷들을 차곡차곡 갠 후 흰 무명천에 싸서 밟기 시작했다. 지형은 엄마의 발등에 올라타 함께 빨래를 밟았다. 지형의 무게만큼 빨래가 잘 펴질 테니 엄마는 야단도 치지 않고 지형을 안아주었다. 포동포동하고도 팽팽한 엄마의 엉덩이가 두 손 가득 감겨왔다.

손님들은 애초의 계획보다 사흘을 더해 1주일을 머물렀다. 더 놀다 가라고 붙잡는 엄마와 물놀이에 빠진 아이들 때문이었다. 고모는 엄마에게 폐가 된다면서도 안 가겠다며 버티는 아이들에게 못 이기는 척 눌러앉았다. 물에는 들어가지 않았지만 해질녘이면 지형과 미희를 데리고 바닷가를 느리게 걷거나 양식장에서 유영하는 물고기떼를 오래 들여다보았다.

"지형이는 이렇게 멋진 곳에서 좋은 아버지랑 살아서 행복하겠다, 그지?"

물고기떼를 쳐다보던 고모가 뜬금없이 물었다. 아니 동의를 구하는 물음이라고 할 수 없는 말투였다. 그냥 아버지는 좋은 사람이라는 말 같았다.

"예."

지형은 짧게 대답했다. 아버지가 다른 아버지에 비해 얼마나 자상하고 다정한지는 굳이 고모가 말하지 않아도 잘 알고 있었다.

"그래…… 좋은 아버지일 거야."

고모의 목소리가 잔물결처럼 흔들렸다. 급히 돌아서는 고모의 코끝은 붉었고 두 눈은 양식장 물가처럼 찰랑찰랑했다. 지형은 입을 꾹 다물었다. 미희 역시 한 발 떨어져서 고모의 등만 바라보았다. 미색 원피스를 입은 고모의 등으로 노을이 붉게 물들었다. 치맛자락이 바람에 흔들렸.

고모에 대한 엄마의 대접은 지나치게 극진했다. 엄마는 그들이 온다는 편지를 받은 날부터 집안 구석구석을 쓸고 닦았다. 제일 먼저 아버지와 함께 문을 떼어 창호지를 새로 발랐다. 반듯이 자른 종이를 풀 바른 문살에 빗나가지 않게 붙이는 일은 꼼꼼하기 이를 데 없는 아버지의 몫이었고, 종이가 팽팽하도록 발린 창호지를 향해 입으로 물을 뿜는 것은 엄마의 몫이었다. 문 한구석에 쑥 이파리와 눌린 꽃잎을 넣어 멋을 내는 것도 아버지는 잊지 않았다.

 엄마는 창고에 처박혀 있던 물건들을 꺼내 며칠 동안이나 정리하고, 모기장의 구멍난 곳을 꿰맸으며, 그릇을 모두 새로 닦고, 생선을 손질해 햇볕에 말려놓았다. 그들이 오기로 한 전날엔 물을 데워 지형 자매들의 몸을 비누로 샅샅이 씻기고 엄마도 오랫동안 목욕을 했다. 잠자리에 들기 전엔 아버지가 지난해 서울에서 사온 크림을 얼굴에 발랐다. 지형은 모처럼 그런 엄마를 보는 게 좋았다.

 그들이 온 후부터 엄마는 연일 잔칫상을 차려냈다. 뱀 같다며 여간해선 장어 요리를 하지 않던 엄마가 서슴없이 크고 두꺼운 나무 도마에 대못을 박아 장어의 아가미를 꿰었다. 양식장 갯벌에서 잡혀와 온몸을 펄떡이며 요동치는 미끄러운 장어의 몸통을 가르는 엄마의 칼끝이 결연했다. 양념구이와 소금구이 장어가 석쇠 위에서 노릇노릇하게 구워졌고, 미처 덜 자란 새우가 뜨거운 소금 위에서 발갛게 익어갔다. 양식장에서 자라는 모든 생선들이 회와 구이, 조림과 찌개로 밥상에 올랐다. 일본에선 늘 생선 요리를 먹는다며 손님들은 엄마가 해주는 반찬마다 탄성을 지르며 좋아했다. 특히 고모는 전어회와 민어찜을 좋아했다. 어느 날은 최 기사만이 손질할 수 있는 복

엇국이 나오기도 했다. 내장에 독이 있다 해서 지형이 제일 무서워하는 음식이었다.

"고마운 사람들이라 더 잘해주고 싶어. 아버지를 많이 도와주셨어."

미희와 실뜨기놀이 중에 그물잡이로 불려와 투덜대는 지형에게 엄마가 말했다. 서먹하던 그들과 어지간히 친해져 이젠 헤어지는 게 아쉬웠다.

"그런데 진짜 고모야?"

지형은 지난번 느닷없이 눈물이 핑 돌던 고모를 떠올리며 물었다. 아버지에게 한 번도 오빠라고 부르지 않는 것도 몹시 이상했다.

"나중에, 너희가 좀더 크면 얘기해줄게."

엄마는 알 수 없는 말로 얼버무리며 그물을 들어올렸다. 단 한 번의 그물질만으로도 전어는 플라스틱 양동이에 가득찼다. 물속으로 몇 발짝 들어가 대나무가 달린 작은 그물 한끝을 지형에게 잡게 한 엄마가 반대쪽을 잡고 떠올렸다. 언제나 화려한 은빛 비늘을 반짝이며 떼로 몰려다니는 전어가 그물 위로 튀어올랐다.

언제부터인지 양식장엔 대하보다 전어나 학꽁치, 농어, 숭어 따위의 물고기가 눈에 띄게 늘어나 있었다. 팔딱이는 전어 비늘이 지형의 볼에 튀었다.

새우 양식장

 이섭은 오늘도 어김없이 새벽 4시에 잠이 깼다. 시계가 필요 없을 정도로 잠에서 깨는 시간은 한결같았다. 간밤엔 1시가 넘어서야 잠이 들었음에도 4시에 잠이 깨버렸다. 술이라도 한잔 걸친 날이면 늦잠도 자며 게으름을 피우고 싶지만 몸이 허락하지 않았다. 어떤 조건이든 상관없이 늘 같은 시간에 잠이 깨곤 하는 이 지독한 몸의 기억은 도무지 훼손될 줄을 몰랐다. 벌써 20년 가까이 몸에 익은 습관이었다.

 옷 입는 소리에 아내 미자가 몸을 뒤척였다. 여느 때 같으면 잘 다녀오라는 말 한마디라도 할 텐데 오늘은 내처 자는 모양이다. 지난밤 늦게까지 놀던 아이들 치다꺼리에 뒤늦게 잠자리에 든 때문이다.

 윤(允)과 아이들까지, 손님치레하느라 미자는 고단한 나날을 보내고 있었다. 하루 세끼 준비하는 데도 시간이 모자랐다. 그렇게 야단스럽게 하지 않아도 된다는 이섭의 말을 들으려 하지 않았다.

같은 해물이라도 끼니때마다 조리 방법을 달리했으며 어제저녁엔 좀처럼 구경하기 힘든 소고기까지 구해서 부드러운 너비아니를 내기도 했다. 동네 잔칫집에서 마침 소를 잡은 모양이었다. 그런 미자를 보는 게 안쓰럽고 한편으론 화가 나기도 했다. 미자는 죄라도 지은 사람처럼 굴었다.

"왜 이렇게 전전긍긍이야? 그냥 당신 동생처럼 대해."

윤이 오던 첫날, 이섭은 잠자리에서 미자에게 고맙다는 말을 하던 끝에 결국 짜증을 내고 말았다.

"뭐가요? 고마운 사람들이니 진심으로 잘해주고 싶은 것뿐이에요. 오기 전엔 걱정도 됐는데 막상 만나보니 생각보다 더 편한 사람이에요."

틀린 말은 아니었다. 미자는 진심으로 고마운 마음에서 최선을 다하고 있을 뿐인 걸 전전긍긍한다고 몰아붙이는 건 결국 이섭의 자격지심이었다. 잠버릇으로 방바닥을 쓸고 다니는 지우를 껴안으며 미자가 돌아누웠다.

"신세를 졌어도 모두 내가 진 거니 당신은 그저 내 아내로서만 대하면 돼."

이섭은 겸연쩍은 꼴을 숨기려 한마디 더 보탰다. 미자가 늘 자신 앞에서 주눅들어 있다고 생각하는 건 오만이었는지도 모른다.

열일곱 살이나 어린 미자는 늘 이섭을 어려워했다. 미자 아버지, 즉 장인의 나이는 이섭보다 불과 다섯 살밖에 많지 않았다. 그녀는 이섭을 자기 아버지처럼 어렵고 조심스러운 사람으로만 생각하고 있을지도 모른다.

"내 나이는 1년에 두 살씩 먹었으면 좋겠어요."

지석을 임신했을 때 그녀가 부른 배를 쓰다듬으며 말했다. 그때 미자는 스물넷, 이섭은 마흔하나였다. 이젠 미자도 서른아홉 살이나 됐으니 그녀의 바람대로 중년의 아낙과 다를 바 없었다. 전적으로 그녀의 노력 덕분이었다.

새댁 시절부터 미자는 강박적으로 나이 들어 보이는 옷만 골라 입었다. 어쩌다 있는 나들이에는 한복을 입고 나섰으며 머리도 길러서 틀어올렸다. 셋째 지선을 낳고 머리를 자른 후에도 그녀는 가능하면 나이가 들어 보이도록 파마머리를 하고 다녔고, 옷도 회색이나 갈색 따위의 우중충한 색상만 골라 입었다.

모두 이섭에 대한 배려라는 걸 모르지 않았지만 그런 그녀를 볼 때마다 이섭은 더 자신의 나이를 의식해야 했다. 그녀 앞에선 한 살이라도 젊어 보이기 위해 허리를 더 꼿꼿이 펴야 했고, 목주름을 감추기 위해 깃 있는 옷을 입거나 온몸에 힘을 잔뜩 주어야 했다.

이섭은 가벼운 옷차림으로 집을 나섰다. 동이 트기 전의 푸른 어둠이 양식장은 물론 갯벌 너머 모래사장까지 촘촘한 그물처럼 드리워져 있었다. 몸이 습관처럼 바짝 긴장했다. 늘어져 있던 근육과 핏줄들이 일제히 팽팽해졌다. 엷은 막이 씌워진 듯 흐릿하던 눈도 잘 닦은 안경알처럼 투명해졌다. 이섭은 오늘도 어둠이 가시기 전에 바다 구석구석을 살필 준비가 되어 있었다. 천천히 몸을 조율하며 양식장 둑길을 가로지르기 시작했다.

흰 둑길이 광목 필처럼 길게 펼쳐져 있었다. 무언가를 숨기기에는 지나치게 훤한 공간이었다. 이섭은 둑길을 가운데 두고 양쪽으로 가파르게 내려간 경사면을 촘촘히 살피기 시작했다.

지난해 늦장마에 한쪽이 움푹 파여 허물어진 오른쪽 경사면 앞에서 걸음을 멈췄다. 함몰된 구멍 속에는 황토가 섞인 흰 모래흙과 회백색 자갈들, 그리고 반쯤 뿌리 뽑힌 달맞이꽃 외에는 아무것도 보이지 않았다. 아니 짙푸른 어둠이 똬리를 틀고 앉아 음험한 낯빛으로 이섭을 바라보았다. 이섭은 허물어진 둑보다 더 깊이, 순식간에 무너져버린다. 희망은 오늘도 조롱당하고 말았다.

양식장 둑길을 한 바퀴 돌고 온 이섭은 수문 앞에 멈춰 섰다. 간척지인 양식장과 바다 사이를 막고 있는 수문이 오늘따라 더 견고해 보였다. 수문이 열리는 것은 한 달에 딱 두 번이었다. 보름사리와 그믐사리, 넓은 갯벌을 꽉 채운 밀물이 해안선의 턱까지 차오를 때면 수문을 열어 물을 갈았다. 그리고 11월이 되면 1년간 키운 대하를 수확한 후 네 개의 수문을 열어 양식장의 물을 전부 빼야 했다. 작년 11월에도 어김없이 수문을 모두 열었다.

새우는 수확량이 점점 줄어들고 있었다. 지난해는 비가 너무 많이 오고 일조량이 부족한 탓에 치어가 많이 죽어버렸다. 아니 치어가 죽는 것은 딱히 비 탓만은 아니었다. 수문을 열 때마다 밀물을 타고 들어오는 잡어들이 너무 많았다. 수문 밖에 촘촘한 그물을 쳐 막아봤지만 역부족이었다. 수문만 열면 망둥이나 전어 따위는 물론 장어, 숭어, 민어, 농어 등 종류도 다양하게 몰려들었다.

사실 물고기들이 촘촘한 그물을 뚫고 들어오기는 쉽지 않았다. 밀물을 타고 수문까지 와서 그물을 뚫고 양식장 안으로 들어오는 것은 물고기가 아니라 그 알이었다. 물에 휩쓸려 들어온 알들이 양식장의 적당한 수온과 풍부한 먹이를 먹고 나날이 커가고 있었다.

이섭은 세상에 이토록 다양한 물고기가 있다는 사실도 여기 와서야 겨우 알았다. 바다에는 셀 수도 없을 만큼 많은 생물들이 살았고 그들은 살아남기 위해 사력을 다해 바닷물을 타고 양식장까지 밀려드는데, 그중에서도 하필이면 새우만을 키워야 한다는 게 이섭의 비극이었다. 새우 양식장에선 새우 이외의 모든 어종은 폐기해야 할 잡어일 뿐이었다.

지난해에도 물을 빼고 난 양식장 바닥에서 잡힌 장어가 세 가마니도 넘었다. 팔뚝만한 장어들은 노랗게 기름이 오른 몸을 펄떡이며 회갈색 뻘 바닥을 파고들었다. 동네 남자들이 노련한 솜씨로 대가리를 틀어쥐거나 깊숙이 삽질을 하지 않으면 좀처럼 잡기도 힘들었다. 잡은 장어와 물고기들은 전부 동네 사람들에게 나눠주었다. 그날은 온 동네 사람들이 양식장 생선으로 포식을 하는 날이었다. 집집마다 생선 굽는 냄새가 진동했다. 그렇게라도 동네 사람들에게 인심을 쓸 수 있는 게 다행이었다.

수문과 나란히 철판을 잇대어놓은 철교 소리가 오늘따라 요란했다. 아이들처럼 구멍이 뻥뻥 뚫린 철판 사이로 보이는 시퍼런 물이 무서워 뛰어가는 것도 아닌데 몸을 받아내는 철판의 울림이 유난히 컸다. 챙챙챙. 호지의 물고기들을 다 깨울 만큼 울리는 큰 소리가 이섭을 안도케 했다. 이 박명의 세상 한 구석에서 누군가 두려움에 떨고 있다면 충분히 경계를 할 만큼 큰 소리였다.

어쩌다 비가 오거나 해무가 가득 낀 날이면 이섭은 철교를 건널 때마다 발을 쿵쿵 굴러 일부러 더 큰 소리를 내곤 했다. 밤새 지친 몸으로 설핏 든 잠을 깨울 만큼 큰 소리였다.

절에서 법고를 두드리고 목어와 운판을 치듯 이섭은 박명의 새벽마다 철교를 지나며 발소리로 잠든 삼라만상을 깨우곤 했다. 쿵쿵쿵. 이섭의 발은 쇠가죽을 두드리는 북채처럼 장엄하게, 나무물고기를 때리는 목어채처럼 간절하게 철판을 두들겼다.

이 세상 모든 잠든 것들아, 어서 깨어나 나를 보아라.

이섭의 간절한 발소리가 새벽 해안을 울렸다. 수문 앞에 모여 있던 학꽁치떼가 혼비백산하여 뿔뿔이 흩어졌다.

바람에 실려온 모래알들이 언덕을 이룬 사구엔 해당화가 만발해 있었다. 날카로운 가시에 비해 선홍색 꽃잎은 지나치게 연하고 부주의하게 풀어져 있었다. 꽃이 무방비 상태이기 때문에 날카로운 가시가 필요했던 걸까. 풍만한 여인의 속살처럼 부드러운 사구에 저토록 날카로운 가시를 가진 꽃이 있다는 건 늘 신비였다. 사구 위를 질기게 뻗어나가는 좀보리사초와 언보랏빛 갯메꽃, 하필이면 이 백사장까지 날아와 소금기에 절어 대까지 빨간 달맞이꽃들 사이에서도 해당화는 난연 눈에 띄었다. 흰 모래언덕에서 붉디붉은 꽃을 피우고 끝내 푸른 열매를 빨갛게 물들이며 생을 거듭해가는 해당화를 보고 있으면 이섭은 저도 모르게 목이 바싹바싹 말랐다.

오늘도 흰 사구엔 낯선 발자국 하나 보이지 않았다. 해 저물도록 모래언덕을 숨차게 뛰어다닌 아이들의 발자국은 하룻밤만 지나면 바다 저편에서 불어온 바람과 그 바람에 실려온 모래에 덮여 희미해져버렸다. 썰물이 지면 동네 아낙들이 물 빠진 모랫벌에 늘어서서 그레를 끌며 백합을 캐러 오가는 길에 푹 파인 맨발의 발자국을 여기저기 남기곤 했지만 그들이 다니는 길이란 항상 동네로 가는 지름길인 언덕 옆 모퉁이었다. 여자들의 발자국은 늘 한 사람인 듯 똑같이 맨발이었고 모래 언덕을 지나서야 비로소 조개가 든 망태에서 검은 고무신들을 꺼내 신거나 내처 집까지 맨발인 채로 돌아가곤 했기 때문에 절대 낯선 발자국을 남기지 않았다.

그래도 혹시나 하는 마음에 사구에 찍힌 발자국들을 하나하나 살피며 천천히 걸음을 옮겼다. 방금 전에 날아갔는지 선명한 갈매기 발자국 둘이 흰 모래 위에 고스란히 남아 있었다. 아무 흔적도 없는 것보다는 그나마 반가웠다.

사구 언덕에 서서 텅 빈 해안을 두리번거렸다. 동이 트는 동쪽 하늘이 붉은 피를 언뜻언뜻 내비치며 산통을 시작하고 있었다. 바람 한 점 없는 해안은 입을 틀어막기라도 한 듯 고요했다. 누군가 바다로의 잠행을 계획했다면 더없이 좋을 새벽이었다.

그러나 낯선 기척은 어디서도 감지되지 않았다. 해안선 왼편 멀리 남물부터 오른쪽 검은 바위들이 파도와 맞서고 있는 독산 마을 끝까지, 낯선 그림자라곤 노루 꼬리만큼도 보이지 않았다. 해안은 작은 게 한 마리 살고 있지 않을 것처럼 적막하기만 했다. 고무보트는커녕 낯선 판자 조각 하나 보이지 않았다. 설혹 누군가 모래언덕에 구덩이를 파고 꼭꼭 숨어 있다고 해도 온몸에 곤두선 이섭의 촉수로 금세 알아차릴 것만 같은 그 기척은 끝내 어디서도 감지되지 않았다. 집을 나올 때부터 팽팽히 부풀어올랐던 기대가 일시에 무너져버렸다.

이섭은 매일 아침 모래기둥처럼 허물어지면서도 끈질기게 누군가를 기다리고 있었다.

"이젠 그만 기다려요."

미자는 아침마다 지친 몸으로 돌아오는 이섭을 볼 때마다 복잡한 표정이 되었다. 연민과 안타까움, 피로가 뒤범벅이 된 미자의 얼굴엔 간혹 분노마저 슬며시 비쳤다.

이섭 역시 모르지 않았다. 자신의 기다림이 쉽게 이루어지지 않으리란 걸, 아니 어쩌면 끝내 기다림만으로 끝날 수도 있다는 것을. 하지만 이섭은 절대로 포기할 수 없었다. 지난해에도 멀지 않은 곳에서 어둠을 틈타 고무보트를 타고 해안으로 침투한 간첩 사건이 있었다.

그날 이섭은 신문에 난 그들의 얼굴을 하루종일 들여다보았다. 40대 초반의 사내 하나와 20대 중반쯤 돼 보이는 청년이었다. 아무리 봐도 낯선 얼굴들이었다.

하지만 그 사진들이야말로 이섭의 기다림이 얼마든지 현실이 될 수 있다는 명백한 증거였다. 하여 이섭은 오늘도 기다렸다. 어느 날 홀연히 고무보트라도 타고 올지 모를 그들을.

모두들 바다로 몰려간 탓에 양식장은 적막할 정도로 조용했다. 점심을 먹은 후 윤도 해수욕을 가는 아이들을 따라나섰다. 어쩌다 강릉 경포대나 가보았을 뿐 서해는 처음이라는 그녀는 양식장 수문 앞에 서서 넓고 긴 갯벌이 펼쳐진 서해 바다를 아득하게 바라보았다.

"여기 바다는 평화롭고 온화하네요. 바다와 사람이 참 많이 닮았어요."

어제 오후, 물이 빠진 뻘밭을 바라보던 윤이 이섭을 돌아보며 조심성 없는 말을 내뱉었다.

"내가 평화롭지도 온화하지도 못하다는 걸 누구보다 잘 알면서 그런 말을 하나."

이섭은 감상에 젖어 있는 윤을 나무랐다. 이곳에서는 한순간도 평화롭지 못했다. 아니 이곳뿐만이 아니었다. 고향에서도, 제주도에서도, 어딜 가도 평화로울 수가 없었다. 그것은 누구보다 윤이 잘 알지 않던가.

"원래는 그런 분이셨잖아요."

윤 역시 제 기억만을 고집하고 있었다. 현실을 인정하고 싶지 않은 것 같았다.

"사람은 변해. 나 역시도 변했어. 받아들여."

이섭은 윤의 기억을 칼로 잘라내기라도 하듯 단호히 말했다. 오래 숨겨져 있던 목소리가 잘 벼린 칼날처럼 서늘했다.

"사람은 그렇게 쉽게 변하지 않아요."

윤은 고집 센 아이처럼 완강했다.

갯벌은 온통 작은 게 구멍이 뚫려 매끈한 데가 하나도 없었다.

먹이를 찾아 바닥을 뒤지던 게들이 갯벌로 내려간 아이들의 소란에 일제히 구멍 속으로 숨어버렸다. 거대한 매스게임보다 더 빠르고 일사불란했다. 저물녘, 갯벌에 엎드려 고개를 숙인 채 수평으로 바닥을 바라보면 까맣게 나와 스멀거리는 작은 게들의 실루엣이 눈물겨웠다.

"세상이 변하면 사람도 변해."

이섭의 말은 진흙으로 게 구멍이라도 막듯 단호했다.

『대하의 종묘 생산』.

이섭은 책상 위에 펼쳐진 책을 집어들었다. 일본에서 나온 책은 종묘의 생산 과정이 상세히 설명돼 있었다. 사실적이고도 선명한 그림과 사진을 곁들여 이섭 같은 초보자가 보기엔 훌륭한 학습서였다. 이섭은 새우에 관한 책을 지금까지 열 권도 넘게 읽었다. 대부분 일본책이었다. 세계에서 새우를 가장 많이 먹는다는 명성답게 일본은 양식 연구가 체계적으로 잘돼 있었다. 이곳에서 키운 대하 역시 냉동창고를 거쳐 대부분 일본으로 수출되었다.

대하 양식을 시작한 지 얼마 안 된 탓에 국내엔 본격적인 연구서라 할 만한 책도 없었다. 이섭은 서울에 갈 때마다 외국 서

적을 파는 서점을 뒤져 대하의 생태와 양식에 관한 책들을 구해오곤 했다. 가끔 서울의 본사에서 일본 출장을 가는 사람을 통해 책을 구하기도 했다. 이섭은 논문이라도 쓰는 학생처럼 밑줄을 긋고 필기를 하면서 책을 읽었다. 새우에 관한 학습 노트가 어느새 세 권을 넘어가고 있었다.

> 새우의 알에서 태어난 최초의 생물인 노플리우스(nauplius)는 여섯 번의 탈피를 거쳐야 겨우 조에아(zoea)가 된다. 머리와 가슴에 커다란 한 쌍의 겹눈과 제1촉각, 제2촉각, 큰턱, 작은턱, 제1턱다리, 제2턱다리를 한 쌍씩 갖는다. 이들 부속지는 가지를 친다. 배는 가늘고 길며 아직 다리는 없다. 몸은 투명하고 턱, 다리와 배로 헤엄친다. 종류에 따라 조에아의 모양이나 그 후의 변태 모습이 다르다.

부화장에서 비커에 담아온 조에아 한 마리를 핀셋으로 집어 현미경 글라스 위에 얹었다. 책에서 읽었듯 다리도 나오기 전의 몸통이 비닐 막처럼 투명했다. 사람으로 치면 임신 초기의 태아에 불과한 이 작은 놈은 앞으로 세 번이나 더 탈피를 한 후 미시스(mysis)가 될 것이다.

미시스에서 다시 또 두 차례의 생장 과정을 거쳐 드디어 대하의 종묘가 되기까지 이놈들은 도대체 몇 번의 탈피를 해야 하는 것인지, 작은 새우 한 마리의 탄생도 우주의 생성 못지않은 과정을 거쳐야만 한다는 게 신비로울 따름이었다.

필기한 노트를 물끄러미 쳐다보고 있노라면 이섭은 자기 인생의 아이러니는 바로 이것들인지도 모른다는 생각이 들었다. 책꽂이 구석에 꽂혀 있는 또 한 권의 노트. 그 노트에는 말의 생태와 사육법에 관한 내용들이 빼곡히 필기돼 있었다.

새우를 키우기 전 몇 년간 이섭은 말을 키웠다. 말을 키우던 제주도 중산간에서 혼자 책을 보며 공부한 노트였다. 말 역시도 이섭이 처음 키워본 동물이었다. 어릴 적 고향에서 어쩌다 말을 타고 온 사람들을 보긴 했지만 이섭은 말잔등에 올라볼 기회조차 없었다.

이섭은 자기 손으로 무언가를 키운 경험이 전혀 없었다. 달걀을 내먹는다고 고향집에서 어머니가 닭을 키우긴 했지만 그 역시 자신의 손으로 먹이 한번 줘본 적이 없었고, 아버지가 즐겨 먹던 보신탕도 차마 키워서 잡아먹을 수는 없다며 어머니는 개를 집에 두지 않았다. 농사를 짓지 않는 집에서 소나 돼지를 키울 일도 없었다. 성인이 되도록 이섭은 자신의 손으로 무언가를 키운다는 걸 생각조차 한 적이 없었다.

그런데 어느 순간부터인가 이섭은 말을 키웠고 지금은 또 새우를 키우고 있었다. 이번 생은 나를 생물학자로 만들려는 걸까. 말, 새우, 다음엔 또 어떤 것이 나를 기다리고 있을까. 아니 앞으로의 내 삶은 도대체 몇 권의 노트를 더 만들어낼 것인가. 저 바닷속 깊은 곳까지 들어가면 그러할까, 불현듯 깊고 아득한 심연에라도 갇힌 듯 현기증이 이섭의 온몸을 훑고 지나갔다.

　해안가라 바람이 불기는 하지만 오늘도 수은주는 30도에 육박했다. 날이 더워지면서 어쩔 수 없이 초조해지기 시작했다. 다행히도 이번 여름 장마는 큰 피해를 남기지 않고 지나갔다. 비가 좀 오긴 했지만 사리 때여서 수문을 열어 물을 교체한 덕분에 염분 농도도 큰 이상이 없었고 바이러스에 걸린 새우도 보이지 않았다. 하루 세 번씩 양식장을 돌며 새우들을 관찰하지만 눈에 띄는 이상은 없었다.

　장마가 끝나자 안심이라도 한 듯 새우들은 한층 살이 오르고 키도 자라 떼 지어 유영하는 모습이 여기저기서 눈에 띄었다. 이섭은 매일 아침 뜰채로 새우를 떠 키를 재보고 몸에 이상한 색소나 기생충은 없는지 세심히 살폈다. 기온이 상승하는 여름철이면 하루에도 몇 번씩 새우를 관찰해야 했다. 적어도 오늘 아침까지는 이상 징후가 보이지 않았다.

　하지만 다음 주말부터 태풍이 온다고 했다. 작년처럼 폭우가 쉴새없이 쏟아지고 바람이 거세면 새우들이 견뎌내지 못할 것이다. 염분 농도가 낮아지고 수온이 상승하여 바이러스라도 생기기 시작하면 새우들의 폐사는 걷잡을 수 없었다.

　작년엔 장맛비가 너무 많이 온 탓에 바다에서 가장 먼 4번 호지 하나를 고스란히 버렸다. 수면 위로 부유물처럼 떠오른 새우떼를 발견한 새벽, 이섭은 물이 가득한 호지로 미친 듯이 걸어들어갔다. 경사가 급한 호지는 몇 발자국 내딛지 않아 곧 허벅지를 적시고 가슴 위까지 찰랑거렸다. 새벽녘이라 차가운 물이 불꽃처럼 치솟은 심장의 열을 식혀주지 않았다면 내처 더 깊은 곳으로 들어가버리고 말았을 것이다.

호지로 들어가던 이섭은 갑자기 두 발이 바닥에서 뜨는 바람에 그제야 정신을 차리고 주위를 찬찬히 둘러보았다. 죽은 새우떼가 몸을 누이고 목전에 둥둥 떠 있었다. 눈앞에 보이는 것만도 셀 수 없을 만큼 많았다. 사지를 결박당한 듯 다리를 모은 채 부유물처럼 떠다니는 새우. 새우마저 자신을 버릴지도 모른다는 두려움이 목덜미를 조여왔다.

이섭은 새우의 형태가 늘 마음에 들지 않았다. 길고 뾰족한 부리를 앞세우고 긴 수염을 휘날리며 우아하게 유영하는 새우는 그러나 물속만 벗어나면 초라하기 짝이 없었다. 짧은 발들을 가지런히 모으고 몸을 구부려 옆으로 누워 있는 꼴은 언제나 투항의 자세처럼 보였다. 전어나 꽁치와는 확연히 달랐다. 단단한 투구와 갑옷까지 거창하게 차려입은 채 온몸을 굽히고 손을 모은 자의 비굴함을 보는 것 같아 잡힌 새우를 볼 때마다 기분이 언짢아지곤 했다. 하루에도 수십 번씩 보면서도 언짢음이 쉽게 가시지 않는 건 어쩔 수 없었다. 허약한 것들의 비루함이라니. 생각해보면 허약한 자신에 대한 이섭의 적의는 제법 뿌리가 깊었다.

어릴 적, 이섭은 병약한 아이였다. 성홍열로 목숨을 잃을 뻔했고 폐렴을 두 번이나 앓아 학교에 들어갈 때도 다른 아이들에 비해 키가 작았고 몸무게도 형편없이 가벼웠다. 보통학교 내내 학교에서 가장 허약한 아이였고 마음 또한 유약하기 짝이 없었다.

보통학교 졸업 무렵이었다. 체조시간이었는데 이섭은 늘 그랬듯이 운동장에서 달리기를 하는 아이들 한쪽에 앉아서 책을 읽고 있었다.

책이래야 집에는 동몽선습부터 사서삼경까지 대를 이어 내려오는 한서들이 대부분이고, 양서라곤 형님이 보던 교과서가 전부였다. 읽을거리가 귀한 시절이라 언제 어디서든 책만 발견하면 기어이 빌리거나 계속 드나들며 조금씩이라도 나누어 읽곤 했다. 몸이 약해 늘 집에 틀어박혀 있었던 탓에 친구도 변변히 없던 이섭이 어려서부터 혼자 있는 시간을 보내는 유일한 놀이는 책읽기였다.

어느 날 둘째 숙부가 만주에 있다는 셋째 숙부를 만나고 돌아왔다. 셋째 숙부가 상해와 만주를 오가며 독립운동을 한다는 건 일가친척들이 모두 알면서도 쉬쉬하고 있던 터라 숙부에 대한 이섭의 존경심은 몹시도 뜨거웠다. 그동안 아버지 형제들은 빚을 내거나 전답을 팔아 셋째 숙부에게 자금을 은밀히 보내곤 했는데 둘째 숙부는 그 돈을 지니고 가다 일경에게 붙잡혀 실형을 살고 나오기도 했다. 아버지가 둘째 숙부의 재판과 면회를 위해 평양을 몇 번이나 다녀온 것이 2년 전이었다. 셋째 숙부의 안부를 듣기 위해 대소가가 모두 큰집에 모였다. 이섭은 둘째 숙부에게 큰절을 올리고 방 한구석으로 물러나다가 백부의 서안 위에서 톨스토이 소설집 일본어판을 발견했다. 셋째 숙부가 고향의 아이들을 위해 보낸 책 중 한 권이었다. 셋째 숙부는 집에 있는 아이들을 위해 상해판 영문법책과 아녀자들을 위해선 여행기도 써서 보냈다고 했다. 이국의 풍경들이 신기하기만 하다는 숙부의 글이 이섭의 차례까지 돌아오려면 좀더 기다려야 했다.

눈이 번쩍 뜨였다. 이섭은 백부에게 어렵사리 책을 빌려 수업시간에도 교과서 밑에 감추고 읽었다. 1학년 때부터 체조시간에 열외였던 이섭이 운동장 한구석에서 책을 읽고 앉아 있는 것은 늘 있는 일이었다.

거의가 일가친척이거나 인근에 사는 탓에 그런 이섭을 모르는 아이들은 없었다. 이섭이 학교에 입학하자마자 아버지는 교장선생을 만나 이섭의 건강상태가 좋지 않으니 체조시간엔 빼줄 것을 당부했다. 그 보통학교는 이섭의 집안에서 마을에 강습소를 만들어 아이들에게 신식교육과 계몽교육을 하다가 동네 밖에 정식으로 세운 공립학교였기에 교장은 아버지와 친분이 두터운 사람이었다.

아버지의 부탁은 담임선생에게로 전해져 이섭은 첫 수업시간부터 운동장 옆 미루나무 밑에 앉아 쉴 수 있게 되었다. 이섭은 나무 그늘에 앉아 책을 읽었다. 읽을 책이 없을 때는 하다못해 교과서라도 들고 나왔다. 그렇게라도 활자를 보고 있지 않으면 마음이 안정되지 않았던 탓에 아무 생각 없이 무언가를 읽고 있을 때도 있었다.

"저 자식은 학교에 와서도 만날 도련님 행세라?"

옆 동네 사는 운식이였다. 나이는 이섭보다 세 살이나 많았지만 늦게 입학한 탓에 학교를 같이 다니고 있었다. 나이가 많기도 했지만 워낙 타고난 건강체인데다 아버지가 일찍 돌아간 탓에 어려서부터 집안의 웬만한 일들을 도맡아 했다. 운식은 이미 청년으로 보였다. 나이로 보나 덩치로 보나 비교가 안 되는 운식의 한마디에 이섭은 읽던 책을 멈추고 움찔했다.

"아버지가 면장이면 다라, 와 맨날 특별대우로?"

운식은 앞줄부터 차례대로 운동장 두 바퀴를 도는 달리기 행렬의 맨 뒷줄에 서서 이섭에게 충분히 들릴 만한 소리로 옆에 선 만수에게 말했다.

"아프다잖나."

만수가 마지못해 대꾸했다. 만수는 이섭 집안의 논을 부치는 소작인의 아들이었다.

"아프면 집에서 요양이나 할 것이지 학교는 뭐 하러 꼬박꼬박 다니면서 잘난 척이냔 말이다."

운식이 이 사이로 침을 찍 내뱉었다. 그가 내뱉은 침이 날아와 이섭의 이마를 정통으로 맞혔다. 차고 끈적끈적한 점액질이 콧잔등 아래로 천천히 흘러내렸다.

달리기를 시작하려던 아이들의 시선이 일제히 이섭을 향했다. 이섭은 더이상 그대로 앉아 있을 수 없는 처지가 되었다. 아무도 모르게 그런 일이 벌어졌다면 모른 척 넘어갈 수도 있었을 것이다. 하지만 모든 아이들의 시선이 자신을 향해 있었기에 더이상 버틸 힘이 없었다. 곧 얼굴이 벌게졌고 자신도 모르게 눈물이 터져버렸다. 콧등의 침을 닦을 생각도 못한 채 울기 시작했다. 울음이 멎지 않았다. 그 순간 무력하게 울기만 하는 자신이 한없이 싫었지만 그래도 눈물은 멈추지 않고 계속 흘러내렸다. 의지와 상관없이 타고난 성정이었다.

이섭은 어려서부터 툭하면 울기를 잘하는 아이였다. 그나마 막내인 탓에 집에서 늘 어머니가 감싸주어 적당히 넘어가는 일이 많았지만 아버지는 그런 이섭을 볼 때마다 더 역정을 내곤 했다.

"사내 녀석이 이렇게 기가 약해 뭐에 쓰겠노."

아버지는 역정이 날 때마다 큰 소리로 혀를 차곤 했다. 하지만 어려서부터 몸이 약했던 터라 아버지도 역정만 낼 뿐 매 한번 들지 못했다.

"등신 새끼, 울면 다냐."

운식의 마지막 한마디가 채찍이라도 된 듯 이섭을 후려쳤다. 이섭은 결국 서럽게 소리 내 울기 시작했다. 담임선생이 달

새우 양식장

려왔다.

그날 운식은 한 시간 내내 벌을 받았다. 다른 아이들이 운동장을 도는 동안 운식은 엎드려뻗친 자세로 그 시간을 보내야 했다. 아무리 건장한 청년이라 해도 한 자세를 계속 유지하기란 여간 힘든 일이 아니었다.

하지만 운식이 벌을 받고 있는 동안 누구보다 더 큰 고문을 받은 사람은 이섭 자신이었다. 더이상 책을 읽을 수도 없었고 나무 그늘에 앉아 있을 수도 없었으며 벌을 받고 있는 운식을 똑바로 쳐다볼 용기도 나지 않았다. 차라리 자신이 엎드려뻗치고 있는 게 훨씬 나을 것 같았다.

그 순간을 못 참고 끝내 울어버린 자신이 너무 싫었다. 왜 이렇게 나약한 걸까. 자신의 허약한 몸과 그보다 더 나약한 정신에 대한 혐오감이 밀려오기 시작했다. 그때 비로소 이섭은 깨달았다. 약하다는 게 모든 걸 용서해주지 않는다는 걸. 늘 약하다는 이유로 변명이 돼주었던 그간의 행동들이 결국 다른 사람들에게까지 피해를 줄 수도 있다는 걸 그때까지 알지 못했던 것이다.

이섭이 달라지기 시작한 것은 그날 이후였다. 이섭은 다음날 아침부터 누구보다 일찍 일어나 동네 뒷산을 오르기 시작했다. 폐렴이 재발할지 모른다며 말리는 어머니를 뿌리치고 뒷산 정자와 서실(書室)을 지나 산등성이를 따라 빠르게 걸었다. 숨이 차고 가슴이 옥죄는 듯한 통증이 몰려왔지만 폐렴이 재발해 쓰러지는 한이 있어도 다시는 그렇게 약한 사람으로 살고 싶지 않았다.

매일 아침 산을 오르내리자 두 달 후에는 달리기를 할 수 있게 되었다. 아무리 추운 날에도 이를 악물고 달렸고 마침내 집에 돌아와서는 찬물로 냉수욕을 하기 시작했다.

그해 겨울의 동짓날, 그동안 꾸준히 운동한 자신을 시험해보기 위해 아침 일찍 동네 앞 웅덩이로 나가 살얼음이 낀 물속에 들어갔다. 유리보다 더 날카로운 얼음 조각들이 여물지 않은 몸을 찔러왔다. 잘 벼린 면도날로 연한 살을 베는 듯한 통증이 몰려왔다. 그러나 이섭은 더이상 통증을 참으려 이를 악물지 않았고 어느 순간 스스로 즐기고 있는 것은 아닌가 하는 의구심마저 들었다. 아니 그것은 예상치 못한 쾌감을 가져왔다. 고통스럽지만 짜릿한 쾌감. 그동안 갇혀 있던 선 하나를 힘겹게 넘어서는 기분이었다. 그렇게 물속에서 5분을 더 버티고서야 밖으로 나온 이섭은 자기혐오로부터 간신히 벗어날 수 있었다.

물론 그렇다고 나약함이 모두 사라진 것은 아니었다. 아니 지금까지도 연약한 것들에 대한 본능적인 적의를 확인할 때마다 여전히 나약하다는 반증이 아닐까 하는 의심을 버릴 수 없었다. 이섭의 자기혐오는 쉽게 사라지지 않았다.

해가 지고 난 후에야 바다에서 돌아온 아이들은 저녁을 먹자마자 모두 곯아떨어졌다. 바다 건너에서 온 아이들은 물론 지석의 남매들도 밥숟가락을 놓기가 무섭게 모기장 속으로 기어들었다. 물속에서 지치도록 놀다가 다시 그 넓은 해안을 해가 질 때까지 뛰어다니던 아이들의 물놀이는 보지 않아도 눈에 선했다. 아이들은 최후의 한 방울까지, 에너지를 남김없이 쏟아부은 후에 픽 쓰러져 죽은 듯이 잠들어버렸다. 미래를 위해 현재의 에너지를 조금이라도 남겨두어야 한다는 건 어른들의 셈일 뿐이었다.

미자도 모처럼의 모래찜질로 온몸이 노곤하다며 밥상을 치우기가 무섭게 잠이 들었다. 이섭도 그들 곁에 누워 잠을 청해보았지만 몸만 뒤척일 뿐 의식은 얼음장보다 더 투명해졌다.

사실 윤이 온 후로 매일 밤 깊은 잠에 들지 못하고 있었다. 밤 10시면 다 같이 잠자리에 드는 식구들과 나란히 누워 있어도 이섭은 잠을 이룰 수 없었다. 오래 뒤척이다가 겨우 눈을 붙이거나 새벽까지 깨어 있다가 지쳐 잠깐 잠이 들곤 했다. 오늘도 마찬가지였다.

방이 세 개나 되는데도 불구하고 늘 여섯 식구가 함께 모여 자곤 하는 안방에 누워 이섭은 잠을 이루지 못했다. 잠자리에 든 지 한참이 지났지만 옆에 누운 아이들과 미자의 숨소리가 제각각의 리듬을 타고 들려올 뿐 잠은 오지 않았다. 이섭은 오케스트라의 지휘자처럼 각각의 숨소리에 귀를 기울이고 있었다.

　잠버릇이 거친 지우는 어느새 다리를 지선의 배에 걸쳐놓고 머리는 제 어미의 가슴 위로 밀고 올라갈 기세였다. 새벽녘이 되면 지우의 몸은 머리와 발의 위치가 뒤바뀌어 있을 것이다.

　창호지를 새로 바른 미닫이문에 달빛이 쏟아져 문은 하얗다못해 푸르게 보일 지경이었다. 얇은 모기장 따위는 그림자조차 허락지 않는 보름달이었다. 이섭은 달빛을 하염없이 바라보았다. 어쩌다가 여기까지 부표처럼 쏠려와 이토록 우두커니 누워 있는 걸까. 부질없는 생각들이 자객처럼 튀어나왔다. 기차를 타고 소백산맥을 넘어야 닿는 안동에서 태어나 어쩌다가 충청도의 서해 바닷가에 와서 살고 있는 걸까. 아니 이곳에 오기 전까지 한 번도 먹어본 적 없던 새우를 자신의 손으로 직접 키우고 있는 걸까. 이섭은 자신의 모습이 낯설기 짝이 없었다. 느닷없이 몰려드는 생각들을 고무래로 밀어내듯 가만히 돌아누웠다. 하지만 상념들은 걷잡을 수 없었다. 결국 잠들기를 포기하고 일어나 앉았다.

　이섭이 일어나는 기척에도 미자는 꿈쩍하지 않았다. 잠귀가 밝아 평소 같으면 돌아눕기라도 할 것이다. 세 살 터울의 올망졸망한 아이들과 순하기 짝이 없는 아내 미자는 이섭의 불면을 눈치채지 못한 채 깊은 잠에 빠져 있었다.

　잠이 너무 달콤해 보인 탓일까, 이섭은 돌연 그들조차 낯설게 보였다. 언제나 자신의 삶 한가운데를 차지한 채 살을 맞대고 웃음을 나누고 눈물을 몰래 감추게 하던 식구들. 하지만 그 순간만은 전혀 다른 세계에 속해 있는, 타인들 같았다.

품안에서 고물거릴 때면 날서고 단단한 것들을 한없이 녹아내리게 하던 막내 지우조차 그 순간 전혀 모르는 존재 같았다. 이섭은 결국 담뱃갑을 찾아 살며시 모기장을 들치고 방을 나왔다.

모난 곳 하나 없는 보름달이 정수리 위에 와 있었다. 양식장 수면이 유리처럼 빛났다. 양식장은 검은 유리로 둘러싸인 성 같았다. 사면이 둑과 수문으로 막혀 바람이 아니라면 물결조차 일지 않아 검은 유리처럼 흔들림 없이 깊고 고요한 성. 이섭이 가장 좋아하는 때였다. 보름달이 환한 밤, 물결 하나 일지 않는 수면을 오래 바라보고 있노라면 호지와 자신이 한몸이 되어 서로의 몸을 맞대고 누운 것만 같았다. 연한 속살을 맞대고 물속으로 깊이깊이 가라앉는 듯한 아늑함, 세상은 아무 소리도 들리지 않았다.

바다 쪽 호지를 한참이나 바라본 뒤 이섭은 옥상으로 올라가는 나무 계단을 지나 평상이 놓인 앞마당으로 발길을 돌렸다. 소나무숲이 달빛을 받아 검푸르게 빛났다. 용틀임이라도 하듯 뻗은 등나무가 지붕 위에서 머리카락 같은 가지들을 풀어놓은 채 납작 엎드려 있었다.

"잠이 안 오시나봐요."

등나무 가지가 입이라도 연 듯, 사람의 음성이 들려왔다. 무심히 내딛던 걸음을 멈추고 등나무 아래를 다시 들여다봤다. 윤이었다.

"아니 왜 잠 안 자고 나와 있어?"

이섭은 놀라움을 감추기 위해서라도 호들갑스레 다가갔다.

"달이 참 좋네요. 이런 달은 처음 봐요. 이태백이 달맞이했다는 서호라도 와 있는 기분이에요."

윤이 이섭의 호들갑을 지그시 누르며 대답했다. 이섭은 윤의 반대편 평상 끝에 앉아 담배 한 대를 피워 물었다. 윤이 사다준 지포 라이터가 기세 좋게 불꽃을 피워올렸다.

"삼시 세끼 잘 얻어먹고 잠은 왜 못 자는지 모르겠어요. 제가 괜히 와서 형님만 고생시키는 것 같아요. 너무 잘해주셔서 몸 둘 바를 모르겠어요. 정말 좋은 분 같아요."

윤이 긴 머리를 쓸어올리며 이섭을 바라보았다. 처음 만났을 때 열 살도 안 된 아이였기 때문인지 마흔이 다 된 나이에도 불구하고 윤은 늘 어린 여동생 같았다.

"순하고 착한 사람이야, 고맙고."

담배를 깊숙이 빨아들였다. 담배 연기가 실핏줄을 타고 몸속 구석구석으로 번져나갔다.

"그래요, 근데 참 사람 마음이 이상하죠? 좋은 분이라서 마음이 놓이면서도 한편으로 서운해지는 이 마음은 뭔지 모르겠어요."

 윤이 결국 이 늦은 시간에 잠 못 이루고 평상에 나와 앉아 있는 이유를 실토라도 하듯 중얼거렸다. 이섭도 모르지 않았다. 아니 짐작하고도 남았지만 될 수 있으면 윤이 모른 체해주었으면 싶었다. 하지만 결국 둘이 마주하고 말았으니 피해 갈 수도 없는 노릇이었다.

 "알아."

 "죄송해요, 형부. 누구보다 제가 적극 권한 일이었으면서도 막상 와서 보니 서운해지네요."

 윤의 입에서 결국 그 익숙한 호칭이 튀어나오고 말았다. 미자는 물론 혼란스러워할 아이들 때문에라도 각별히 조심하던 호칭이 둘만 있으니 금세 무장해제된 듯 튀어나왔다.

 "아무 생각 말자고 해도 잘 안돼요. 자꾸 언니 생각이 나네요."

 윤은 더이상 조심하지 않았다. 미자를 부르던 형님이 아닌 언니라고 했다. 애써 칭칭 동여맸던 끈이 끊어지는 소리가 투두둑, 연타로 들려왔다.

영석이네

 여름방학이 끝난 지 며칠 되지 않았다. 개학은 했지만 아직도 낮에는 햇볕에 등이 따가웠다. 지형은 바람 빠진 자전거처럼 느릿느릿 걸었다. 소나무숲길로 들어설 때였다. 휘어진 붉은 소나무 뒤에서 누군가 툭 튀어나왔다. 태호였다. 그가 말없이 산길을 막아섰다. 순간 얼어붙었던 지형은 태호라는 걸 확인하자 두 주먹을 꽉 쥐고 입을 앙다물었다. 다시는 그에게 겁먹은 모습을 보이지 않겠다던 다짐이 떠올랐다.
 "이리 안 와?"
 느닷없이 태호가 뒤를 돌아보며 낮게 명령했다. 그제야 소나무 뒤에서 검은 고무신이 마지못한 듯 움직이더니 길 한가운데로 나왔다. 영석이였다. 지형은 예상치 못한 영석의 등장에 당황했다. 도대체 영석이 왜 태호 옆에 서 있단 말인가. 아니 영석이 왜 내 길을 막아선단 말인가. 그에게 잘못한 일이 있던가. 아무리 생각해도 그럴 만한 일이 없었다.

  태호가 길을 막아서는 짓은 가끔 있는 일이었다. 전에도 태호가 하굣길을 막고 있어 지형은 빠른 산길을 피해 소황리로 돌아간 적이 있었다. 지난해 여름 그 사건 이후 학교에서 마주치기만 해도 진저리를 치며 피해버리는 지형의 주위를 태호는 눈에 띄지 않게 맴돌았다. 하지만 영석은 뜻밖이었다. 그는 모두가 인정하는 모범생이었다. 영석은 수줍음 잘 타고 마음이 약해 툭하면 잘 울지만 공부는 전교 1등을 놓친 적이 없고 허튼짓 한번 하지 않아 선생들의 두터운 신임과 여자아이들의 선망을 한몸에 받고 있었다. 영석이 왜? 지형은 혼란스러운 얼굴로 영석을 바라보았다. 지난달 엄마 생일에도 쑥떡을 만들어온 영석이 엄마를 생각하면 도저히 이해할 수 없는 일이었다.

  양지 마을에서 양식장으로 가는 길 중간에는 외딴집이 한 채 있었다. 툇마루도 없이 방만 달랑 들어앉은 작은 초가였다. 그 집은 동네를 등지고 앉은데다 유난히 지붕이 낮아, 웅크리고 앉은 사람처럼 음울해 보였다. 이엉을 한 지 얼마나 된 것인지, 지붕 색도 거무튀튀한데다 한쪽이 내려앉아 기우뚱했다. 옹색한 방문이 한여름인데도 굳게 닫혀 있어 빈집처럼 보였다.

하지만 자세히 보면 마당이랄 것도 없이 집 옆에 딸린 작은 텃밭엔 파가 자라고 있고, 장독 옆에 굴 껍질이 하얗게 쌓여 있어 사람이 살고 있다는 걸 알 수 있었다. 그 집이 양식장 일을 도와주는 영석이 엄마네 집이라는 걸 안 것은 이사온 지도 한참 지나서였다.

동네 사람 누구나 '영석이네'라고 부르는 영석이 엄마는 깔끔하고 부지런한 사람이었다. 옷은 늘 검정 몸뻬 바지에 허름한 흰 셔츠를 받쳐 입은, 영락없는 시골 아낙 차림이었지만 고운 얼굴과 호리호리한 몸매가 5월 바람에 나부끼는 흰 뻘기꽃을 떠올리게 했다. 양식장으로 이사온 첫날부터 부엌 짐을 챙기고, 늦은 저녁상을 차려주었으며 그후로도 양식장의 궂은일을 도맡아 거들어주었다.

때로는 남자의 손이 필요한 일마저 영석이 엄마는 거뜬히 해치우곤 했다. 마른 몸에 비해 강단이 보통이 아니라고 엄마가 하는 말을 지형은 가끔 들었다. 그렇게 지형의 집을 드나들기 시작한 영석이 엄마는 이제 엄마와 자매나 친구처럼 보였다.

영석의 형 영진이 양식장을 다니기 시작한 것도 그 무렵부터였다. 국민학교를 졸업한 영진은 중학교 진학을 하지 못했다. 가난한 집안 형편도 형편이지만 늘 전교 1등을 도맡아 하는 동생 영석을 공부시켜야 한다는, 일찍 철든 장남의 책임감 때문에 스스로 진학을 포기했다.

하지만 그에게 주어진 일이란 기껏 뒷산에 가서 나무를 해 나르거나 남의 집 소를 끌고 풀밭으로 가서 종일 풀을 뜯기는 게 전부였다. 어쩌다 보리쌀이나마 한두 되씩 받는 게 품삯이었다.

아버지는 영진에게 양식장 일을 시키기 시작했다. 손끝이 야물고 재바르며 정직하기가 제 엄마를 꼭 닮은 그를 눈여겨보았다가 하나씩 일을 맡기기 시작한 것이다. 안쓰럽고 기특하다며 때론 일거리를 만들어서라도 그를 불렀다. 어느 날 아버지는 면사무소가 있는 시내에 갔다 오는 길에 영어책과 펜맨십을 한 권씩 사왔다. 아버지는 그걸 교재 삼아 시간이 날 때마다 영진에게 영어를 가르치기 시작했다. 그 덕에 지형의 자매들까지 영어 문장을 외우게 됐다.

디스 이즈 어 북. 디스 이즈 어 펜.

지형은 동생들과 함께 노래처럼 문장을 외웠다.

죽은 줄로만 알았던 영석의 아버지가 살아 있다는 걸 안 것은 이사온 지 1년이 지난 후였다. 어른들은 알고 있었지만 굳이 지형에게까지 얘기해주지 않았던 것이다.

영석이 학교에서 또 전교 1등을 차지해 학생 대표로 교장으로부터 상장을 받던 날, 엄마는 자신의 일처럼 기뻐하더니 이상한 말을 툭 내뱉었다.

"아이고, 영석이 아버지 정신만 멀쩡하면 얼마나 좋을까."

그날 지형은 엄마에게서 생각지도 못한 영석의 아버지 이야기를 들었다. 가난하지만 선하고 바지런하던 영석의 아버지가 갑자기 정신이 이상해진 것은 월남전 때문이라고 했다. 이미 결혼해 두 아들이 있는 몸이었지만 영석의 아버지는 돈을 벌어 오겠다며 어린 영석 형제와 젊은 아내를 두고 월남으로 떠났다.

전쟁터를 행군하면서 아내로부터 막내아들의 재롱을 전해 듣곤 하던 영석 아버지는 전쟁만 끝나면 돌아가 다람쥐 같은 두 아들과 양같이 순한 아내와 행복하게 살아갈 꿈을 꾸었다. 그러나 영석의 아버지는 제대 날짜를 6개월 앞두고 돌아와야 했다.

음력설이 지난 지 한 달도 안 된 어느 날, 월남의 한 마을로 투입되어 갓난아기들까지 무차별 학살을 해야 했던 그는 작전이 끝난 후 정신이 잘못 끼워진 나무토막처럼 틀어지기 시작했다. 어쩌다 닭 좀 잡아달라는 영석 엄마의 요구에도 차마 닭의 목을 치지 못했던 그는 사건 후 신음과 헛소리를 시작으로 발작을 일으켰다. 결국 정신분열증이라는 판정을 받고 그는 쓸쓸히 귀국했다.

돌아온 영석의 아버지는 영석 엄마 외에는 부모조차 알아보지 못했다. 아니 다른 모든 기억은 망각했으면서도 아내만은 알아보는 게 신기할 따름이었다. 어려서부터 한동네서 마음에 품고 있던 영석 엄마와 결혼해 그녀를 애지중지했던 영석 아버지는 그러나 점점 더 상태가 나빠졌다. 밥상을 뒤엎고,

영석이네 **61**

괴성을 지르고, 영석 엄마의 머리채를 잡곤 하던 그는 어느 날 나무를 이고 마당으로 들어선 그녀에게 시퍼런 낫을 들고 다가왔다. 그 길로 그는 부모에 의해 국군병원 폐쇄병동에 갇혀 버렸다.

영석의 아버지보다 석 달 늦게 월남에 갔던 옆 마을 남물의 이장 아들은 얼마 전에 트랜지스터라디오와 통조림과 초콜릿 따위가 잔뜩 든 상자를 지고 돌아왔다. 그의 아들이 오는 날 동네 사람들이 모두 구경을 갔는데 지형도 숙자를 따라갔다. 아이들은 가까이 다가가지도 못하고 이장집 마당 먼발치에서 툇마루에 펼쳐진 물건들을 구경했다. 이장 부인이 하나씩 들어 보일 때마다 마당에 모인 사람들의 입에서 감탄사가 터져 나왔다.

"얼라, 그게 뭐래유?"

"옴마, 고것 참 신기허네!"

지형은 그중에서도 고동색 가죽 케이스에 들어 있는 작은 트랜지스터라디오가 제일 신기하고 부러웠다. 연장통만큼 큰 지형이네 라디오에 비하면 손바닥만큼 작은데 소리는 더 쨍쨍하게 잘 나왔다. 지형은 월남에 갔다 온 그 남자의 여동생이 한없이 부러웠다. 그런데 영석의 아버지는 라디오는커녕 왜 병을 지고 돌아온 것인지 이해할 수가 없었다.

홀로 남겨진 영석이 엄마는 두 아이들을 데리고 친정이 가까운 외딴집으로 돌아왔다고 한다. 남들의 시선 따위야 생각할 겨를도 없었고 그나마 바다가 가까워 굴이라도 까서 먹고 살 만한 동네라는 게 큰 이유였다.

영석이 도대체 왜 자신의 길을 막고 서 있는 것인지 알 수 없었던 지형은 멍하니 그를 쳐다보았다.
"어이, 양식장!"
영석에게 시선이 붙잡혀 있는 지형의 귀에 태호의 소름 끼치는 목소리가 들려왔다. 신경이 곤두서고 가슴이 뛰기 시작했다. 그날 이후, 지형은 그의 얼굴만 봐도 심장이 조여들었다. 겁먹지 말자는 결심과는 달리 지형은 갑자기 달리기 시작했다. 영석이 앞에서 태호와 마주보고 서 있는 건 상상조차 싫었다. 도망치는 지형을 태호가 뒤쫓았다. 유난히 달리기를 못하는 지형은 그러나 필사적으로 뛰었다. 책도 없는 가방 속에서 덜그럭거리는 필통 소리가 유난히 크게 들렸다.
"야, 니가 쫓아가봐."
무슨 일인지 산길의 중간쯤까지 달리던 태호가 영석을 앞세우며 뒤로 처졌다. 영석이 지형을 바짝 쫓아왔다. 지형은 정신없이 달리다가 구덩이가 파인 산길 한가운데서 넘어지고 말았다. 무릎과 두 손바닥이 거친 마사토에 긁혔다. 손바닥에 빗자루 자국 같은 무늬가 새겨지고 무릎은 까져 피가 배어났다. 지형은 필사적으로 울음을 참고 영석과 뒤따라온 태호를 노려보았다.

"오늘 내가 좋은 구경시켜준다고 안 혔냐."

태호가 이 사이로 침을 뱉으며 영석에게 고갯짓을 했다.

"뭘 허라구? 그냥 쫓아가기만 허면 된다고 혔잖여."

지형과 태호를 번갈아 보는 영석의 목소리에 두려움이 배어 있었다.

"어이 양식장, 영석이도 좀 보여주라고. 야도 보고 싶을 건디!"

그제야 지형은 태호의 말을 알아들었다. 온몸이 떨렸다. 아무리 이를 악물고 참으려 해도 손과 발이 떨려 일어날 수조차 없었다.

"무슨 말이여? 난 암것도 보고 싶지 않당께!"

영석이 뒤로 물러났다.

"그려? 그럼 내가 가게서 담배 훔칠 때 니가 망봐줬다고 학교 가서 말할까?"

태호가 느물거리며 영석을 보고 씩 웃었다.

"영석이 넌 양식장 거시기 보고 싶지 않다 이거지?"

지형은 소리를 질렀다. 아니 비명인지 울음인지 모를 소리가 터져나왔다. 그의 입에서 그 말이 튀어나올 줄은 몰랐다. 그것도 영석이 앞에서.

지난해 여름, 지형은 혼자 뱃전에 앉아 있었다. 아버지는 면사무소에 볼일이 있다고 아침식사 후 자전거를 타고 나갔고 엄마와 동생들은 낮잠을 자고 있었다. 지석도 친구들과 검은 튜브를 들고 바닷가로 나가고 없었다. 배를 타고 싶었지만 최 기사가 오는 날이 아니었다. 그때였다. 옆 반인 태호가 소나무 숲 쪽에서 걸어나와 배가 있는 물가로 다가왔다. 태호는 가끔 아버지와 함께 술을 마시는 정 주사의 아들로 지형보다 한 살 많았는데, 무슨 일인지 한 해 늦게 입학했다고 들었다. 동급생 중에 키가 제일 크고 힘도 세서 대장 노릇을 하고 있었다.

"배 태워줄까?"

가끔 아이들 돈을 뺏거나 담뱃잎을 말아 피운다는 소문도 있었지만 아버지의 심부름으로 집에도 가본 적 있는 지형은 그가 무섭지 않았다. 지형은 무심히 고개를 끄덕였다. 최 기사와 지석이 노 젓는 배 말고는 처음 타보는 것이었다. 노 젓는 게 서툴다며 아버지는 지형을 태워주지 않았다.

태호는 지형을 맞은편에 태우고 익숙한 솜씨로 노를 저어 호지를 한 바퀴 돈 다음 소나무숲 뒤쪽으로 갔다. 그늘진 곳이었다. 물 한가운데서 배가 멈추었다.

"너, 거시기 좀 보여줘."

처음엔 그의 말을 못 알아들었다. 하지만 태호의 시선이 자신의 치마 속을 바라보고 있다는 걸 깨닫자 지형은 송곳으로 갑자기 머리를 찔린 기분이었다. 지형은 재빨리 멜빵 달린 주름치마 끝을 두 손으로 잡고 두 다리를 오므려 치마 속으로 넣었다.

영석이네

"안 보여주면 물에 빠뜨린다."

지형이 하는 양을 물끄러미 보고 있던 태호가 피식 웃었다. 지형은 머릿속에 지진이라도 일어난 것 같았다. 뜨거운 용암이 정수리로 치솟으며 배가 흔들렸다. 수영도 할 줄 모르는데 빠지면 나올 도리가 없었다.

"거짓말 아녀."

태호가 상체를 양옆으로 움직이자 배가 흔들흔들했다. 배가 뒤집어지기라도 할 것 같은 공포감이 몰려왔다. 지형이 버티자 그가 노를 놓고 양손을 뻗어 뱃전을 잡고 일어나 세게 흔들었다. 태풍이라도 몰려온 듯 배가 더 심하게 일렁였다. 현기증이 일면서 치마를 움켜잡은 지형의 손에 스르르 힘이 풀렸다.

"누구한테라도 이르면 내가 학교에 다 소문내고 댕길 껴!"

그의 눈앞에서 지형이 다리를 벌린 채 제 손으로 팬티를 한쪽으로 당기고 나서야 노를 저어 다시 집 앞으로 돌아온 태호가 못을 박듯 말했다. 심장에서 탱크라도 지나가듯 쿵쿵 소리가 들려왔지만 지형은 누구에게도 말할 수 없었다. 그날 엄마는 해질 무렵까지 낮잠에서 깨지 않았고 아버지는 밤늦게야 술에 취해 돌아왔다. 지형 한 사람만 빼고 세상 모두가 아무 일 없다는 듯 태평했다.

지형은 더이상 도망칠 수 없었다. 영석이 넋을 잃은 표정으로 자신을 보고 있었다. 아니 적어도 그곳은 수심 깊은 양식장의 배안이 아니었다. 지형은 가방을 벗어 태호의 얼굴을 냅다 후려쳤다. 딱딱한 가방에 얼굴을 정통으로 맞았는지 볼이 긁혀 있었다. 지형은 다시 가방을 휘둘렀다. 끈에 달린 버클이 그의 목에 감겼다.

"이게 미쳤나!"

태호의 반응은 생각보다 거칠지 않았다. 아니 어쩐 일인지 그는 자신의 볼과 목을 몇 번 손으로 쓸어내리더니 뒷걸음질 치기 시작했다.

"이제 알았냐? 유영석, 양식장은 내 꺼래니께!"

태호가 영석을 향해 한마디 던지고 도망치기 시작했다. 그제야 지형은 학교의 남자 변소 담벼락에 누군가 낙서를 해놨다던 은미의 말이 떠올랐다. 신랑 유영석 각시 김지형. 방학 전에도 영석이 지형의 청소용 양동이를 들어줬다고 교실 칠판에 누군가 써놓은 걸 지형은 얼굴이 새빨개져서 지운 적이 있었다. 오늘 누군가 화장실에 써놓은 낙서가 태호를 자극한 모양이었다. 태호는 어느새 산길을 빠져나갔는지 보이지 않았다. 영석만이 홀로 붉은 소나무처럼 서 있었다.

"등신!"

지형은 영석을 바라보며 짧게 내뱉었다. 처음 해보는 욕이었다. 한 번도 해본 적이 없었지만 느닷없이 입에서 튀어나온 욕설은 신기하게도 흐르던 눈물을 뚝 그치게 했다.

지형은 가방을 메고 걷기 시작했다. 손바닥과 무릎이 쓰렸지만 참을 만했다. 필통 흔들리는 소리가 간간이 들렸다. 지형은 신경을 곤두세우고 발소리에 귀를 기울였다. 영석은 따라오지 않았다. 숲을 벗어나자 양식장 둑길로 접어들었다. 수문 너머 바다의 드넓은 갯벌 위로 잘 익은 홍시 같은 붉은 해가 곧 떨어질 듯 위태롭게 걸려 있었다. 갯벌 바닥의 크고 작은 물웅덩이에 고인 붉은 물이 등불처럼 흔들렸다.

집에는 영석이 엄마가 와 있었다. 지형은 인사를 하는 둥 마는 둥, 얼른 방으로 들어갔다. 행여 영석이 이름이 나올까봐 재빨리 문을 닫았다. 영석이 오늘 일을 누구한테 이야기할 만큼 바보가 아니란 게 다행이었다.

"또 넘어졌나? 무릎이 왜 그래?"

눈썰미 좋은 엄마가 잔소리를 놓치지 않았다. 지형은 가만히 방바닥에 엎드려 두 사람의 목소리에 귀를 기울였다. 돌아오는 내내 겨우 참은 울음을 이제 와서 터뜨릴 수는 없어서 참고 또 참았다.

"내 정신 좀 봐. 우리 영석이 밥 줘야는디 시간 가는 줄 몰랐네."

영석이 엄마가 유리문으로 쏟아져들어오는 석양빛에 정신이 번쩍 든 듯 서둘러 자리를 털고 일어났다. 쟁반엔 껍질을 깐 강낭콩이 수북이 쌓여 있었다. 엄마가 영석이 엄마를 따라 일어섰다.

"나오지 마세요. 매일 오는 사람인데 뭘 갈 때마다 나온데요."

영석이 엄마가 손사래를 쳤다.

"요즘 우리 집에 손님 오는 바람에 모처럼 왔잖아요. 그리고 이거 가져가라니까요."

아쉬워하는 엄마의 말투로 보아 지형이 들으면 안 될 비밀 이야기라도 나누고 있었던 게 틀림없었다. 엄마는 영석이 엄마에게 고모가 사온 양산 하나를 주었다. 꽃무늬가 고운 양산을 고모는 두 개나 사왔다. 함께 나가는 두 사람은 지형과 은미가 그렇듯이 단짝 친구처럼 보였다. 지형은 영석이 엄마까지 미워지며 다시는 영석과 말도 하지 않으리라 마음먹었다.

영석이 엄마는 엄마의 유일한 친구였다. 조개를 캐거나 굴을 까러 다니는 것도 아니고 논이나 밭이 있어 품앗이를 하는 것도 아닌 엄마는 동네 여자들과 어울리기가 쉽지 않았다.

동네 여자들은 겨울이면 볕 좋은 곳에 눌러앉아 소개나 굴을 깠다. 그들의 솜씨는 신기에 가까웠다. 조개나 굴의 입구에 칼날이나 조새를 댔다 싶으면 금세 껍데기를 벌려 살점 하나 남기지 않고 도려냈다. 그들의 손끝에서 눈을 떼지 못하던 지형은 어쩌다 그 틈에 끼어 조개나 굴을 까보겠다고 덤비기도 했다. 대부분이 친구들의 엄마인 그들 틈에 끼는 건 엄마보다 지형이 더 쉬웠다.

"야, 손 다친다. 이것도 아무나 허는 게 아녀."

사실 쉬운 일이 아니었다. 그들은 어려서부터 해온 일이어서 굴을 손에 잡으면 보지 않고도 살점 하나 상하지 않게 도려낼 수 있었지만, 지형은 온몸에 힘을 주어 껍데기를 까고 단번에 떨어지지 않는 굴을 서너 번에 걸쳐 도려내고 나면 탱글탱글하던 속살이 갈가리 찢어져버렸다.

친구 은미가 깐 굴만 해도 상처 없이 탱글탱글했다. 은미는 제 엄마에 비해 속도가 조금 느릴 뿐이었다. 그들 사이에 지형의 엄마가 끼어든다면 자리는 더 불편해질 것이었다.

물론 엄마도 영석이 엄마한테 배워 이젠 제법 익숙하게 굴과 조개를 까서 젓갈을 담기도 했다. 하지만 뾰족하게 닳은 작은 무쇠 칼날로 순식간에 조갯살을 도려내는 그들에 비하면 어설프기 짝이 없는 솜씨였다. 그것만으로도 그들은 엄마에게 팔자 좋은 여편네가 뭐 하러 이 틈에 끼냐고 할지도 모른다. 그런 엄마에게 영석이 엄마는 제일 가까운 친구이자 마을 사람들과 이어주는 징검다리였다.

"느덜은 공부 열심히 혀서 엄니처럼 이렇게 손에 갯물 담그지 말고 살아야 헌다."

여자들은 틈만 나면 딸들에게 입버릇처럼 말하곤 했다. 하지만 엄마들의 바람처럼 손에 갯물을 묻히지 않고 살아갈 수 있는 아이들은 많지 않았다.

중학교 진학률이 절반도 안 되는 가난한 어촌에서 그녀들이 무슨 수로 갯물에 손을 담그지 않고 살아간단 말인가. 평생 갯일을 하며 살아온 여인들의 딸인 지형의 친구들은 아마도 국민학교를 졸업하고 나면 숙자네 언니처럼 서울에 있는 공장으로 가거나 새까만 갯가 여자가 되어 자신들의 엄마와 같은 자세로 굴과 조개를 까게 될 것이다. 그나마 바닷가여서 농사 틈틈이 갯일로 돈을 벌 수 있다는 게 다행이었다. 저 검고 막막하게 펼쳐진 드넓은 갯벌은 아이들에게 더없이 좋은 놀이터였지만 그 속에 굴, 조개, 게, 낙지, 주꾸미 등 수많은 생물들을 품고 있어서 어른들에겐 귀한 보물 창고였다.

엄마는 영석이 엄마를 통해서 동네 사람들과 하나둘 사귀기 시작했다. 워낙 성정이 순하고 마른 망둥이 한 마리라도 나눠주길 좋아하는 터라 사람들과 사귀는 게 어렵진 않았다. 그들과 함께 앉아 굴을 까진 못했지만 엄마도 제법 바다 냄새를 풍기고 있었다.

"이 알 좀 드세요. 반짝반짝한 노란 알이 아주 꽉 찼어요. 영석이네가 그러는데 원래 햇상추가 아기 손바닥만하게 올라오는 이때가 꽃게 맛이 제일 좋대요."

지난봄, 엄마가 간장에 담근 게딱지를 까서 아버지 앞으로 내밀며 말했다. 지형의 자매들에겐 하얗게 익은 게살을 발라 밥 위에 한 숟가락씩 얹어주었다.

"당신, 갯가 여자 다 됐어."

게딱지를 까는 엄마의 솜씨가 제법 능숙해 보였다. 아버지는 뜨거운 밥을 한 숟가락 넣어 비볐다. 간장이 섞인 알은 짙은 황색이었다. 아버지가 게장에 비빈 밥을 내밀었지만 아무도 먹지 않았다. 아이들이 먹기에는 좀 비렸다. 대신 엄마가 발라준 삶은 게살이 숟가락 위에 수북했다. 5월 초의 물오른 게살은 부드럽고 달콤했다. 논도 드문 산골 출신이라 유난히 나물만 좋아하고 비린 걸 싫어하는 엄마도 바닷가의 삶에 익숙해지고 있었다. 지금도 이해할 수 없는 그날 밤을 제외하곤.

고모가 서울로 간 날이었다. 점심을 먹은 후 고모네 일행을 기차역까지 배웅 나간 아버지는 해가 지도록 돌아오지 않았다.

"왜 이리 늦나 몰라. 기차 태워주고 금방 온다고 했는데."

엄마는 푸른 이내가 내려앉기 시작하는 희부연 길에서 눈을 떼지 않고 중얼거렸다. 평상에 밥상을 차려놓은 엄마는 한 숟가락도 뜨지 않았다. 고모네와 함께 택시를 타고 간 바람에 자전거도 없는 아버지는 어두운 10리 길을 타박타박 걸어오고 있는 걸까. 지형도 엄마를 따라 양식장 입구의 둑길을 자주 쳐다보았다. 늘 허리를 꼿꼿이 세우고 걷는 아버지의 모습은 길이 어두워질 때까지 보이지 않았다. 그동안 쉴새없이 뛰어다닌 피로가 몰려와 지형은 저녁을 먹자마자 바로 잠이 들었다.

얼핏 소리가 들리는 듯했다. 지형은 갑자기 잠이 깨었다. 모기장 안을 둘러보니 바로 옆에서 지우와 지선은 물론 지석까지 깊은 잠에 빠져 있는데 아버지와 엄마가 보이지 않았다. 지형은 지우가 차버린 삼베 이불을 배 위에 다시 덮어놓고 살며시 방을 나왔다.

엄마는 그때까지 평상에 앉아 있었다. 엄마를 부르려던 지형은 갑자기 걸음을 멈추었다. 달빛에 비친 엄마의 뒷모습이 너무 적막해 보였다. 이 세상에 사람이 아무도 없고 오직 혼자 남게 된다면 저럴까 싶었다. 지형은 갑자기 입이 떨어지지 않았다. 자세히 보니 평상 위엔 고모가 가져온 일본 술병과 물오이 하나가 놓여 있고, 엄마의 손엔 술잔이 들려 있었다. 엄마는 잔을 든 채 한참이나 둑길 쪽을 쳐다본 후 마치 사약이라도 마시는 것처럼 단숨에 술을 들이켰다. 진저리치듯 고개를 흔드는 게 몹시 써 보였다. 몇 잔째인지 모르지만 지형은 술 마시는 엄마를 처음 보았다.

엄마는 유난히 술을 못 마셨다. 술을 좋아하는 아버지가 양조장으로 막걸리 심부름을 시킬 때면 지형은 지석과 함께 됫병 하나씩을 들고 양식장 둑을 가로질러오면서 달짝지근한 막걸리를 한두 모금씩 표나지 않게 마시곤 했다. 때론 엄마가 줄어든 막걸리를 눈치채고 눈을 흘기며 아버지 닮아 어린것들이 술을 좋아한다고 한마디했는데, 엄마는 아버지가 아무리 권해도 막걸리 한 모금도 입에 대지 않았다.

그런 엄마가 술을 마시고 있었다. 지형은 술을 마시는 엄마가 당혹스러워 소리 없이 서 있었다. 도대체 왜 엄마는 이기지도 못하는 술을 사약처럼 마시고 있는 걸까. 지형은 엄마를 지켜보았다. 양식장 입구를 향해 앉은 엄마의 마른 등이 달빛을 받아 더 차고 외로워 보였다. 아무래도 엄마에게 들킬 것 같아 돌아서려던 순간이었다. 노랫소리가 들리기 시작했다.

"운다고 옛사랑이 오리요마는……"

아버지가 술에 취하면 자주 부르던 노래, 〈애수의 소야곡〉이었다. 엄마의 가는 목소리가 위태로운 음정에 실려 양식장 호지 위로 날아갔다. 지형은 숨소리마저 멈추고 서 있었다. 정물처럼 차게 앉아 있던 엄마의 어깨가 노래를 따라 조금씩 흔들렸다. 달빛이 셔츠 주름을 따라 가로로 일렁였다. 밤이슬이 스미는 듯 목소리가 점점 촉촉해졌다. 지형은 가만히 방으로 들어갔다. 이젠 정말 자신이 보고 있었다는 걸 엄마에게 들키면 안 될 것 같았다. 지형은 누운 채 잠을 자려 애썼지만 잠은 쉽게 올 것 같지 않았다. 평상에 홀로 앉아 흔들리던 엄마의 노랫소리가 귀에 쟁쟁했다.

흔들리는 것들

 한번 흔들리기 시작한 것들은 걷잡을 수 없이 무너져내렸다. 윤이 돌아가고 난 후 이섭의 몸은 함부로 내던져진 이삿짐 속 유리그릇처럼 온통 균열이 나버렸다.
 "형부, 이젠 정말 다 잊으세요."
 윤이 기차역 플랫폼에서 다짐처럼 이섭에게 말했다. 옥양목 깃 같은 여름 햇살이 지친 역사의 측백나무 울타리 위로 내리꽂혔다. 장항에서부터 달려온 기차가 조심성 없는 기적 소리를 내지르며 다가왔다. 윤이 손수건을 꺼내 미간을 슬쩍 눌렀다. 속눈썹 끝에 물방울이 이슬처럼 맺혀 있었다.
 "다신 못 올 것 같아요."
 윤이 젖은 눈으로 측백나무 울타리 밖으로 펼쳐진 시퍼런 논배미를 바라보았다. 어쩌다 불어온 바람에 진녹색의 벼 물결이 비단 필처럼 번졌다. 초록색 벌판을 배경으로 서 있는 윤의 흰 이마선이 그린 듯 선명했다. 유난히 흰 얼굴에 볼록렌즈 같은 이마선이 곱시 내리뻗어 몹시도 총명해 보이는 얼굴이었다. 모친을 닮아 고운 이마선을 타고난 형제들의 유전자가 대를 물려 내려오는 집안이었다.

"그래, 다신 오지 마."

기차에 오르는 윤의 이마에 붙박인 이섭의 시선도 잔물결처럼 흔들렸다. 언제부터인가 사람을 볼 때마다 이섭의 눈에 가장 먼저 띄는 곳은 이마였다. 그토록 아끼던 한 여자의 이마를 본 후부터 생긴 버릇이었다.

진(晉)을 처음 만났을 때 이섭의 눈에 가장 먼저 들어온 것은 그녀의 이마였다. 덕수궁 중화전 앞이었고, 뒤뜰의 작약이 자줏빛 봉오리를 활짝 연 5월이었다. 이섭은 약속한 시간인 정오보다 10분 먼저 덕수궁에 도착했다. 모처럼 들어간 대한문을 지나 발길은 함녕전으로 향했다.

함녕전 행각을 따라 천천히 걸었다. 고종이 죽은 침전이라는 함녕전. 더이상 사람이 살지 않는, 폐망한 왕조의 적막한 궁궐 안을 걷는 기분은 공허했다. 혼란한 시국의 어지러웠던 발자국이 모두 지워진, 텅 빈 궁궐을 걷는 발소리가 유난히 크게 울렸다.

함녕전을 지나 중화문에 이를 때쯤 담 너머로 정오를 알리는 사이렌 소리가 들려왔다. 이섭은 잠깐 멈춰 서서 맞은편의 중화전을 바라보았다. 텅 빈 정전이 유난히 무거운 지붕을 이고 힘에 부친 듯 서 있었다. 힘을 잃은 장수의 호령처럼 턱없이 거창한 궁전의 지붕이 무색하기 짝이 없었다. 고종 임금이 죽었을 때 흰 도포와 갓을 갖춰 입고 서울로 올라온 조부와 종조부가 궁궐 밖에 머리를 조아리고 엎드려 통곡했다는 곳이었다. 그 소금기가 아직도 다 마르지 않은 곳에서 이섭은 한 여인을 만나기로 했다.

"규수가 영특하고 참하다더라. 일찍 개명한 집안이라 여식이 고녀를 다녔다는구나. 어떤 집안은 학교 다니는 걸 두고 여식을 밖으로 내돌린다고 흉 삼기도 한다지만 나는 그리 생각지 않는다. 이젠 여자들도 배워야 하는 세상이라고, 틈만 나면 강조하시는 네 숙부님 말씀이 옳으니라."

어머니는 갑자기 이섭의 혼인을 서둘렀다. 일본에서 귀국한 지 몇 해가 지나도록 마음 내키는 대로 떠돌고 있는 게 다 가정을 이루지 못한 탓이라고 생각하는 모양이었다. 귀국한 이후 이섭은 줄곧 타지에서 혼자 지내고 있었다. 어머니는 아이들을 가르치겠다며 시골의 소학교로 내려간 이섭을 안쓰럽게만 생각했다.

이섭은 일본에서 신문 배달을 하며 대학을 다녔다. 세상의 변화에 따라 집안은 대대로 내려오던 재산을 세상에 진 빚이라도 갚듯이 헐어냈고, 아버지의 형제들은 조금씩 나눠받은 재산을 셋째 숙부의 독립운동 자금으로 내놓고 더러는 귀가 얇아 잃기도 했다. 막내였던 아버지는 이섭의 학비를 대줄 형편이 아니었다. 어려서부터 신동 소리를 듣던 장남 영섭도 대학을 간신히 졸업한 처지였다.

고보를 졸업하고 공부를 더 하고 싶다는 생각으로 홀로 일본으로 건너간 이섭은 많은 조선 학생들이 그렇듯 고학을 시작했다. 이섭보다 한 해 먼저 일본으로 간 선배가 소개해준 것은 신문 배달이었다. 고무 밑창이 닳도록 뛰어다녀도 학비가 늘 모자랐지만 합숙소 바닥에서 칼잠이나마 잘 수 있다는 게 장점이었다. 밥을 굶는 일은 다반사였다.

2학년이 끝나갈 무렵이었다. 대학에서 교편생활을 시작했다는 형의 소식을 어머니의 편지로 들은 지 두 달쯤 된 어느 날, 형 영섭이 찾아왔다. 일본인 대학교수를 따라온 차에 이섭을 찾은 것이었다.

몸이 약한 동생의 고생을 늘 안쓰러워하던 형은 이섭의 몰골을 보자 다짜고짜 함께 고국으로 돌아가자고 했다. 가서 몸을 추스르고 형편이 좀 나아지면 다시 와서 공부해도 늦지 않으니 일단은 돌아가자고 했다.

중일전쟁 직후여서 하루에도 몇 번씩 호외가 나오던 시절이었다. 수업중에도 호외가 나왔다는 연락이 오면 곧바로 불려나가야 했다. 굳은 뜻을 품었던 학업은 엉망이 되었고, 어릴 적 두 번이나 폐렴을 앓았던 몸은 합판으로 겨우 칸만 지른 합숙소에서 포개어 자는 험한 생활과 힘에 부치는 노동으로 뼈와 껍질만 남아 있었다. 감기가 폐렴으로 도지는지, 항아리 속을 울리는 듯한 기침도 멈추지 않았다. 이섭의 퀭한 두 눈을 바라보는 영섭의 얼굴에 눈물이 그렁그렁했다. 아직 가산이 조금은 남아 있을 때였고 어려서부터 수재 소리를 들어온 장남은 무슨 일이 있어도 공부를 해야 한다는 아버지의 후원 아래 이섭보다는 편히 학업을 마친 형으로선 무리도 아니었다.

"이렇게 몸 상해서 공부한다고 뭐가 달라지겠냐? 어차피 식민지 말단 관리나 잘해야 선생 노릇 하자고 이럴 거 없다. 나도 요즘 자꾸 회의가 든다. 내 좋아서 한 공부지만 그걸로 무얼 할 수 있나 싶다. 우린 이용만 당하게 돼 있어. 그렇다고 숙부님처럼 국외로 나가 온몸 바쳐 독립운동할 용기도 없고."

형의 눈물바람에도 끄떡없던 결심은 뜻밖의 고백에 몹시도 흔들렸다. 어려서부터 할 수 있는 건 오직 공부밖에 없다는 듯 책만 보고 살아온 형의 고백은 이섭에게 큰 충격이었다.

갑자기 죽비를 맞은 기분이었다. 단순히 공부를 더 하고 싶다는 욕망에서 시작됐지만 왜 이토록 고생을 하면서 공부를 하려는지 깊이 생각해보지 않았다는 자각이 몰려왔다. 공부를 더 하고 싶다는 것은 결국 출세를 해 입신양명하겠다는 야심이었던가, 회의가 몰려왔다. 힘겨운 고학을 버티게 해준 것이 무엇이었는지 혼란스러웠다. 어떻게 살아야 할까, 이섭은 느

흔들리는 것들

닿없는 질문에 사로잡혀 그 길로 귀국하고 말았다. 한계에 이른 몸 상태도 한몫했다. 귀국하고 나서야 어머니가 형님에게 꼭 이섭을 데려오라고 신신당부했다는 사실을 알았다.

　귀국 후, 이섭은 어디로 가야 할지 몰라 한동안 온몸을 웅크리고만 있었다. 어머니가 구해온 한약재 달이는 냄새가 종일 가시지 않았다. 덕분에 몸이 어지간히 회복되자 이섭은 할 수 있는 일이 무엇인가, 깊은 고민에 빠졌다. 내선일체를 부르짖는 시절에 어딜 가든 식민지의 하수인 역할을 벗어나기 어려운 상황이었다.
　어느 날 이섭은 신문에서 소학교 임시 교사를 모집한다는 공고를 보았다. 비사범학교 출신자들을 위한 임시 교사. 기사를 보는 순간 이섭은 무언가가 끌어당기는 기분이 들었고, 그 길로 달려가 지원서를 냈다.
　교사 임용이 되자마자 이섭은 벽촌으로 자원해 내려갔다. 작은 옷가방 하나만 달랑 들고 내려간 곳에서 이섭은 아이들을 가르쳤다. 밥 굶는 아이들이 부지기수인 농촌엔 제 나이에 학교를 온 아이부터 선생보다 나이가 더 많은 처녀 총각까지 학생들의 나이가 다양했다. 이섭은 낮에는 물론 밤에도 학생들을 가르쳤다. 하숙집 방안에 긴 책상을 하나 짜넣고 밤마다 학생들을 불러모았다. 공부가 그 아이들에게 무엇을 해줄 수 있을지 몰라도 우선 아이들을 위해 무언가를 해야 한다는 생각이 절박했다. 덕분에 2년 만에 명문 중학교 진학률이 도내 1위가 되어 교장도 이섭을 함부로 하지 못했다.

아이들을 가르치는 일은 무엇보다 신이 났다. 이섭은 매일 밤, 낮에 학교에선 가르칠 수 없는 한글 읽기와 쓰기를 몰래 가르쳤고, 일본에서 가져온 『레미제라블』을 함께 읽었으며, 때론 아이들의 일을 함께 하기도 했다. 새끼를 꼬아야 하기 때문에 저녁 공부에 못 오겠다는 아이에겐 지게에 짚을 지고 오라 했다. 방안에 아이들과 둘러앉아 함께 새끼줄을 꼬기도 하고 짚방석을 만들기도 했다. 아이들은 밤마실 오듯 매일 밤 이섭의 방으로 모였고, 이섭은 그들에게 뭐라도 전해주고 싶어 잠을 설쳤다. 일본에서 신문 돌리는 틈틈이 읽었던 루소의 『에밀』을 경전처럼 지니고 다니던 시절이었다.

교사가 된 건 무엇보다 고향 마을에서 일찍이 시작된 교육운동 덕이었는지도 모른다. 고향 마을엔 교남교육회의 임원이었던 숙부가 주창하여 아버지 형제들을 비롯한 고향 어른들이 세운 오릉학술강습소가 있었다. 대대로 내려온 한학자 집안에서 아버지의 형제들은 일찍이 나라 잃은 백성의 계몽을 위해선 무엇보다 근대식 교육이 필요하다는 생각에서 세운 곳이었다. 훗날 마을 계조직이 기증한 재원으로 넓은 터를 사 정식 학교를 만들었는데, 이섭은 그 학교의 3회 졸업생이었다. 이섭에게 학생을 가르치는 일은 마땅히 해야 할 일 중 하나였다.

박석이 깔린 어로를 지나 중화전 기단을 천천히 올라갔다. 한때 문무백관들이 부복해 있었을 품계석들이 고개를 빳빳이 든 채 도열해 있었다. 중화전의 황색 창호가 햇살을 받아 금빛으로 빛났다. 이섭은 처마 밑을 느리게 돌았다. 멀리 인왕산의 흰 바위가 무심히 궁궐을 내려다보고 있었다. 정면으로 다시 돌아왔을 때 중화문을 들어서는 한 여자가 보였다.

머뭇거리다가 홀연히 문안으로 들어서는 여자. 여자는 이섭을 보았다는 기색도 없이 그대로 천천히 걸었다. 몸의 부피를 짐작할 수 없을 만큼 무게감 없이 걸어오는 여자를 멍하니 바라보다가 그제야 생각난 듯 이섭도 여자를 마주보며 발길을 떼었다.

"규수가 중화문 앞으로 정오에 나오기로 했다. 먼발치로나마 서로 한번 보고 나서 마음을 정하도록 해라."

며칠 전 외숙이 집에 와서 이섭에게 말했다. 신식 교육을 받은 형 영섭도 서로 얼굴 한번 보지 않고 집안 간의 정혼 후에 혼례청에 섰던 것과 달리 이섭에게는 혼인을 정하기 전에 신부를 먼발치에서나마 만나보라고 했다. 일찍이 개화를 했다는 신부 집안의 뜻인지, 신부 아버지와 절친한 사이인 외숙의 생각인지 알 수 없지만 외숙과 신부의 아버지는 그리 약속을 한 모양이었다.

"그럼 보고 나서 마음에 들지 않으면 안 해도 되겠네요."

"정 마음에 안 든다면 어쩔 수 없는 일 아니겠느냐."

친구들이 더러 자유연애로 결혼을 하는 일이 있기는 했다. 이섭 역시 소설책에서 본 낭만적 연애를 꿈꾸었지만 현실에서는 쉽지 않았다. 고보 때는 옆의 여학교 학생들과 연애를 하는 친구들도 제법 있었지만 이섭은 여학생과 눈만 마주쳐도 얼굴이 붉어져 말 한번 붙여보지 못했다. 여자 형제 없이 자란 탓이었다.

이섭은 언젠가 부모님이 정해주는 혼처에 장가를 들게 되리라 마음먹고 있었다. 다만 아직은 시간을 갖고 앞날을 생각하고 싶어 외숙에게 공연한 어깃장을 질러본 것이다.

진이라는 여자는 작지 않은 키에 몸집은 가는 편이었다. 양갈래로 땋아 아래로 늘어뜨린 숱 많은 검은 머리가 고녀 학생처럼 보였다. 여자가 점점 더 가까이 다가왔다. 산책이라도 나왔다는 듯, 이섭은 보이지도 않는다는 듯, 늘어선 문관의 품계석을 따라 무심히 걸어오는 여자.

그 순간이었다. 햇빛을 받아 유난히 빛나는 여자의 흰 이마가 급습이라도 하듯 이섭의 눈에 들어왔다. 대리석 기단보다 더 희고 깨끗한 여자의 이마. 부드럽게 솟은 이마는 연약해 보이던 그녀의 몸에 순식간에 생기를 불어넣었다. 한 손에 손수건을 쥔 채 산책이라도 나온 여학생처럼 한가롭게 걸어오고 있는 여자는 볼록 솟은 이마 탓에 넘치는 총기와 당돌한 장난기마저 엿보였다.

순간 마음속 어디선가 줄 하나가 툭 끊어지는 기분이었다. 이섭은 그 이마에서 차마 시선을 돌리지 못한 채 무관의 품계석을 따라 걸었다. 종3품의 품계석 근처에서 이섭은 여자와 어깨를 나란히 하게 되었다. 잠시 걸음을 머뭇거렸지만 여자를 향해 한마디 인사조차 건네지 못했다.

여자는 태연했다. 고개를 가볍게 숙인 여자는 단 한순간의 머뭇거림도 없이 한결같은 걸음으로 이섭을 스쳐지나갔다. 여자가 자신의 곁을 지나갈 때까지 이섭은 그녀의 이마에서 눈길을 뗄 수가 없었지만 그렇다고 다시 뒤돌아볼 용기도 나지 않았다. 여자는 이섭을 알아보기나 한 걸까. 그녀를 지나쳐 중화문에 이르자 이섭은 조바심과 후회가 몰려왔다. 그제야 뒤를 돌아보았으나 여자는 그새 어디로 갔는지 보이지 않았다.

며칠 후 외숙이 집에 들렀다.

"서로 어지간히 마음에 들었던 모양이구나. 너나 그 아이나 암말 없이 혼인하겠다는 걸 보니."

외숙에게 처자가 곱고 영민해 보인다 했더니 흡족한 미소를 지었다. 진이라는 여자의 집에 먼저 들러 오는 길인 듯싶었다. 그렇게라도 한번 당사자를 보고 마음을 정하자고 한 것은 아무래도 여자의 뜻인 것 같았다. 천만다행이었다. 며칠 동안 여자의 이마가 마음에서 떠나지 않던 참이었다.

윤은 진의 막냇동생이었다. 맏딸인 진 밑으로 남동생 하나와 여동생 셋이 있었는데, 윤은 다섯 남매의 막내였다. 이섭이 진과 결혼할 당시 윤은 국민학교에 갓 입학한 학생이었다. 진의 자매들 중에서도 유난히 이섭을 따랐는데, 신행차 처가에 머물 때였다. 그녀는 수줍은 듯 안채 문 뒤에 몸을 반만 가린 채 이섭을 훔쳐보다가 눈이라도 마주치면 시선도 피하지 않은 채 배시시 웃곤 했다.

"형부, 형부가 난 우리 큰오라버니였음 좋겠어요."

하루는 제 언니를 따라 머뭇머뭇 신방까지 따라 들어온 윤은 총기 넘치는 눈을 반짝이며 그렇게 말했다. 자매 중에 진과 외모가 가장 많이 닮은 동생이었다.

"큰오라버니라고 생각하려무나."

진이 스스럼없이 대꾸했다. 연약한 몸에 비해 경계가 없고 당찬 데가 있는 사람이었다. 유난히 정이 많은 부모 밑에서 모자람 없이 자란 덕인지도 모른다. 장인과 장모는 넷이나 되는 딸들을 외아들과 다르지 않게 키웠다. 자신의 집안은 물론 어디서도 보지 못한 자유로운 분위기에 이섭은 가끔 어리둥절할 지경이었다.

"처제, 그렇게 해요. 나를 큰오라비라 생각하고 언제든지, 뭐든지 부탁해요."

어린아이라도 처제와 형부 사이인지라 이섭은 말을 놓을 수가 없었지만 여형제가 없는 탓에 정말 여동생이라도 생긴 듯 흐뭇했다. 어려서부터 업어서 키웠다는 말이 과장은 아닌

듯 진은 윤을 각별히 귀여워했고 윤 역시 진을 엄마처럼 따랐다. 윤은 어른들의 걱정에도 불구하고 스스럼없이 신혼부부의 방을 드나들었다. 얼마 지나지 않아 장인의 명에 따라 이섭은 윤에게 말을 놓았다.

처남이 어린 탓에 처가에서는 첫 사위인 이섭을 큰아들처럼 대했다. 장인이 외숙과 각별하기도 했지만 2대 독자로 외롭게 지내온 터라 외출하지 않는 날은 이섭을 불러 오후 내내 사랑채에서 함께 지냈다. 이섭에게 바둑과 서양장기를 가르쳐준 것도 장인이었다. 정이 넘치는 장인이 엄격하고 완고한 이섭의 부친보다 어느새 더 친근해졌다.

장인은 하루 한끼 식사는 반드시 온 식구가 겸상을 하도록 했다. 장인 장모는 물론 처남 처제들까지 모두 모여 앉아 식사를 하는 광경이 처음엔 몹시 당황스러웠지만 곧 익숙해졌다. 여전히 남녀가 유별하고 노소가 상하인 자신의 집안을 생각하면 가히 파격이었다. 결혼은 이섭을 급격히 변화시켰다.

지난해 양식장 결산보고차 서울 본사에 올라갔을 때였다.
"김 서방, 얼마 전 꿈에 진이를 보았네. 무명 치마저고리를 입었는데 두 손으로 치마를 올려 얼굴을 폭 가리고 있었네. 꿈에라도 한번 보고 싶어 그렇게 애태워도 안 보이더니 아무래도 그만 단념하라고 나온 모양이네. 난 이제 그 애가 이 세상 사람이 아니라고 믿기로 했네. 그러니 자네도 그리 믿고 다시는 딴생각 말게. 더이상 기다리지도 말고……. 올 사람이면 벌써 왔네."

장인은 모든 걸 비워버린 얼굴로 이섭을 보았다. 좀처럼 진의 이야기를 꺼내지 않는 장인이 모진 마음을 먹었다는 건 충분히 짐작이 갔다. 모처럼의 서울행에 처남인 현(鉉)의 부인이 정성껏 차린 음식은 하나도 줄지 않았다.

언제부턴가 장인이나 이섭은 서로 마주앉으면 누가 먼저랄 것도 없이 취하기에 바빴다. 말짱한 정신으론 차마 서로를 마주보기 힘든 두 사람은 빠른 속도로 잔을 비운 후에야 비로소 적자를 면치 못하는 양식장 현황이라도 이야기를 나눌 수 있었다.

일흔 중반을 지난 장인은 동굴처럼 텅 빈 것 같았다. 그토록 아끼던 맏딸 진을 잃고도 굳건히 버텨오던 그는 3년 전 장모가 죽자 결국 속이 텅 빈 나무처럼 변해버렸다. 적지 않은 재산을 일제와 전쟁을 겪으며 다 잃고 나서도 끄떡없던 장인은 사람을 잃고서는 더이상 무언가를 지킬 힘도 남아 있지 않았다. 장인은 어떤 것에도 의욕을 보이지 않았다.

다만 그는 어떻게든 연줄이 닿는 사람들을 총동원해 이섭의 일자리 구해주는 것을 자신의 존재 이유로 삼으려는 사람 같았다. 어디로도 갈 곳이 없는 처지이긴 했지만 이섭이 어느 날 갑자기 유배라도 가듯 제주도의 목장으로, 충청도의 새우양식장으로, 낯선 길을 떠난 것은 모두 장인 덕이었다. 장인에게 이섭은 여전히 버릴 수 없는 맏사위이자 절친한 친구의 생질이었다.

차라리 그가 자신을 버려주었다면 이섭의 마음은 훨씬 편할 것 같았다. 하지만 이섭 역시 마찬가지였다. 다른 여자와 아이를 넷이나 낳고 살면서도 이섭은 전(前) 처가에 여전히 발길을 끊지 못하고 있었다.

"난 자네가 진이와 혼인할 때부터 아들을 하나 더 얻었다고 생각했네. 부디 나를 장인이라 생각지 말고 아비로 대해주게. 그것도 하지 말라면 가슴에 박힌 이 대못이 나를 죽일 걸세."

장인과 이섭은 서로의 가슴에 박힌 대못을 차마 뽑아내지 못한 채 두꺼워져가는 녹을 못 본 척 외면하고 있었다. 이젠 녹이 너무 두꺼워 도저히 못을 뺄 수도 없었다. 그래도 어쩔 수 없었다. 이섭 역시 그렇게라도 끈을 잡고 있지 않으면 그들이 영영 돌아올 수 없을 것만 같았으니.

윤 일행을 보내고 돌아온 이섭은 집에 들르지 않고 곧장 바닷가로 나갔다. 만조의 바다는 턱까지 물이 차올라 있었다. 수천 년 동안 부서져 모래알만큼 작아진 조개껍질들과 가루처럼 고운 모래들이 유난히 반짝거리는 해변은 물속에 잠겨 흔적도 보이지 않았다.

모래사장 바로 밑까지 부풀어오른 바닷물은 거품 하나 없이, 숨이 멎은 듯 고요했다. 유난히 잔잔한 곳이었다. 오른쪽 독산 해안만 해도 고깃배가 드나들 만큼 경사가 심한 데 비해 양식장 앞 바다는 하현달 모양으로 길고 깊숙한 만을 이루고 있는데다 완만하기 이를 데 없어 파랑도 거의 일지 않는 곳이었다. 겨울이면 하루종일 햇살이 모래를 데우고 서해 바다를 온통 뒤집어버릴 듯한 해풍조차 교묘히 비껴가는 곳, 누군가 아무에게도 들키지 않게 숨겨둔 비밀스러운 거처 같았다.

처음 이곳에 왔을 때 이섭은 신이 자신을 위해 오래 닫아두었던 휘장이라도 걷어내준 듯한 기분이 들었다. 모처럼 평화롭고 안온했다. 따사로운 햇살이 내리쪼이는 모래언덕에 앉아 잔잔한 수면을 보고 있자니 그간의 몸속 생채기들이 한꺼번에 아무는 것 같았다. 그날 이섭은 모래언덕에 누운 채 잠이 들어 해가 질 때서야 겨우 깨어났다. 잠든 사이 밀려온 바닷물이 모래언덕 앞까지 차올라 있었다. 소리 없이 밀려온 바닷물이 따뜻한 여인의 몸속처럼 안온했다.

평화는 오래가지 않았다. 그날 밤, 캄캄한 방안에 누워 무심코 창호지 문에 눈길을 두고 있던 이섭은 갑자기 스치는 불빛에 놀라 벌떡 일어났다. 흰 창호지 문으로 푸른 불빛이 언뜻 비쳐든 것이었다. 이섭은 조심스럽게 문을 열고 나가 유리창이 달린 바다 쪽을 살폈다.

그때였다. 다시 나타난 푸른 불빛이 바다 먼 곳에서부터 찬찬히 해변을 훑기 시작했다. 군사용 서치라이트였다. 그것은 갯벌을 기어가는 게 한 마리도 찾아낼 만큼 강력한 조도로 해안을 훑어나갔다.

 이섭은 예상치 못한 밤 풍경에 당황했다. 먼저 몸에서 본능적인 반응이 일어났다. 오래 잊었던 몸의 기억이 순식간에 근육 사이사이에서 되살아나고 있었다. 이섭은 몸을 떨며 어쩔 수 없이 오래전 그날 밤을 떠올렸다.

 밤의 강물 위로 조명탄이 터지고 있었다. 달도 없는 그믐밤에 쏟아지는 빛은 근처를 대낮처럼 훤히 비출 만큼 강력했다. 빛이 가장자리에서 강의 한가운데로 이동하고 있었다. 강을 건너는 포구 위에서 눈이 멀 것 같은 조명탄이 터졌다. 축제라도 벌어진 것 같았다. 이섭은 바위 밑에 납작 엎드린 채 숨을 죽였다.

 사흘째 임진강 근처를 숨어다니며 기회를 엿보았지만 도강은 쉽지 않았다. 강 건너편 깎아지른 절벽이 장벽처럼 강을 엄호하고 있었다. 다리로는 엄두가 나지 않아 야음을 틈타 헤엄쳐 강을 건너는 수밖에 없기에 이섭은 비교적 수심이 얕은 곳을 찾아 사흘을 헤맸다.

 이섭은 납작 엎드린 몸을 더 낮춰 땅바닥에 틈 하나 없이 밀착해 있었다. 숨을 멈췄다. 빛은 숨결까지 포착해낼 것처럼 강력했다. 조명탄에 마른 옥수숫대가 보였다. 옥수수밭에서 흙을 잔뜩 묻힌 옷은 저 잔혹한 불빛을 속일 수 있을 것인가. 빛이 터지는 속도가 영원처럼 길기만 했다.

그때였다. 이섭이 엎드린 강변의 왼쪽에서 갑자기 총소리가 들려오기 시작했다. 다리 근처였다. 다다다다닥. 연발로 쏘아대는 총소리에 놀란 조명탄이 그곳으로 집중되었다. 소리가 요란했다. 누군가 무모하게도 다리를 건너는 모양이었다. 이섭은 때를 놓치지 않고 강물로 뛰어들었다. 조명탄은 당분간 총소리가 나는 곳에 집중될 것이었다.

차가운 물이 온몸을 적셔왔다. 강물의 유속이 생각보다 빨랐다. 이섭은 사력을 다해 강물을 가로질렀다. 고보 시절 뒤늦게 배운 수영이 이렇게 목숨을 걸게 할 줄 몰랐다. 강 한가운데는 급류였다. 아무리 저항해도 물살을 따라 몸이 떠내려갔다. 다행히 수심이 얕아지며 물살이 약해진 틈을 타 팔다리를 휘저었다. 정신없이 헤엄을 치다보니 어느새 발이 바닥에 닿았다. 이섭은 오리처럼 풀숲으로 숨어들었다.

다시 몸을 납작 엎드려 기기 시작했다. 경계병이 가세했는지 총소리가 더 거세졌다. 남에서 북으로, 또는 북에서 남으로, 월경을 하려던 누군가의 발에 총알이 쏟아지고 있었다. 그 틈을 타 이섭은 기어이 금단의 선을 넘어갔다. 누군가에게로 쏟아지는 총알이 이섭에게는 기회가 돼주었다. 산너머에서 불꽃이 일더니 곧이어 포격 소리가 들려왔다. 전쟁은 점점 더 치열한 공방전이 돼가고 있었다.

예상치 못한 곳에서 만난 불빛은 이섭의 몸을 돌처럼 굳게 했다. 그 강력한 불빛이 파자마 바람의 이섭을 찾아내어 실핏줄 하나까지 훤히 비춰낼 것만 같았다. 다리가 떨려왔다. 해안가를 지나온 서치라이트가 백사장 구석구석을 훑고 있었다. 이섭이 낮에 지나온 발자국까지 비춰낼 것만 같은 강력한 조도였다.

그제야 이섭은 깨달았다. 자신이 막 도착한 곳은 갯벌과 모래, 그리고 해당화만 있는 바다가 아니라는 것을. 불행한 반도의 서쪽 끝, 독산의 독대섬은 비록 무료한 담배 연기를 날리고는 있지만 무기를 든 군인들이 들어와 있는 해안 경계 지역이었다. 신의 휘장 따윈 애초에 존재하지도 않았다. 헛된 기대가 잘못이었다. 이 땅의 어디에도 이섭이 편히 숨을 수 있는 곳은 없었다.

그때였다. 이섭은 불현듯 생각했다. 경계를 한다는 것은 어떤 일이 일어날 수도 있다는 증거였다. 탁 트인 저 바다는 누군가 고무보트에 몸을 실은 채 밀물을 타고 은밀히 숨어들 수도 있는 곳이 아니던가. 온몸이 떨렸다. 어쩌면, 어쩌면 누군가 마음만 먹는다면 바다는 잠행이 가능한 곳이었다. 누군가 이섭이 절해고도 같은 이 바닷가에 산다는 사실을 안다면. 그리움이 만들어낸 상상은 날이 갈수록 견고해졌다. 이섭은 어느새 새벽마다 바닷가에 나가 혹시라도 올지 모를 그들을 기다리기 시작했다.

서쪽 하늘이 붉은빛으로 물들고 있었다. 아이들은 종일 더러워진 손발을 씻고 저녁상을 기다리고 있을 것이다. 미자는 오지 않는 자신을 기다리느라 식은 찌개 냄비를 다시 연탄 화덕 위에 올리고 있을지도 몰랐다. 윤과 아이들을 기차역까지 데려다주고 오는 길이었다. 아무리 천천히 걷는다 해도 집에 도착할 시간은 이미 지나 있었다. 미자의 안쓰러운 얼굴이 떠올랐다.

"기차 태워주고 바로 오세요."

미자는 아이를 넷이나 낳고도 옛이야기 속의 나무꾼처럼 불안해했다. 그녀는 아직도 어딘가에 이섭의 날개옷이 숨겨져 있다고 믿는지도 몰랐다. 아니 그녀를 불안하게 하는 것은 지금도 날개옷을 찾아 두리번거리는 이섭의 정처 없는 시선이었다. 이섭은 윤을 보낸 후 장터의 단골 술집 앞에서 잠시 서성대다 내처 돌아오는 길이었다. 윤을 배웅할 때 흔들리던 미자의 눈빛이 떠올랐기 때문이다.

미자가 처음 집에 왔을 때 이섭은 그녀를 받아들일 수가 없었다. 오래 비워놓아 마른 흙 흘러내리는 소리만 간간이 들리는 적요한 방안에서 이섭은 숙모가 날라다주는 밥을 죽지 않을 만큼만 겨우 넘기며 한 달을 누워 지냈다.

텅 빈 집을 견딜 수 없었다. 모두 다 어디로 갔을까. 아이들의 울음소리가 종일 환청처럼 들려왔다. 온몸에 바늘을 빽빽이 꽂은 채 시체처럼 누워 있었다. 아이들 목소리가 바늘 틈으로 파고들어 혈관을 타고 흘렀다. 환멸이 몰려올 때면 혈관이 곧 터질 듯 부풀었다. 그럴 때마다 이섭은 손톱이 갈라지고 피가 나도록 흙벽을 긁었다.

보다못한 둘째 숙부가 어느 날 이섭에게 일방적인 통고를 해왔다. 낯선 여자를 데려왔다. 아내와 큰아들, 손주들까지 모두 잃고 쓰러져 큰집 사랑에 누워 있는 반신불수의 아버지를 모셔야 한다는 이유였다. 혼례도 없이, 미자는 보따리 세 개만 달랑 들고 어느 날 이섭의 집으로 들어왔다.

그녀가 온 후에도 이섭은 옆방에 옮겨져 누워 있는 아버지와 별반 다르지 않았다. 달라진 것이라곤 숙모가 날라다주던 밥을 미자가 해준다는 것뿐이었다. 저녁상을 치운 미자는 죄인처럼 가만히 문을 열고 들어와 이섭이 누워 있는 아랫목에서 가장 멀리 떨어진 구석에 이불을 깔고 돌아누워 새우잠을 잤다. 이섭은 그녀의 손도 잡아보지 않은 채 석 달을 보냈다.

석 달이 지난 어느 날 새벽, 이섭은 미칠 듯한 열에 들떠 겁탈이라도 하듯 미자를 범했다. 잃어버린 아이들과 진이 토끼풀이 가득한 강 너머에 있었는데 이섭이 아무리 손짓을 해도 쳐다보지 않아 목이 쉬도록 소리치다 꿈에서 깨어난 직후였다. 방안엔 미자가 등을 보이고 누워 있었다. 이섭은 갑자기 미자에게 다가가 난폭하게 옷을 벗겼다. 별안간 덫에 치인 토끼처럼 떨고 있는 알몸의 미자를 보고서야 이섭은 자신이 무슨 짓을 한 것인지 알아챘다.

"미안하오."

비로소 이섭의 눈에 미자가 보였다. 죄 없이 끌려와 죄수보다 더 힘든 노역에 시달리고 있는 가련한 여인. 이섭은 자신이 온몸에 칼을 꽂은 채 함부로 그걸 휘두르고 있었다는 걸 그제야 깨달았다. 오래 참았던 눈물이 흘렀다. 차마 울 사이도 없이 쫓겨온 날들이었다. 창호지 문밖으로 박명이 비치는 새벽, 이섭은 미자에게 잃어버린 사람들에 대해 긴 이야기를 했다.

"언제가 될지는 몰라도 그때까진 혼인신고도 못할 거요. 아니 어쩌면 끝까지 이대로 지내게 될지도 모르오."

이섭은 그녀에게 옹색한 자리를 마련해주는 것으로 큰 선심이라도 쓴 듯 굴었다. 자신의 뜻을 무시하고 서둘러 미자를 데려온 집안 어른들에 대한 반감이 겹쳐 미자에게 더 함부로 말하게 했다.

"괜찮아요. 그렇게 중요한 것도 아니잖아요."

첫 결혼에서 정이 유난했다는 신혼의 남편을 전쟁중에 잃은 미자는 이섭의 마음쯤 충분히 이해한다는 듯 너그러웠다. 어쩌면 그녀 역시 이섭의 호적에 자신의 이름을 올리기에는 시간이 필요했는지도 모른다.

이섭은 서로의 처지를 핑계 삼아 자신이 있던 자리에서 꼼짝도 하지 않았다. 미자에게 한발이라도 가까이 다가가고 나면 잃어버린 사람들이 다시는 돌아오지 못할 것만 같았다.

해가 저물 무렵이면 이섭은 하루도 빼지 않고 옆 동네의 삼거리 주막으로 가 만취가 돼서야 집에 돌아오곤 했다. 그동안 미자는 오른쪽 몸을 전혀 쓰지 못하는 이섭의 아버지에게 밥을 먹이고 오줌과 똥을 받아내고, 움직이지 못하는 동생과 함께 있겠다며 아침이면 어김없이 찾아오는, 우애가 유난한 두 숙부의 밥상까지 차려내고 있었다. 이섭은 종이라도 들인 것처럼 뻔뻔했다. 그것은 미자가 첫아이 지석을 낳을 때까지도 계속되었다.

아이가 태어나자 이섭은 당황했다. 그동안 미자의 배가 점점 불러오고 있다는 걸 모르지 않았지만, 아니 저녁마다 미자가 등불을 바짝 당겨 배냇저고리나 기저귀 따위를 만든다는 걸 알고 있었지만, 막상 아이가 자신의 눈앞에 던져지자 이섭은 예상치 못한 광경에 당황했다. 그날도 이섭은 삼거리 주막에서 술을 마시던 중이었는데 큰집의 종질이 숨을 헐떡이며 달려왔다.
"아재, 아가 나왔다니더. 빨리 아재 델꼬라고 할배가 난리시더."
어려서부터 엄하기론 조선 천지에 둘째가라면 서러워할 할아버지 밑에서 기죽어 자란 종질은 이섭과 비슷한 연배에도 불구하고 늘 주눅이 들어 있었다.
"뭐 하니껴. 벌떡 안 일나고! 할배 두 분 다 아재 안 온다고 화가 상투 끝까지 올라서 기다리고 계시니더."

새로 들인 질부가 솜씨 좋고 마음씨 곱다고 칭찬이 늘어지던 두 숙부는 술만 마시고 밖으로 나도는 이섭을 보다못해 몇 번씩이나 꾸중하고 야단쳤다. 그들에겐 혼자 남은 조카보다는 자신들의 아우가 아내와 큰아들, 그리고 생때같은 손주들까지 모두 잃고 쓰러져 반신불수가 된 사실이 더 애달팠다.

"우리라고 와 니 맘 모르겠노. 그 좋던 아이들 다 잃고 남은 사람이라곤 쓰러진 아배 하나 남은 기 와 기맥히지 않겠노. 글타고 지금 니가 정신 차리지 않으모 누가 다 쓰러진 이 집을 일으키겠노. 저래 쓰러져 지 맘대로 눕지도 모하는 니 아배가 불쌍치도 않나? 니 아배가 이제 믿을 기 니밖에 또 누가 있노?"

구구절절 옳은 말이었다. 이섭 역시 그들의 말처럼 쓰러진 아버지도 다시 일으켜세우고, 비록 모두 다 사라지기는 했지만 집안이라도 다시 사람 사는 꼴로 만들고 싶었다. 하지만 그 생각은 어쩌다 잠시였고 여전히 마음은 사라진 이들의 그림자에 꼼짝없이 갇혀 있었다. 하루라도 취하지 않고는 그 시간들을 견뎌낼 수 없었다.

"아재, 빨리 일나소!"

종질이 거칠게 이섭의 몸을 일으켜세웠다. 이섭은 남은 막걸리잔을 마저 비우고 나서야 팔이라도 끌고 갈 태세인 종질을 뿌리치고 집을 향했다. 정월 초이레, 날렵한 배 모양의 달이 산그림자에 걸려 있었다. 한 생명이 태어나기에는 몹시도 차고 쌀쌀한 날이었다.

 이섭은 갓 태어난 아이를 바라보았다. 옆집 아이라도 되는 듯 특별한 감정이 일지 않았다. 오히려 그 추운 엄동에도 여전히 땀을 흘리고 있는 미자가 안쓰러워 가만히 손을 잡아주었을 뿐이다. 그때였다. 첫울음을 울고 따뜻한 물에 몸을 씻은 후에도 죽은 듯이 누워 있던 아이가 빼꼼히 눈을 떠 이섭을 바라보았다.
 아니 이섭을 보았다는 것은 착각일 뿐이었다. 아이의 눈에는 아무것도 보이지도 들리지도 않았을 터지만 아이는 제 어미 옆에 누워 갓 나온 세상 구경이라도 하듯 소복한 눈꺼풀을 밀어올렸다. 예정일보다 1주일이나 먼저 나온 탓인지 유난히 작은 얼굴과 몸집으로 보아 온 힘을 다해 올린 눈꺼풀이었을 것이다.
 이섭을 당황하게 한 것은 그것이었다. 외면하려는 이섭을 향해 온몸으로 자신의 존재를 들이미는 듯한 갓난아기의 눈. 아이의 검은 눈동자가 이섭의 얼굴에 멈춰 움직이지 않았다. 당황했다. 갓 태어난 아기들은 눈도 못 뜬 채 강보에 싸여 있기 마련인데 어쩌자고 이 아이는 눈을 떠 아비를 보고 있는가. 네가 어떤 작자인지 어디 한번 보자는 태도였다.
 이섭은 갑자기 아이를 바라보던 아비에서 아이에게 보이는 아비가 돼버렸다. 처참했다. 제 고통을 무기 삼아 아무에게나 함부로 칼을 휘두르고 있는 꼴이었다. 황급히 아이에게서 눈길을 돌렸다. 아이는 여전히 눈을 빤히 뜬 채 이섭을 바라보았다. 흔들리지 않는 아이의 눈이 다시 이섭을 끌어당겼다. 소복한 눈꺼풀과 반달 모양의 눈매가 영락없이 이섭의 눈과 똑같았다. 부끄러웠다.

그날 이후 이섭은 달라지기 시작했다. 더이상 술을 마실 수 없었다. 막걸리잔을 들고 있으면 어김없이 아이의 그 빤한 눈길이 떠올랐다. 차츰 술을 마시지 못했고, 그런 날이면 밤새 뒤척이다가 겨우 잠이 들었다. 어느 날부터인가 술 마시지 않고도 잠을 잘 수 있게 되었다.

"이놈이 니 애비를 정신 차리게 했구나. 장하다!"

아버지는 물론 숙부들을 비롯한 일가친척 모두가 갓 태어난 아이를 안고 감격했다. 졸지에 손이 끊겨버린 집안에 태어난 사내아이가 한없이 대견한 모양이었다. 일곱이나 되는 손주들을 다 잃은 후 새로 본 손자를 이섭의 아버지는 끔찍이도 귀히 여겼다. 아이는 언제나 할아버지 곁에 나란히 누워 잠을 잤고, 조손이 번갈아 오줌과 똥을 쌌다. 심지어 미자가 젖을 먹일 때조차 건넌방으로 가지 못하게 했다. 미자는 하는 수 없이 임금보다 더 어려운 시아버지 뒤에서 아이에게 젖을 물릴 수밖에 없었다.

"고마워요, 당신이 이 아이마저 모른 체할까봐 겁났어요."

아이의 백일 날, 미자는 비로소 편안한 얼굴이 되었다. 눈엔

흔들리는 것들

눈물이 그렁그렁했다. 미자를 괴롭힐 권리가 없다는 걸 깨달은 지는 오래였다. 이섭은 미자와 아이를 한데 안았다. 마른 뼈들이 부딪치며 구석구석 통증이 일었다.

끝내 굳은 몸을 펴보지 못한 채 아버지가 떠난 후 딸 셋을 더 낳은 미자는 그제야 마음을 놓은 듯했다. 잃어버린 아이들을 이섭에게 되찾아주었다는 자신감이었을까. 아니 그건 아니었다. 비슷한 집을 지었다는, 일종의 안도감이었는지도 모른다. 어느덧 이섭은 잃어버린 세 아이들보다 하나가 더 많은 네 명의 아이들을 새로 얻은 아비가 돼 있었다.

하지만 이섭은 새로 아이들이 태어날 때마다 자신 안에서 행여 생겨날지 모를 이 산술적 계산을 경계했다. 아니 잃어버린 아이들이 행여 잊힐까봐 그 아이들의 이목구비와 목소리까지 하루에도 몇 번씩 떠올리곤 했다.

"아버지, 내 크레파스를 지훈이 형이 가져갔어요. 다음에 올 때 꼭 사다주세요."

"엄마 보고 싶어. 엄마는 왜 안 와?"

마지막이 될 줄 몰랐던 아이들의 투정이 토씨 하나 잊히지 않고 귓가에 쟁쟁거렸다.

오늘은 아무래도 틀렸다. 집으로 돌아가 미자와 아이들과 함께 뜨거운 찌개 냄비 속에서 숟가락을 부딪치며 따뜻한 밥을 나눠 먹고 편안히 잠들기는 틀린 일 같았다. 윤이 머물다 간 자리를 비워내야 했다. 이섭은 해가 저무는 모래언덕을 가로질러 양식장 너머 양조장으로 향했다. 손님이 있는지 양조장집의 노란 호롱불이 유리창에 얼비쳐 일렁였다. 안심이었다. 혼자 마시면 지나치게 폭음을 할 것 같은 날이었다. 양조장엔 독산의 고 선생이 동네 이장과 함께 와 있었다.

"어이, 김 소장. 당신도 양반은 아닌가 보소. 그렇잖아도 지금 모시러 갈까 하던 중인데."

고 선생은 이곳으로 와서 사귄 가까운 사람이었다. 서울에서 사범대학을 다녔다는 그는 천안에서 교편을 잡고 있다가 고향의 가업을 돌보기 위해 낙향했다고 한다. 고깃배 세 척과 소작 준 전답을 관리하며 지루한 시간들은 오늘처럼 술로 보내고 있었다. 동년배에다 촌에서 이야기가 통하는 사람을 만났다고 처음 본 자리에서 대번에 친구 삼자고 다가온 사람이었다. 무엇보다 술을 좋아한다는 게 이섭의 마음에 들었다. 낯선 곳에선 술친구 구하기도 쉽지 않은 일이었.

"오늘 택시 나가는 거 보니께 댁에 손님 오셨는개비요."

눈 밝고 말 많은 양조장 주인이 윤이 나가는 걸 본 모양이었다.

"예, 손님이 왔다 갔습니다."

"아이구, 그랬구먼. 친척이 왔었네비네."

고 선생이 막걸리 주전자를 들어 이섭의 잔에 넘치게 따

흔들리는 것들

랐다.

"여름도 이젠 다된 것 같지요?"

이섭은 얼른 화제를 바꿨다.

"그나저나 김 소장은 도대체 왜 이런 촌구석까지 왔소? 바닷바람도 쐐본 적이 없는 사람이 경험도 없는 새우 양식을 하는 걸 볼 때마다 똑 궁금혀 죽겠다니께."

고 선생이 잔을 내밀며 작심이라도 한 듯 말을 꺼냈다. 함께 술을 마시고 어울려 낚시도 했지만 이섭은 한 번도 속내를 털어놓은 적은 없었다. 제주도에서도 마찬가지였다. 이섭은 개인사에 대한 이야기가 나올 만하면 급히 술에 취하거나 자리를 떴다. 고 선생과 잔 부딪칠 새도 없이 이섭은 하얀 사기대접을 단숨에 비웠다. 차라리 혼자 마시는 게 나을 뻔했다는 후회가 몰려왔지만 이미 늦어버렸다. 이섭은 잔이 비기가 무섭게 다시 채웠다.

양식장 둑길에 들어서자 걷잡을 수 없이 취기가 몰려왔다. 고 선생이 집까지 데려다주겠다고 했지만 극구 뿌리치고 오는 길이었다. 달빛이 비친 길은 더 희었다. 감각은 무디고 둔중해졌으며 통제를 벗어난 걸음은 둑길과 비탈을 함부로 오가며 비틀거렸다. 이섭은 그동안 참았던 숨을 내쉬며 팔다리가 마음대로 흔들리도록 내버려두었다. 마침내 윤도 미자도 없이, 완벽한 혼자가 되었다. 호지 위에서 달빛이 흔들리고 있었다.

다행이었다. 세상에 술이 있다는 게 얼마나 다행한 일인가.

목이 메었다.

"아아!"

이섭의 입에서 느닷없는 소리가 터져나왔다. 늑대의 울음소리 같기도 하고 벙어리의 절규 같기도 한 소리. 몸속 가득 차서 토해내지 않으면 폭발이라도 할 것만 같았다. 아아아, 이섭은 온몸의 힘을 끌어올려 또 소리를 질렀다. 소리는 양식장 수면 위로 미끄럼을 타듯 곧게 뻗어나갔다. 이섭은 다시 한번 소리를 질렀다. 으아아아, 소리는 발바닥에서 시작해 온몸 구석구석을 훑고 터져나왔다. 이섭은 갑자기 길 위에 주저앉았다. 멀리 네모반듯한 양식장 사택이 검게 보였다. 미자와 아이들이 오지 않는 이섭을 기다리고 있을 것이다. 이섭은 무릎이 꺾인 채 길 위에 퍼질러앉았다. 지나온 길은 이미 오래전에 지워지고 눈앞의 길은 점점 아득해졌다. 이섭은 그대로 둑길에 누워 하늘을 보았다. 달빛에도 불구하고 삼태성이 또렷했다.

화투점

 아버지는 오늘도 거북점으로 하루를 시작했다. 겨울이면 양식장도 한가한 때라 아버지는 아침마다 담요 위에 거북이 모양의 화투 점괘를 펼쳤다. 화투 세 장을 떼어 담요의 한가운데 놓고 네 귀퉁이에 양 갈래로 화투를 벌려놓으며 거북의 몸통과 팔다리를 만들어갔다. 두 팔과 다리가 만들어지고 드디어 거북이 모양이 완성되었다. 아버지는 왼쪽 팔부터 화투를 한 장씩 뒤집기 시작했다. 같은 그림들끼리 맞춰 한쪽에 내려놓고 다시 한 장을 뒤집었다. 비, 난초, 솔 세 개를 맞추고 나니 같은 짝이 벌써 동나버렸다. 아버지는 손에 쥔 화투를 하나씩 뒤집어보았다. 흑싸리는 짝이 맞지 않았다. 손안의 화투를 다 뒤집어도 패가 맞지 않았다.
 아버지는 솔이 먼저 떨어지는 걸 제일 좋아했다. 솔은 기다리던 소식이라며, 먼저 떨어질 때마다 반가운 손님이 올 거라고 했다. 일본의 고모가 이미 다녀갔는데도 아버지는 누굴 기다리는 것인지 여전히 솔을 좋아했다. 지형은 아침마다 아버지 옆에 앉아 제발 솔이 빨리 나오기만 빌었다. 오늘도 패가 안 맞은 화투점을 거둔 후 지형과 동생들까지 실망한 얼굴로 밥상 앞에 앉았다.

"화투는 재미로 하는 거라고 아빠가 말했지?"

지형이 담요 위의 솔광을 집어던지자 아버지가 애써 웃었다. 거북이가 딱 떨어지지 않은 날엔 아버지의 표정도 밝지 않았다.

"밥 먹고 재밌는 거 보여줄게."

지석이 지형을 위로할 무언가를 생각해낸 모양이었다.

"뭔데?"

지형은 당장 화투를 잊고 지석의 제안에 귀가 솔깃해졌다.

"밥 다 먹고 나서 보여줄게."

"나도."

지선도 끼어들었다. 지석은 마음이 급해져 숟가락이 빨라졌다. 늘 한 시간이 넘도록 밥을 먹는 지우도 뭘 보여준다는 말에 바쁘게 숟가락질을 했.

지석은 밥을 먹자마자 마루 맞은편으로 난 사무실 문을 열고 들어갔다. 지형은 물론 지선, 지우도 밥을 먹는 둥 마는 둥 얼른 숟가락을 놓고 따라갔다. 지석이 아버지의 커다란 쌍안경을 책상 위에 놓고 이리저리 살펴보고 있었다.

"이걸로 뭐 하려고?"

아버지가 야단이라도 칠까봐 문 쪽을 살피며 지형이 물었다. 쌍안경은 아버지가 하루에도 몇 번씩, 수문이나 옥상에서 양식장의 구석구석을 살피는 데 쓰는 물건이었다. 독일에서 만들었다는 무거운 쌍안경을 아버지는 가죽통 속에 넣기 전에 늘 정성껏 닦았다.

하지만 쌍안경은 지형 남매들의 장난감이기도 했다. 지형은 쌍안경으로 깊은 골짜기 같은 손등을 확대해 보거나, 렌즈를 거꾸로 들고 지우를 멀리 보기도 했다. 렌즈가 펼쳐주는 신기한 마술은 심심할 때마다 즐기는 최고의 놀이였다. 현미경 다음으로 양식장의 귀한 물건이었다.

"내가 재밌는 거 보여줄게."

지석은 쌍안경의 왼쪽 렌즈를 뺐다.

"아버지한테 혼나면 어쩌려고?"

유난히 기계에 대한 호기심이 강한 지석은 전에도 라디오를 분해했다가 다시 조립하느라 혼이 난 적이 있었다. 뭐든지 뜯어보고 다시 조립해봐야 직성이 풀리는 지석은 얼마 전엔 카메라를 뜯어보다가 아버지에게 들켜 야단을 맞기도 했다. 지석이 분해했다가 끝내 못 쓰게 돼버린 탁상시계만 해도 두 개나 되었다. 드라이버를 손에 드는 걸 본 적이 없는 아버지에 비해 지석은 늘 드라이버나 작은 칼 따위를 손에 쥐고 있었다.

지석은 아무래도 뜨개질이나 바느질 솜씨가 뛰어난 엄마를 닮은 것 같았다.

"렌즈는 다 뺄 수 있게 돼 있는 거야. 이게 볼록렌즈라는 건데 햇빛을 렌즈에 모으면…… 자, 봐 불꽃이 생길 거야."

지석은 주머니에서 신문지 조각을 꺼내 햇빛과 일직선으로 렌즈를 조절했다. 성냥을 켠 것도 아닌데 연기가 나더니 불꽃이 일었다. 신문지가 타들어갔다. 지석은 다 태운 신문지 재를 말끔히 모아 밖으로 버린 후 언제 가져왔는지 자신의 중학교 교모를 꺼냈다.

볼록렌즈에 모인 햇빛이 은빛 검처럼 날카로웠다. 지석은 그 빛으로 검은 모자 안쪽에 글자를 쓰기 시작했다. 모직으로 된 검정색 교모에 모인 빛은 마치 펜처럼 거침없이 갈색의 글자들을 써나갔다. 김지석. 지석이 모자에 자신의 이름을 썼다. 인두로 지진 자국 같은 글씨가 새겨졌다. 이쯤 되면 지형은 지석을 존경하지 않을 수 없었다.

지석은 실험하고 연구하고 부수고 만드는 걸 잘했다. 학교나 집에서 말썽을 부린 적도 없고 엄마가 칼 같은 주름을 잡아 다려준 교복 바지에 흙 한번 묻히지 않는 단정한 모범생이었지만 이상하게도 물건에 대한 호기심만은 넘쳐났다. 학교를 일찍 들어간 탓에 지형과는 4학년 차이가 났지만 지석은 가끔 어른처럼 보일 때가 있었다.

"정말 이상한 녀석이야. 크면 장사나 시키려고 했더니 전파상을 차려도 되겠어."

얼마 전, 카메라를 분해했다고 지석을 야단친 아버지가 지나가는 말처럼 중얼거렸다. 장사라니, 지형은 선뜻 아버지의 말이 이해되지 않았다. 지석은 어느 모로 보나 장사에 어울리는 사람이 아니었다. 공부는 잘했지만 수줍음이 많아 반장을 해본 적도 없었다. 사람들 앞에만 나가면 얼굴부터 빨개지고 말이 우물우물 흐려졌다. 전학을 온 탓도 있을 거라고 엄마와 아버지가 하는 얘길 들은 적이 있었다. 제주도에서 다니던 국민학교 1, 2학년 때는 동화구연대회에서 2년 연속 1등을 했다고 들었다. 전교생이 모인 자리에서 동화를 연극처럼 읽는 것이라 했다. 아직도 엄마가 소중히 보관하고 있는 교과서의 「금도끼 은도끼」편에는 '손을 위로 쭉 뻗고', '두 발을 펄쩍 뛰며' 같은 펜글씨가 곳곳에 남아 있었다. 아버지 글씨였다. 그걸 볼 때마다 몇 번씩이나 그 동작을 연습시켰을 아버지와 어린 지석의 모습이 떠올랐다. 그런 지석이 장사라니, 지형은 장날 양은 냄비를 들고 소리치던 남자가 떠올랐다. 지석이 그렇게 큰 소리를 지를 수 있을까, 지형은 고개를 갸우뚱했다.

"지석이 주변머리에 어떻게 장사를 하겠어요? 장사를 하려면 수완도 좋고 남 비위도 잘 맞춰야 하는데."

지형의 생각을 들여다보기라도 한 듯 엄마가 아버지 말에 반박했다. 사람은 다 자기가 잘할 수 있는 게 있을 텐데 지석과 장사는 아무리 생각해도 어울리지 않았다. 게다가 아버지는 항상 무얼 하고 싶은지, 잘 생각해보라고 하지 않았던가. 지석이 하고 싶은 일이 장사는 분명 아닐 것 같았다.

"그럼 저 녀석이 뭘 할 수 있겠어? 공무원이나 선생을 할 수 있겠어, 그럴듯한 회사에 들어갈 수가 있겠어? 취직은 꿈도 못 꿀 일인데 장사나 해야지. 저 녀석이 내 아들인 이상 남들처럼 평범한 삶은 어림도 없어."

아버지의 말은 점점 더 이상했다. 아버지의 아들인 이상 취직을 할 수 없다니, 무슨 말인지 알 수가 없었다. 아버지의 아들은 취직을 하면 안 되는 법이라도 있단 말인가? 지석이 취직을 할 수 없다면 나는 어떻게 되는 걸까? 어린이신문의 기자도 될 수 없는 건 아닐까, 지형은 불안한 의문에 사로잡혔다. 도대체 아버지는 어떤 사람이기에 그 아들이 취직도 할 수 없는 걸까? 아니 아버지는 어쩌다가 여기서 새우를 키우고 있는 걸까? 양식장 사무실에 꽂혀 있는, 새우나 말에 관한 책들을 볼 때마다 생긴 의문이었다.

지형은 심심할 때마다 아버지의 책상 위에 꽂힌 그림책을 빼내 들여다보곤 했다.

"언니, 그림책 보여줘."

지우는 사무실 책꽂이에 꽂혀 있는 말 그림책을 유난히 좋아했다. 갈색의 갈기가 바람에 날리는 멋진 말 그림이 있는 책은 나섯 권이나 되었다.

"옛날 옛날에 경수라는 소년이 살았는데 경수에게는 멋진 말 한 마리가 있었어. 털이 까맣고 반짝반짝하게 빛나는 말은 힘이 세고 달리기도 아주 잘했어. 경수는 그 말을 너무 사랑해서 매일매일 당근밭을 가꾸었대."

지형은 생각나는 대로 이야기를 지어내 지선과 지우에게 들려주곤 했다. 그 책에 뭐라고 쓰여 있는지 도무지 알 도리가 없었기에 지형은 마음대로 이야기를 꾸며냈다. 말 그림책은 일본어로 돼 있었다. 말을 키우는 데 필요한 책이라고, 제주도의 목장에서 아버지가 보던 것이라 했다.

지형은 말이나 새우 그림이 잔뜩 들어 있는 그 책들을 볼 때마다 이상한 생각이 들었다. 양지 마을이나 소황리의 어떤 집에도 그런 책은 없었다. 아이들 교과서 외에 다른 책이 있는 집도 드물었지만『소를 키우는 법』이나『돼지를 키우는 법』이란 책은 찾아볼 수 없었다. 그냥 먹이만 꼬박꼬박 챙겨주면 소나 돼지는 몸집이 불어나고 살이 붙는 가축이 아니던가. 말이라고 크게 다르지 않을 것 같았다. 목장이란 데가 물론 말을 많이 키운다는 것쯤은 알았지만 말을 키우는 게 그렇다고 책을 보고 하는 일은 아닌 것 같았다. 그런데 아버지는 이상하게도, 무슨 일이든 책을 보는 게 제일 먼저 하는 일이었다.

"제주도에서 한번은 아버지가 어떤 청년을 데리고 밤늦게 왔는데 말이다. 혼자 여행을 온 청년인데 부두 근처 막걸릿집에서 만났다는 거야. 술 마시다 우연히 합석하게 됐는데 너무 말이 잘 통하더란다. 그래서 목장일 같이 해보자고 데려왔더라고. 마침 목장에 일할 사람이 필요했다면서."

두 사람은 형과 아우처럼 사이가 좋았다고 한다. 집에 데려왔을 땐 이미 십년지기 같았다. 그때부터 아버지와 청년은 중산간의 목장에서 둘이 지내기 시작했다. 엄마가 봐도 두 사람은 생각도 비슷하고 마음도 잘 통했다. 술을 놓고 앉으면 밤새 이야기가 그칠 줄을 몰랐다고 한다. 어쩌다 한번 엄마가 목장에 올라가보면 그는 마구간도 치우고 말 등도 쓸어주고 짚도 깔고 있었다. 그해 여름, 두 사람은 말먹이인 당근을 심었다. 고시 공부라도 하듯 열심히 책을 보면서 당근을 심었다. 겨울이 되어 당근을 수확한다기에 목장에 간 엄마는 허탈한 웃음을 웃지 않을 수 없었다. 뽑아보니 꼭 아기 손가락만한 것들만 줄줄이 나왔다. 풀뿌리보다 더 굵을 것도 없는, 형편없는 것이었다.

"얼마나 기가 막히던지 참. 그걸 심고 눕여서 매일 물 주고 풀 뽑고, 책에 쓰여 있는 대로 다 했는데 겨우 아기 손가락만하니 얼마나 힘이 빠졌겠어? 딱 1년을 같이 지낸 그 청년은 결국 서울로 떠났고 니 아버지는 다시는 당근을 안 심고 다른 데서 사 먹였단다. 그러니 말 키워서 뭐가 남았겠니? 그런데 더 어이없는 건 나중에 들으니 그 청년이 서울대를 나왔다고 하더구나. 아니 말 키우는 데 서울대 나온 사람이 무슨 소용이래냐

화투점

참!"

 어느 날 엄마가 갑자기 당근을 썰다 말고 그림을 그리고 있는 지형과 지석에게 해준 이야기였다. 당근만 보면 그 생각이 난다며 엄마는 당근 뿌리를 들고 쓰게 웃었다.

 "그런데 아버지는 왜 새우를 키워?"

 엄마의 이야기를 듣고 있던 지형은 새삼 의문이 생겼다. 아버지는 적어도 학교의 어떤 선생보다 아는 것이 많으며, 누구보다 공부도 잘 가르쳤고, 마을 사람들에게도 존경받는 사람이었다. 지석이나 영진에게 영어를 가르칠 땐 혀에 참기름이라도 바른 듯 발음이 매끄러웠다.

 한번은 키가 크고 머리가 노란 영국 사람이 양식장에 온 적이 있었다. 지형이 태어나 처음 본 서양 사람이었다. 아버지는 그 영국인과 영어로 대화도 했고, 시간 날 때마다 그날 신문에서 읽은 글이나 옛날이야기를 해주었다. 지형은 늘 책을 읽고 있는 아버지가 궁금해 가끔 표지를 들쳐보기도 했다. 소설책이 많았고 어떤 것은 제목을 봐도 무슨 책인지 짐작할 수 없었다. 이야기를 좋아하는 아버지는 밥 먹는 시간이 늘 한 시간을 훌쩍 넘기곤 했다. 며칠 전에도 밥을 먹다 말고 영화 〈카사블랑카〉 이야기를 한참 동안 해주었다.

 "잉그리드 버그만이라고, 어제 주간지에 나왔잖아."

 엄마가 매주 받아 보는 여성지 말이었다. 아버지는 숟가락도 놓은 채 엄마에게 동의를 구했다.

"아, 그 이쁜 서양 배우요?"

엄마는 실제로 영화는 보지도 못했으면서 주간지에 나오는 기사를 읽고 문희나 남정임, 김진규의 최근작이 무엇인지 훤히 꿰고 있었다. 엄마가 본 영화라곤 제주도에서 아버지와 함께 본 세 편이 전부라고 했다.

"아버지가 새우 키우는 게 이상하니?"

엄마가 당근을 들고 지형을 보았다. 당황한 표정이었다.

"응."

진심이었다. 아버지는 양식장에 어울리는 사람이 아니었다. 아버지는 최 기사처럼 삽을 들고 막힌 수문의 흙을 힘 있게 퍼내지도 못했고, 노 젓는 것도 지형보다 서툴렀으며, 심지어는 흙 묻은 장화도 어울리지 않았다.

이상한 것은 아버지뿐만이 아니었다. 집에는 옛날 사진이 하나도 없었다. 지형의 집에선 친구들 집에 가면 대청마루 위 가장 눈에 띄는 장소에 걸려 있는 가족사진을 찾아볼 수 없었다. 작은 앨범에 붙어 있는 제일 오래된 사진은 지석의 돌 사진이었다.

"엄마, 아빠랑 결혼할 때 찍은 사진은 없어?"

지형은 엄마에게 물은 적이 있었다. 아무리 가난한 집도 파리똥이 묻은 누런 결혼식 사진 한 장쯤 액자에 걸려 있지 않던가.

"으응, 시골이라서 못 찍었어."

 엄마는 얼굴이 발개진 채 얼버무렸다. 하지만 지형은 이해가 되지 않았다. 소황리 역시 면 소재지까지 한 시간이나 걸리는 시골이지만 집집마다 한복을 입고 연지곤지를 찍은 부모님의 결혼사진은 거의 다 있었다. 왜 우리집에는 그 색 바랜 사진 한 장이 없는 걸까, 지형은 엄마 말이 잘 믿기지 않았다.

 물건도 오래된 것은 찾아볼 수 없었다. 바다를 메워 만든 간척지라서 먹을 물이 나오지 않는 양식장은 동네 샘에서 물을 길어다 먹었는데, 물지게조차 다른 집들 것과 달랐다. 산에 가서 물지게에 적합한 나무를 베어온 후 다듬고 말려서 나무를 덧대고 못질을 하고 새끼를 꼬아 멜빵을 만든, 다른 집의 반질반질 길이 난 물지게에 비해 지형이네 것은 엉성하기 짝이 없었다. 대패 자국이 선명한 네모반듯한 각목과 합판으로 만든 지게는 10년을 쓴다고 해도 길이 들 것 같지 않았고, 고무 타이어를 잘라 만든 멜빵도 둔하고 투박하기만 했다.

 썰매도 마찬가지였다. 아버지나 삼촌들로부터 물려받은 동네 아이들의 거무튀튀한 썰매는 길이 잘 들어서 은색이 돼버린 철사 날 덕분에 얼음판 위에서 씽씽 잘도 달렸다. 하지만 형도 삼촌도 없는데다 공구로 무얼 만드는 재주도 젬병인 아버지 밑에서 늘 혼자 알아서 해야만 하는 지석이 다 자라지 않은 손으로 칼과 톱을 들고 만든 썰매는 동네 아이들과 함께 마을 논에 섞여 있으면 단연 눈에 띄었다. 합판과 각목, 생나무로 만든 어설픈 썰매를 볼 때마다 지형은 부끄럽고 지석이 안쓰러웠다.

두 해 전 겨울, 지석은 썰매 자루에 못을 박는 데만 꼬박 나흘이 걸렸다. 연탄 화덕 위에 올려놓은 못이 벌겋게 달았을 때 힘 있게 밀어넣어야 하는데, 소년은 못을 단단히 박을 만한 힘도 기술도 모자랐다. 지석은 수없이 쇠못을 달구고 망치질을 했지만 결국 삐뚜름하고 헐거운 썰매 자루를 만들 수밖에 없었다.

발에 감는 스케이트를 만드는 일은 더 어려웠다. 발 크기에 맞는 나무를 반으로 쪼개고 나무 양옆으로 작은 못을 박은 후 바닥에는 굵은 철사를 반듯하게 박아넣어야 했다. 지석은 스케이트를 만드는 데 꼬박 1주일이 걸렸다. 다행히 엄마를 닮아 눈썰미가 좋은 덕에 친구들 것을 보고 어림짐작으로 만들어내는 지석 곁에 앉아 지형은 날카로운 칼이나 망치에 그가 다칠까봐 마음을 졸이곤 했다.

지석이 혼자 놀이기구를 만들고 있어도 아버지는 조심하라고만 이를 뿐 아무것도 거들어주지 않았다. 아버지는 벽에 못을 박는 것조차 서툴렀다.

"우리집에는 왜 옛날 물건이 없어?"

지형은 흰 사기대접과 노란 양은이 전부인 그릇들도 못마땅했다. 친구들 집에 있는, 귀퉁이가 닳고 닳은 둥그런 함지박이나 목기들, 아무리 시커멓게 변했어도 고운 재로 닦기만 하면 반짝반짝 빛나는 놋그릇들이 부러웠다.

"우리는 고향 떠난 후 몇 번이나 이사 다녔잖아. 그런 무거운 그릇들은 가지고 다니는 게 힘들어서 다 버렸어."

엄마는 대수롭지 않게 말했지만 지형은 이상했다. 엄마는 기회가 있을 때마다 아버지의 집안이 얼마나 대단한지 강조했고, 아버지가 옛날이야기처럼 가끔 들려주는 고향 역시 오래된 기와집과 그 집에 살던 노인들 그리고 거창하기 짝이 없는 가족관계들이 떠올랐는데, 집에는 옛날 물건은커녕 오래된 책 한 권 보이지 않았다.

"근데 왜 그렇게 이사를 많이 다녀?"

그 역시 이상했다. 동네 친구들 누구네 집도 이사가는 일은 흔치 않았다. 대부분의 사람들은 이 동네에서 태어나 평생 한 곳에서 살고 있었다.

"아버지 일 때문이야."

엄마는 점점 집요해지는 지형의 말이 귀찮은 듯 자리를 떠버렸다.

아버지가 좋아하는 것들을 생각하면 의문은 더 커졌다. 눈이 종아리까지 쌓인 날이었다. 지석이 날카로운 칼로 팥알을 파내 약을 집어넣은 '싸이나'는 눈에 파묻혔고, 양지 마을의 논도 눈이 너무 많이 쌓여 썰매를 탈 수 없었다. 지석은 대신 스키를 타자고 했다. 실험실 옆 경사면이 스키장이었다. 지석은 연탄 화덕 앞에 앉아 종일 대나무 스키를 만들었다.

지석이 먼저 양쪽 발바닥에 구부러진 대나무를 대고 아슬아슬하게 스키를 타고 내려갔다. 다음은 지형 차례였다. 지형은 멈출 수도 없이 계속 미끄러져 내려가는 스키가 무서웠다. 경사면을 내려가는 동안 몰려올 두려움 때문에 스키를 신고 평지에서 걷는 연습만 하고 있었다.

"너 안 하면 내가 탄다."

지석은 더이상 참을 수 없었는지 스키에서 내려오라고 했다. 지형은 결국 지석이 타는 걸 몇 번 더 지켜본 다음에나 하기로 마음먹고 대나무 스키를 지석에게 넘겼다. 그때 갑자기 아버지가 지석을 불렀다.

"너 미술시간에 쓰던 수채화물감 어디 있지?"

아버지는 난데없이 물감을 찾고 있었다.

"물감?"

지석이 한 발만 대나무 스키에 올린 채 아버지에게 물었다.

"응, 스케치북하고 빨리 좀 찾아봐."

겨우 말귀를 알아들은 지석이 집으로 뛰어가 수채화물감과 스케치북을 찾아서 아버지에게 건네주고 돌아왔다. 그사이 지형은 두려움을 참고 경사면을 내려오는 데 성공했다. 옆에서 재촉하는 지선과 지우의 성화를 견딜 수가 없었다. 지형은 동생들 앞에서 겁쟁이가 되기 싫었다. 입술을 꼭 다물고 내려오니 경사면의 낙차감이 생각보다 무섭지는 않았다. 두려움은 상상력이 불러일으킨 감각이었다. 그 순간을 견뎌내고 나면 때론 아주 하찮아지기도 했다. 두 번이나 넘어지기는 했지만 지석과 번갈아 대나무 스키를 타고 나니 흰 솜털 같던 눈이 다져져 어느덧 경사면은 반질반질해졌다. 밥 먹으라고 부르는 소리에 집에 가보니 아버지는 그새 그림을 그리고 있었다.

그림을 그리는 아버지는 전혀 다른 사람 같았다. 마루에서 바라본 소나무숲과 양식장을 그린 풍경화였는데 아버지는 스케치를 마치고 물감을 칠하는 중이었다. 대나무 스키에 지친 우리가 떠들썩하게 집안으로 들어서는데도 아버지는 뒤돌아보지 않았다. 마치 그 풍경 속에 들어가버리기라도 한 듯 미동도 하지 않고 그림에 빠져 있었다. 그 모습이 지나치게 엄숙하고 고요해서 지형은 더이상 큰 소리를 내지 못하고 안방으로 조용히 들어가 뜨거운 아랫목에 발을 묻었다.

그림은 설경이었다. 추운 날씨에 얼어붙은 호지 위로 눈이 하얗게 내린 양식장의 설경. 큰 도화지가 없는 아버지는 도화지 두 장을 풀로 붙여 그림을 그렸다. 눈을 인 소나무 옆으로 보이는 것은 흰 선과 면뿐이었다. 모두 눈에 덮여 더 또렷해진 둑길과 모래언덕과 해안선들이 아득하면서도 고요했다. 아버지의 그림 속에는 이미 그친 눈이 다시 내리고 있는 것 같았다. 적막하고 쓸쓸한 양식장이 그 작은 도화지 속에 고스란히 들어 있었다. 엄마가 안방 벽에 그림을 붙여놓았다.

그림은 아버지가 가끔 이야기해주던 일본의 홋카이도를 생각나게 했다. 눈이 많이 와서 설국이라 부른다는 일본의 홋카이도. 아버지는 일본에서 대학을 다닐 때, 한해 겨울을 홋카이도 도서관에서 일한 적이 있다고 했다.

겨울이면 처마 밑까지 눈이 쌓인다는 홋카이도. 사람들은 눈을 치울 수도 없어 각자 자기 집에 고립돼버린다고 했다. 그럴 때마다 그들은 굵고 긴 대나무를 옆집과 연결해놓고 그걸 통해 서로 연락을 했다. 마치 종이 전화기로 하듯 긴 대나무를 통해 이야기를 나눈다는 것이다.

지형은 아버지에게서 홋카이도 이야기를 들을 때마다 양식장 소나무숲을 덮은 눈 속에 굵은 대나무통을 묻고 혼자 소리 지르고 싶었다. 유영석, 바보 멍충이!

"사람들은 겨울 내내 그 대나무통에 대고 온갖 얘기를 다 하는 거야. 그런데 봄이 되면 그 눈들이 다 녹아 없어지잖아. 그럼 겨우내 사람들이 쏟아냈던 말들도 같이 녹아버리는 거야. 그래서 홋카이도엔 봄이 되면 녹은 말들이 허공을 마구 떠돌아다닌다니까. 지우는 방귀쟁이. 아아, 심심해. 누구 나랑 좀 놀아줘. 지형이가 좋아하는 남학생은 누구? 이런 말들이 벌 소리처럼 동네를 웅웅 떠다니는 거야. 상상해봐, 소리가 막 들리는 거 같지?"

아무래도 아버지가 지어낸 이야기 같지만 지형은 들을 때마다 어디선가 얼어붙었던 말들이 떠돌아다니는 소리가 웅웅

웅, 늘려오는 것 같았다. 겨우내 눈 속에 갇혀버리는 양식장에선 충분히 상상할 수 있는 풍경이었다. 지형은 봄바람이 불면 귀를 활짝 열어 하늘을 떠돌아다니는 말들을 꼭 들어보리라 마음먹었다. 벌이나 나비의 날갯짓 속에 어쩌면 겨우내 얼어붙은 말들이 숨어 있을지도 모를 일이었다.

하루는 지선이 아버지의 책장에서 책 한 권을 빼들었다. 지선이 제일 좋아하는 『말의 사육(馬の飼育)』이란 책이었다.
"언니, 이건 뭐야?"
책장을 넘기던 지선이 책갈피 사이에서 누런 종이 하나를 집어들었다.
"뭔데?"
지형은 지선이 건네준 종이를 펼쳐보았다. 사람 이름, 주소 등이 적혀 있는 누런 종이 맨 위에는 호적등본이라고 적혀 있었다.
"호적등본이 뭐야?"
지선이 종이를 펼쳐 들고 물었다.
"몰라."
한자와 한글이 섞인 펜글씨는 읽어보고 싶은 마음도 들지 않았다. 지형에게 호적등본을 건넨 지선은 지우와 함께 어느새 사무실을 나가버렸다. 소변이 마렵다는 지우를 데리고 나간 것이었다. 양손으로 펴들었던 종이를 접어 책갈피에 끼우려던 지형은 다시 종이를 펴보았다. 익숙한 글자가 눈에 들어왔기 때문이다. 아버지의 이름 김이섭(金利燮)이 한자로 반듯하게 쓰여 있었다. 아버지 이름은 한글보다 한자로 쓸 때가 훨씬 근사했다. 특히 글씨를 잘 쓰는 아버지가 직접 자신의 이름을 쓸 때마다 글씨가 맘먹은 대로 써지지 않는 지형은 몹시 부러웠다. 괜찮아, 크면 더 예쁘게 쓸 수 있을 거야. 아버지는 위로를 해줬지만 지형은 자신이 없었다. 필체는 타고나는 것이라고 엄마가 말했듯이 지석은 어릴 적부터 아버지 글씨와 비슷했다. 지선의 글씨도 지형보다 더 단정하고 예뻤다. 자음과 모음의 균형이 맞지 않는 뭉툭한 지형의 글씨는 아무리 연습해도 고쳐지지 않았다.

호적등본 속 아버지 이름 옆에 한자로 '夫'라고 돼 있고 그 아래에는 '妻'가 보였다. 엄마 이름인 박미자(朴未子)를 찾던 지형은 갑자기 당황했다. 잘못 본 걸까. 지형은 다시 한번 찬찬히 들여다보았다. 분명 처라고 된 칸에는 박미자가 아닌 다른 이름이 있었다.

아버지와 지석이 그렇듯이 엄마 이름이 두 개인 걸까. 아버지와 지석은 아명이라고, 각각 다른 이름들이 하나씩 더 있었다. 하지만 그것도 아니었다. 엄마는 분명 박씨인데 그 이름은 이씨가 아닌가. 그것도 외자 이름이었다. 이진(李晋).

"오빠, 이 글자 뭐야?"

지형은 쌍안경 렌즈를 다 끼운 후에도 검은 몸체를 융으로 닦고 있는 지석을 불렀다.

"무슨 글자?"

지석이 다가와 글자를 보았다.

"진(晉) 자잖아. 이것도 모르냐?"

"이것 좀 봐. 이 사람 누구야?"

곧 돌아서는 지석을 다시 불렀다.

"누구 말이야? 어, 이거 호적등본 아냐?"

지석은 그제야 지형이 들고 있는 종이를 받아들고 자세히 살피기 시작했다.

"이건 아버지 이름이 맞는데 왜 엄마 이름이 달라? 처가 부인 아냐?"

지석이 쓰는 펜글씨 교본을 자주 펴보던 지형은 간단한 한자를 읽고 쓸 수 있었다. 지형은 사물의 형태를 본떠서 만들었다는 한자에 호기심이 커 모르는 글자가 나오면 옥편을 찾아서라도 읽으려 애썼다. 지석이 펜으로 쓴 글씨 위에 연필로 덧쓰면서 글자 연습과 한문 공부를 동시에 했다. 지형은 가족들 이름 정도는 다 읽고 쓸 줄 알았다.

"아내 처 자 맞는데."

지석도 고개를 갸우뚱하며 호적등본의 앞뒤를 뒤집었다. 그때였다.

"지석아, 쌍안경 좀 가져와!"

아버지가 지석을 불렀다. 지석은 행여 렌즈를 뺐던 사실을 들킬세라 얼른 호적등본을 팽개치며 쌍안경통을 들고 밖으로 달려나갔다. 지형은 다시 호적등본을 들고 찬찬히 살폈다. 자(子)에는 낯선 이름 두 개가 있었다. 지용, 지호. 하지만 두 이름은 붉은색으로 사선이 그어져 있었다. 그 옆으로 지석과 지형, 지선 그리고 지우의 이름이 차례대로 보였다.

  갑자기 손이 떨렸다. 뭔가 이상했다. 저 낯선 이름들은 도대체 누구란 말인가. 지용, 처음 듣는 이름은 아니었다. 얼마 전 술 취한 아버지의 입에서 흘러나온 이름이 아니던가. 그날 밤은 너무 혼란스러워 정확한 이름을 기억하기 어려웠다. 그런데 왜 저 이름들이 아버지 아래 칸을 차지하고 있단 말인가. 지형은 당장 엄마한테 달려가 물어보려다 멈칫했다. 엄마의 이름이 호적등본에 없다는 게 마음에 걸렸다. 우리 이름은 있는데 왜 엄마 이름은 없어? 지형의 물음에 혹시 엄마가 당황이라도 한다면, 아니 엄마가 대답을 하지 못한다면 어떻게 할 것인가. 지형은 떨리는 손으로 누런 호적등본을 접어 지선이 빼낸 책 사이에 가만히 끼워넣었다. 금단의 문서라도 훔쳐본 듯 가슴이 두근거리며 지형은 새로운 의문에 사로잡혔다. 아버지는 도대체 어떤 사람일까.

  반공포스터 그리기 대회가 있었다. 아침부터 전교생이 반공포스터를 그리니 그림 도구만 가져오라고 했다. 지형은 고모가 사다준 크레파스와 스케치북을 들고 갔다. 지석이 물려준

반토막 난 크레파스 대신 가져간 24색 새 크레파스는 흠 하나 없이 반짝거렸다.

"오늘은 모두 반공포스터를 그린다. 저 북한 괴뢰 도당을 하루빨리 처부수자는 내용으로 그리면 된다. 두 시간을 줄 테니 늦지 않게 그리도록 해라. 잘 그린 포스터는 뽑아서 도 대회에도 나가니 모두 열심히 그려야 한다, 알았나?"

늘 군인처럼 말하는 선생님은 반공포스터를 그리라는 말을 마치자마자 얼른 교무실로 가버렸다. 아이들은 책상 위를 치우고 크레파스와 연필을 꺼내느라 부산했다.

지형은 아버지와 달리 그림 그리는 걸 좋아하지 않았다. 포스터는 더 싫었다. 반공포스터, 불조심포스터, 쥐잡기포스터⋯⋯. 미술시간의 절반은 포스터만 그렸고, 글짓기시간의 절반은 표어 만들기로 보냈다. "오랜만에 오신 삼촌 간첩인가 다시 보자." 교실 벽에 붙어 있는 포스터였다. 아이들은 정말 낯선 친척이 오면 간첩인가 의심부터 할지도 모른다.

지형은 스케치북을 펴놓고 북한 공산당을 떠올려보았다. 간첩들은 정말 독침을 가지고 다닐까. 침을 입에 물고 훅, 불면 그 침이 사람 몸에 꽂히고 온몸에 독이 퍼져 금방 죽는다고 했다. 작년에도 서해안으로 고무보트를 타고 침투한 간첩이 우리 국군에게 잡혔다는 기사를 신문에서 보았다. 지형은 바닷가 모래언덕에서 신나게 놀다가도 가끔 그 생각이 떠오르면 무서움이 몰려왔다. 아이들과 물마름을 따 먹기 위해 으슥하고 푹 파인 모래 웅덩이 근처를 지나갈 땐 서로 먼저 가라고 등을 떠밀었다.

밤이면 이불 속에서 무선 교신을 위해 무언가를 두드리고 있다는 사람들. 난수표라는 것은 도대체 어떻게 생긴 것일까, 의문이 꼬리를 물었다. 북한 놈들은 정말 머리에 뿔이 났을까, 그건 믿을 수 없었다. 사람이 어떻게 머리에 뿔이 난단 말인가? 하지만 적어도 머리에 뿔이 난 짐승보다 더 무서운 것만은 확실했다. 북한과 김일성이라는 말만 들어도 등이 오싹해지고 머리카락은 정전기가 인 것같이 바짝 곤두섰다. 세상에서 가장 무섭고 나쁜 놈들이라고, 학교에선 귀에 딱지가 앉도록 강조했다. 지형은 알고 있는 모든 공포가 머릿속에서 뒤섞였다. 하지만 사실 지형이 더 두려운 건 그것이 아니었다. 멍하니 흰 도화지만 바라보던 지형의 머릿속으로 아버지가 술에 취해 내뱉은 말들이 불쑥 떠올랐다. 잊으려 해도 혼자 있을 때마다 고무공처럼 튀어나와 지형을 두려움에 빠지게 하는 아버지의 취한 말들.

일본 고모가 떠난 날이었다. 난데없이 술을 마시고 노래를 부르는 엄마를 몰래 지켜보던 지형은 방에 들어와 잠을 청해도 정신이 오히려 또렷해지기만 해 난감하던 차였다. 먼 곳에서 노랫소리가 들려왔다. 엄마처럼 가늘고 조용한 노래가 아니라 소나무숲 어디쯤에서 들려오는 크고 흐트러진 아버지의 노랫소리. 아버지가 또 취한 모양이었다. 그날따라 이상하게 엄마와 아버지가 모두 술에 취했다. 지형은 술에 취하면 아이들을 깨우는 버릇이 있는 아버지가 들어오기 전에 얼른 잠들고 싶었지만 이미 초저녁잠을 잔 터라 쉽게 잠이 오지 않았다. 한참 후 엄마가 아버지를 부축하고 방으로 들어왔다.

"이 녀석들, 벌써 잠들었나?"

아버지는 아이들을 깨울 태세였다.

"아이고, 그만 자요. 애들도 낮에 손님들 있던 방이랑 마루 청소하느라 힘들었는지 일찍 잠들었어요. 제발 그냥 자게 놔두세요."

엄마가 몸을 가누지 못하는 아버지를 요 위에 눕히는 모양이었다.

"그래, 미자야."

아버지는 엄마의 이름을 몇 번이나 불렀다.

"미안하다, 미자야."

아버지의 혀가 미역 줄기처럼 풀려 있었다.

"왜 이리 많이 마셨어요. 어서 주무시기나 해요."

엄마는 술 한 모금 입에 대지 않은 사람처럼 말짱한 목소리로 아버지를 달랬다. 취한 아버지는 엄마가 혼자 술 마신 사실도 모르는 것 같았다.

"이번 생은 아무래도 글렀지만 말이야……."

아버지의 목소리는 가누지 못하는 몸처럼 자꾸 무너지고

있었다. 지형은 깨어 있다는 사실을 들킬세라 숨을 꾹 참고 있었다. 지우가 잠결에 뒤척이는 듯 돌아누웠고 분명 잠이 깨었을 지석도 미동도 하지 않았다.

"그래, 내가 죄인이다. 지용이 형제한테도 걔들 에미한테도, 미자 너한테도 나는 온통 죄인이구나."

아버지는 알아들을 수 없는 말을 토사물처럼 뱉어내고 있었다. 지용이는 누구고 죄인은 또 무슨 말인가. 아버지가 흉악범이라도 된단 말인가. 아버지의 취한 목소리 때문에 지형은 자꾸 딸꾹질을 할 것만 같았다.

"죄인은 무슨 죄인이에요. 당신 잘못이 아니잖아요."

엄마가 드디어 아버지를 눕혔는지 이불 덮는 소리가 들려왔다.

"죄인이지 죄인. 적어도 그 사람과 애들한테는."

힘이 다 풀린 목소리로 보아 아버지는 곧 잠이 들 것 같았다. 지형도 이젠 정말 자야겠다며 눈을 더 질끈 감았다. 이미 눈자위가 뻣뻣했다.

"미자야, 그런데 말야…… 솔직히 고백하자면, 나는 후회하지는 않는다. 김일성은 싫지만…… 난 사회주의가…… 지금도 옳다고…… 알아듣겠…… 미자."

끊어질 듯 말을 잇던 아버지는 잠이 들었는지 더이상 소리를 내지 않았다. 곧 가늘게 코 고는 소리가 들려왔다. 잦아드는 아버지 목소리를 따라 잠에 빠져들던 지형은 정신이 번쩍 들었다. 김일성이라니, 갑자기 튀어나온 이름 때문에 잠이 확 깼다. 아버지의 입에서 김일성이라는 이름이 튀어나왔다는 게 믿을 수 없었다. 느닷없는 공포감이 몰려왔다.

아버지가 말한 그 이름은 내가 알고 있는 그 이름과 같은 사람일까. 혹 잘못 들은 것은 아닐까. 지형은 어른 두 키만큼이나 깊다는 양식장 한가운데 빠진 기분이었다. 아버지는 도대체 무슨 말을 하는 걸까. 김일성이 싫다니, 그걸 뭐 새삼스럽게 술까지 먹고 고백한단 말인가. 대한민국 사람이면 누구나 그를 원수로 생각하지 않던가. 머릿속이 덤불처럼 엉클어졌다.

사회주의란 무엇일까. 낯선 말이 새우의 날카롭고 긴 침처럼 머릿속을 찔러왔다. 공산주의는 반공시간을 통해 배웠고 수없이 많이 들어봤다. 전교 회장은 반공 웅변대회만 하면 늘 1등이었는데, 지형은 그가 운동장 연단에 서서 오른손을 힘차게 뻗으며 '공산주의'라는 첫음절에 힘을 줄 때마다 머리가 쭈뼛해졌다. 붉은 몸뚱어리에 뿔까지 난, 험상궂고 위험하며 잔혹한 어떤 것이 뒤에서 소리 없이 다가와 예고도 없이 자신을 덮치는 기분이었다.

그런데 공산주의도 아니고 사회주의란 또 뭐란 말인가. 아버지의 말로 짐작건대 김일성과 관련이 있는 것만은 틀림없었지만 어쨌든 김일성과는 또다른 무엇인 것 같았다. 김일성, 사회주의. 이해할 수 없는 두 단어가 잠이 달아난 지형의 머릿속을 쉬파리처럼 날아다녔다. 물 위에서 배를 흔들며 협박을 하던 태호보다 아버지의 입에서 튀어나온 말이 더 무서웠다. 지형은 가만히 몸을 돌려 잠든 아버지를 바라보았다. 술냄새를 풍기며 잠든 아버지가 모르는 사람처럼 낯설기만 했다.

다시 길 위로

 양식장도 오래 머물 곳은 아니었다. 아니 이섭에게 그런 곳은 세상 어디에도 존재하지 않았다. 결국 새우 양식장을 떠날 수밖에 없게 되었다. 지난해부터 설마하며 소문으로만 떠돌던 말은 사실이 되었다. 아이들이 다니는 국민학교와 양식장을 포함한 해안 일대에 공군 부대가 들어온다는 소문은 연말에 날아든 공문서 한 장으로 사실임이 입증되었다.
 공군 비행장과 사격장이 들어선다고 했다. 서해안 끝이라 전투기들이 심심찮게 날아다녔는데 이렇게 빨리 비행장에 사격장까지 들어설 줄은 몰랐다. 공문에 의하면 9월부터 토지수용과 철거를 시작한다고 했다. 이섭은 공문이 오자마자 그걸 들고 서울의 본사로 올라갔다. 사장은 지난해부터 그 사실을 알고 있었다고 했다. 시간이 문제라고, 비행장이 들어서는 것은 알고 있었지만 이렇게 빠를 줄은 자신도 몰랐다며 담담히 공문을 들여다보았다.

"다른 것도 아니고 군사용이라는데 뭐라 항의나 할 수 있겠나?"

사장은 이미 포기한 듯 보였다.

"그나저나 자네 장인 걱정이 여간 아니던데 이 소식 들으면 또 큰 근심 하겠구먼."

사장은 장인의 어릴 적 친구였다. 제주도의 목장과 서해의 양식장 모두 사장의 소유였다. 목장이나 양식장은 사실 그의 본업이 아니었다. 서울에 큰 빌딩을 가지고 있는 그는 투자 삼아 제주도의 목장과 서해의 양식장을 운영하는 것뿐이었다. 젊었을 때 냉동회사를 세워 큰돈을 번 후 눈 밝은 투자를 한 그에게 이젠 돈이 스스로 몸집을 불려주고 있었다. 목장의 조랑말들이 비쩍 말라 상품 가치가 없어도, 양식장의 새우들이 전염병이나 태풍으로 떼죽음을 당해도 그의 재산 규모에는 큰 영향을 미치지 않았다. 그에게 말은 없애고 새우는 그만 키우면 되는 일일 뿐이었다.

"수익도 못 내고 이렇게 돼서 죄송합니다."

이섭은 제주도의 목장에 이어 새우 양식장까지 두 번이나 그의 사업을 맡았지만 모두 실패한 셈이 되었다. 아무리 그가 부동산에서 큰 수익을 내고 있다 해도 번번이 실패하는 이섭을 단박에 내치지 않고 봐준 것은 순전히 장인에 대한 의리라는 걸 잘 알고 있었다.

"어차피 접을까 하던 중이었어. 제대로 하려면 인원도 더 필요하고 시설 투자도 더 해야 하는데 나이가 드니 뭘 자꾸 벌이고 싶질 않아. 이젠 사업이나 인생이나 정리해야 할 때가 된 것 같아."

사장이 양식장의 폐쇄를 덤덤히 받아들일수록 이섭은 더 참담해졌다. 그에겐 바둑 한 판 접는 것이 이섭에겐 목숨이 달린 일이었다. 자신의 목숨이 문제가 아니었다. 아내와 네 아이들의 목숨이 위태로워지고 있었다. 아니 아직도 이섭은 새벽마다 해안에 나가 잃어버린 아이들을 기다리고 있지 않는가. 운명은 다시 그의 등을 떠밀고 있었다.

"그나저나 9월부터 토지수용 한다니 더이상 새우 양식은 힘들 것 같고. 봄엔 종묘나 키워 다른 양식장에 넘기고 여름까지는 정리해야 할 것 같은데. 괜찮겠나?"

젊었을 때부터 냉동회사에서 뼈가 굵은 사장은 미련은커녕 차라리 홀가분해 보였다. 하긴 큰 수익이 나는 것도 아닌데 양식과 수출이 까다로운 새우 양식장에 미련을 갖는다는 게 더 이상한지도 모른다. 억새 같은 그의 흰머리에 이섭은 느닷없는 배신감이 일었다.

"새우는 그렇다 쳐도 다른 잡어들이라도, 버틸 수 있을 때까진 버텨봐야죠."

단 한 번의 항의도 없이, 마치 기다렸다는 듯 양식장을 내주려는 그가 못마땅했다. 이섭의 입에선 생각지도 않은 말이 튀어나왔다. 잡어라니, 해마다 새우를 잡고 나면 남은 생선들을 동네잔치로 끝내지 않았던가. 새우 이외의 생선을 팔아본 적도 없으면서 뜬금없이 잡어를 들먹이는 자신의 꼴이 난데없었다. 무얼 버텨보겠다는 걸까, 그저 몸에 밴 본능적인 저항인지도 모른다.

"아무튼 겨울 전까진 양식장을 비워야 할 것 같으니 자네도 내려가는 대로 하나하나 정리하게. 나도 설비나 장비 같은 것들 인수할 곳을 좀 알아보고 할 테니."

그것으로 끝이었다. 이섭은 다시 밀려나버리고 만 것이었다. 조랑말에서 새우로 옮겨왔던 삶은 또다시 막다른 골목에 이르렀다. 이제 어디로 가야 하는가. 아니 어디로 갈 수 있을까. 빌딩 사이로 번지는 해동의 봄볕 속에 칼날이 번득이고 있었다.

사장을 만나고 나온 이섭은 장인을 찾아가지 않았다. 본사 건물을 나와 무작정 발길을 옮겼다. 오랜만에 걷는 서울 거리였다. 어쩌다 서울에 올 때면 본사가 있는 종각과 장인의 집이 있는 효자동을 들러 급한 볼일이라도 있다는 듯 서해로 곧장 내려가버리곤 했다.

화신백화점 앞을 지나 안국동에서 잠시 멈칫대던 발길은 내처 창덕궁 쪽으로 방향을 틀었다. 장인은 어쩌면 그사이 사장으로부터 이섭이 다녀갔다는 전화를 받았을지도 모른다. 당연히 집에 들를 줄 알고 이섭을 기다리고 있을 것이다. 그러나 오늘만은 장인을 만나고 싶지 않았다.

"김 서방, 자네 사상에 전적으로 동의할 수는 없지만 난 그래도 자네를 믿네. 자네 생각이야 자유니 마음대로 하는 수밖에."

안면 있는 경찰 감찰과장에게서 처음 이섭의 이름을 들은 날, 그를 집으로 부른 장인은 그렇게 말했다. 애써 태연한 표정이었으나 수심이 역력했다.

"다만 지용이 에미와 애들은 자네 몫이니 잘 보호해주게."

장인은 바로 그 말을 하기 위해 이섭을 부른 것이었다. 그의 얼굴 깊숙이 숨어 있는 불안한 그림자의 정체이기도 했다.

"솔직히 난 어떤 사상이 절대적으로 옳다는 생각은 안 드네. 다만 어떤 게 더 인간적인 제도냐의 문제겠지. 나는 겁 많은 사람이라서 그냥 내 가족과 아이들이 힘들지 않았으면 좋겠네. 내가 믿는 신념 때문에 가족을 다치게 하고 싶지 않을 뿐이네. 제 몸만 아낀다고 비난해도 좋네. 나는 아이들이 칼끝에 손만 베여도 견디지 못하는 사람이네."

장인의 가장 절친한 벗인 이섭의 외숙이 해방 전부터 사회주의로 기울면서 장인과 외숙은 이미 한차례 격렬한 사상 논쟁을 거친 후였다.

"그건 꿈같은 얘기네. 자네는 인간이 그렇게 대단하다고 생각하나? 나는 인간은 아주 이기적인 존재라고 생각하네."

 장인이 외숙에게 건넨 마지막 말이었고, 그후 더이상의 논쟁을 하지 않았다. 다만 외숙의 사상도 자유니 존중한다는 말만은 철저히 지켰다. 장인은 모든 사람들의 생각을 존중하는 것만이 자신이 할 수 있는 최선이라고 입버릇처럼 말했다. 가정에서도 마찬가지였다. 그는 자식들의 생각을 무시하지 않는, 보기 드문 아버지였다. 혼인하기 전에 먼발치에서나마 이섭을 보고 싶다는 진의 생각을 흔쾌히 받아들인 것도 장인이었다고, 훗날 진에게서 들었다. 계집아이가 부끄러운 줄도 모르고 왜 이리 당돌한지 모르겠다며 혀를 차는 장모를 설득한 것도 역시 장인이었다.

 창덕궁과 원남동을 지나 이섭은 어느새 혜화동 길로 접어들었다. 명치끝에서 통증이 일었다. 성균관을 지나니 드문드문 키 낮은 기와집들이 눈에 띄었다. 폭격에 무너지고 재건사업에 헐리고 남은 기와집들이 패잔병처럼 후줄근히 버티고 서 있었다. 명문당 한의원 간판이 눈에 들어왔다. 운동장 한 바퀴를 전속력으로 달려온 듯 심장이 쿵쾅거리기 시작했다. 한의원은 여전히 그대로였다. 잔병치레 잦은 아이들이 수시로 드나들며 진맥을 받던 곳, 저 골목이었다. 한의원 골목으로 들어가서 백 보쯤 걷다가 오른쪽으로 꺾으면 아담한 기와집 한 채가 나올 것이다.

"얘들아, 아버지 오셨다."

갓난아이를 안은 진이 먼저 나와 아이들을 부르면 두 사내 녀석이 우르르 뛰어나와 머리를 직각으로 숙이며 소리쳐 인사를 하던 집.

"아버지, 다녀오셨어요!"

두 살 차이가 나는 지용 형제는 듀엣곡이라도 부르듯 꼭 입을 맞추어 인사를 했다.

"내가 먼저!"

서로 먼저 안기겠다고 달려드는 아이들의 얼굴이 봄꽃처럼 환했다. 아이들은 제 어미를 닮아 내내 따사로운 햇볕만 쬔 듯 그늘 없이 단단히 자랐다. 막내지만 엄격한 가풍과 고지식한 아버지 밑에서 윗사람들의 말을 명령처럼 받들며 숨죽이고 자란 이섭은 그런 아이들이 신기하기만 했다. 아니 자신이 이룬 가정이 이토록 환하다는 게 믿어지지 않았다. 부모 정 듬뿍 받고 자란 아내 진의 덕이었다. 두 달이 다 돼가는 갓난쟁이 지은은 또랑또랑한 눈망울이 제 어미를 쏙 빼닮았다.

이섭은 명문당 한의원 앞에 서 있었다. 도대체 얼마 만인가, 이섭은 15년 만에 찾아온 골목에서 식은땀을 흘리고 있었다. 홀로 기다림에 지쳐 마침내 집을 떠난 후 이섭은 한 번도 다시 오지 않았다. 어쩌다 차를 타고 지나는 일이 있어도 고개를 돌려 애써 외면했다.

변함없는 예서체의 한의원 간판을 끼고 골목으로 들어섰

다. 다행히 한의원 앞에서는 아무도 만나지 않았다. 아니 모를 일이었다. 당시도 환갑이 넘었던 한의사가 이미 다른 사람으로 바뀌어버린 것인지도. 이섭은 골목길로 한 발 한 발 내디뎠다. 오래전 이섭이 아침저녁으로 오가던 발길도 이 굳은 흙길 어딘가에 지문처럼 찍혀 있을까. 아이들의 작고 가벼운 발자국들 역시 이 땅을 다지는 데 한몫 보탰으리라. 진의 다급한 발길도 어딘가에 고스란히 남아 있을 것만 같았다. 이섭은 그 발자국들에 한 발 한 발 자신의 발을 포개듯 천천히, 꼭꼭 밟으며 걸었다. 골목 입구에 있는 적산가옥에 시멘트를 발랐을 뿐 신기하게도 골목 안 집들은 변한 게 별로 없었다. 기와에 이끼가 좀더 앉고 군데군데 금이 가 있을 뿐.

골목의 끝, 이섭은 결국 그 집 앞에 이르렀다. 니스칠을 말끔히 하고 기와도 새로 얹은 듯 윤이 반짝반짝 나는 게 새집 같았다. 최유근. 낯선 이름이었다. 한때 이섭의 이름이 걸려 있던 자리는 낯선 사내의 이름으로 바뀌어 있었다. 이섭이 집을 넘긴 사내는 성이 박씨였는데, 그새 다른 사람에게로 넘어간 모양이었다.

"절대로 이 집을 떠날 수 없습니다. 여기서 애들과 지용이 어미를 기다려야 합니다."

중풍으로 쓰러져 의지할 데 없이 홀로 남은 아버지를 돌보고 있던 큰숙부가 같이 귀향하자며 팔을 잡아끌 때도 이섭은 집에서 완강히 버티고 있었다.

사람이랄 수 없는 꼴이었다. 5년간 감옥에 있다 풀려난 이섭은 반쯤 넋이 나가 있었다. 햇빛을 못 봐 누렇게 뜬 얼굴은 신장염으로 퉁퉁 부었고 온몸은 멍투성이였다. 빨갱이라고 간수들의 묵인하에 구타가 수시로 행해진 탓에 몸에는 멍자국이 지워질 새가 없었다. 아니 이섭은 그들에게 맞고 있을 때가 차라리 마음이 편했다. 그 순간은 오로지 몸의 통증만 생각하면 되었다. 몸이 조금만 편해져도 마음은 그때부터 생지옥이었다.

"살아 있으면 언젠간 여기로 돌아올 겁니다. 광교까지 가도 집을 잘 찾아오던 아이들이에요. 꼭 살아서 돌아올 겁니다."

큰숙부는 차마 화를 내지 못하고 무작정 이섭의 손목을 잡아끌었다.

"올 사람이면 벌써 돌아왔다. 질부가 집을 못 찾아 안 오겠느냐. 이젠 제발 정신 차리고 너라도 살아 네 아버지를 돌봐야 하지 않느냐, 이놈아!"

큰숙부가 끝내 화를 냈다. 그리고 며칠 후 숙부는 전부터 집을 팔라며 중간에 사람을 넣던 은행원에게 이섭의 동의도 없이 집을 팔아치웠다. 아버지가 동의를 했다는 게 숙부의 핑계였다. 이섭은 이삿짐을 싣고 들어오는 사람들에게 떠밀리듯 집을 떠났고 그후로 다시는 오지 않았다.

대문 오른쪽으로 말끔히 탄 연탄 여섯 장이 줄 맞춰 쌓여 있었다. 살림하는 이가 몹시 깔끔한 성격인 것 같았다. 진은 장작에 불붙이는 게 서툴러 불을 땔 때마다 이섭을 불러내곤 했다.

"다른 일은 영 젬병인 양반이 불은 어찌 이리 잘 붙이는지 모르겠어요."

마른 솔잎 한 주먹이면 너끈히 장작에 불을 붙이는 이섭에게 진은 늘 감탄하면서도 가벼운 핀잔을 잊지 않았다. 여름 새소리 같은 그녀의 음성은 깃털로 목덜미를 간질이는 기분이 들게 했다. 그나마 장작불이라도 잘 붙이는 게 다행이었다. 막내로 자란 탓에 어려서부터 어머니가 밥을 지을 때마다 불을 피우는 것은 늘 이섭의 몫이었던 게 그리 덕을 볼 줄 몰랐다.

느닷없는 일이었다. 이섭은 문패 밑에 달린 작은 초인종을 누르고 있었다. 뭘 어쩌자는 것인가, 이미 남의 집이었다. 이섭은 갑자기 정신이 들어 초인종에서 손을 뗐다. 황급히 몸을 돌렸다. 그사이 재바른 주인의 문 여는 소리가 들려왔다.

"누구세요?"

날카로운 고음의 여자였다. 이섭은 급히 내딛던 걸음을 멈췄다.

"뭐 좀…… 물어볼 게 있어서요."

이섭은 엉거주춤 선 자세로 돌아설 수밖에 없었다.

"무슨 일이신데요?"

여자의 목소리는 사람을 꼼짝 못하게 하는 힘이 있었다.

"혹시, 여기 옛날 살던 사람들…… 찾아온 사람…… 없었나요?"

 자신감이라곤 한 올도 묻어 있지 않은 이섭의 음성이 가늘게 떨렸다.

 "아뇨, 저희는 재작년에 이사왔는데 그전 사시던 분들 찾는 사람은 아무도 없었는데요. 궁금하시면 저 한의원 앞 양옥집 가서 물어보세요. 여기 사시던 분들, 그 집 새로 지어서 갔어요."

 여자의 시선이 갑자기 탐조등처럼 꼼꼼해졌다.

 "아닙니다, 실례했습니다."

 이섭은 서둘러 고개를 숙이고 급히 골목을 빠져나왔다. 기대를 한 것은 아니었다. 진은 물론 두 아이들도 외가를 저희끼리 찾아갈 만큼 길눈이 밝았다. 20분만 걸으면 외가였고, 아이들의 외조부는 절대로 집을 옮길 수 없다며 지금도 대문 색조차 바꾸지 않고 굳건히 지키고 있었다. 아니 장인은 전쟁이 끝나자 감옥에 들어가 있는 이섭을 대신해 전국의 경찰서와 고아원을 뒤지며 아이들을 찾아다녔다.

 "그 아이들, 아마도 돌아올 수 없는 곳에 있나보네. 어디서든 살아 있기만 바랄 수밖에."

 빈집에서 짐승 같은 눈을 번득이며 앉아 있던 이섭에게 장인이 찾아와 이젠 그만 중풍 든 아버지가 있는 고향으로 내려가라며 눈물을 떨구었다. 이섭은 자신이 집을 떠나 있던 시간인, 5년만 더 기다리면 돌아올 것 같다는 생각이 간절했지만 더 버티고 있을 형편이 아니었다. 이섭은 새로 이사오는 사람들에게 고향과 처가의 주소를 남기고 거지와 다를 바 없는 행색으로 귀향을 했다.

이섭은 뛰듯이 골목을 빠져나왔다. 서둘러 한의원도 지나쳤다. 로터리까지 단숨에 달려온 이섭은 그제야 등덜미로 식은땀이 주르르 흘러내리고 있다는 걸 깨달았다. 성균관 길로 접어들어서야 쌀집 앞 계단에 걸터앉아 이섭은 숨을 골랐다.

서울역으로 간 이섭은 막차를 타고 바로 서해로 내려왔다. 기차역에 도착하니 날은 이미 캄캄했다. 달도 없는 그믐밤, 이섭은 십 리 길을 걸어 집으로 돌아왔다. 낯익은 길이지만 잠시만 한눈을 팔아도 개울로 빠지기 쉬웠다. 이섭은 어둠의 휘장을 하나하나 걷어내듯 발에 힘을 잔뜩 주고 걸었다. 얼마나 긴장해 걸었는지 캄캄한 밤, 양식장의 희부연 둑길 위에 올라서자 뒷목이 뻣뻣했다.

이방의 먼길을 맨발로 헤매다 돌아온 기분이었다. 발은 곳곳이 갈라지고 물집과 상처투성이였다. 뒤를 돌아보았다. 캄캄한 어둠에 묻힌 세상은 불빛 하나 보이지 않았다. 오랫동안 어둠 속을 바라본 후 이섭은 가만히 고개를 끄덕였다. 어둠 속의 아이들과 진에게 작별 인사를 했다. 지용, 지호, 지은을 차례대로 하나씩 껴안고 얼굴을 비볐다. 마지막으로, 헤어지던 날 모습 그대로인 진을 오래 안았다. 이젠 그만 너희를 떠나야 할 것 같다. 아니 너희를 떠나보내야 할 때가 된 것 같구나.

이섭은 폐가에 못질이라도 하듯 삐걱거리는 몸을 돌려세워 자신 앞의 희미한 길을 바라보았다. 더이상 뒤돌아볼 수 없는 지점까지 와버린 것 같았다. 부정할 수 없는 자신의 집이 그 길의 끝에 떠돌이 섬처럼 외롭게 떠 있었다.

다음날 아침, 이섭은 미자에게 면사무소에 가자며 외출 준비를 서둘렀다.
"면사무소는 뭐 하게요?"
미자의 눈이 조심스럽게 이섭의 얼굴을 살폈다.
"사망신고 하려고, 그 사람. 당신 혼인신고도 해야지."
지난밤 둑길을 걸어오며 내내 생각한 것이었다. 아이를 넷이나 낳고도 호적에 여전히 동거인으로만 돼 있는 미자의 자리를 찾아주어야 할 때였다. 순한 소처럼 참고만 있던 미자에게 너무 늦었지만, 이제라도 제자리를 찾아주는 게 무엇보다 우선이었다.
"괜찮겠어요? 당신……."
미자는 어진 눈을 끔벅이며 이섭을 보았다. 오랫동안 제자리를 빼앗기고도 말없이 기다려준 사람이었다. 지석이 남매들은 지금도 호적에 진의 아이들로 돼 있었다. 아직 어리다곤 하지만 만약 호적에서 낯선 이름이 저희의 엄마 자리를 차지하고 있는 걸 본다면 적잖이 혼란스러울 것이다.
"미안해, 나도 이렇게 오래 걸릴 줄 몰랐어."

진심이었다. 차마 지우지 못한 채 이렇게 오랜 시간이 흐를 줄은 몰랐다. 아니 처음에는 평생토록 못 지울지도 모른다는 생각마저 하지 않았던가. 입학통지서를 들고 온 면사무소 직원 때문에 지용이 형제들은 하는 수 없이 실종신고를 했지만 진마저 지우고 나면 다시는 그들이 돌아올 수 없을 것만 같아 이섭은 차마 그녀의 이름에 붉은 줄을 긋지 못한 채 긴 세월을 보내고 말았다. 죄 없이 그런 이섭을 기다려준 미자가 안쓰럽고 고마웠다.

"이제라도 할 수 있어 다행이에요. 고마워요."

미자의 눈에 좁쌀만한 이슬이 매달렸다.

"마침 장에 가볼까 하던 참이었는데, 잘됐네요."

미자는 발개진 코끝을 훔치며 서둘러 밥상을 내갔다. 아이들은 아침밥을 먹기가 무섭게 가방을 들고 뛰어나갔다. 지우 녀석도 제 언니들을 따라 세발자전거를 끌고 학교엘 갔다. 지선의 담임인 최 선생의 딸과 친해서 지우는 언니들을 따라 자주 학교에 가 복도에서 자전거를 타곤 했다. 시멘트 건물이라 자전거 타기 좋다며 두 아이들은 자전거를 타다가 지치면 수업중인 최 선생 반에 들어가 낮잠을 자거나 놀았다. 지우는 언니들에게 인기가 좋은 모양이었다. 이름표도 만들어 달고 제 엄마를 졸라 미리 사둔 책가방까지 등에 메고 제법 학생 흉내를 냈다.

"이왕이면 예쁜 옷으로 입어."

이섭은 설거지를 하는 미자에게 한마디를 보태곤 사무실로 들어갔다.

설거지를 끝낸 미자는 금방 외출 준비를 마쳤다. 언제 산 옷인지 연한 파스텔톤의 원피스에 스웨터를 덧입었고, 얼굴은 분을 바른 듯 화사해 보였다. 워낙 좋은 피부를 타고나 크림 하나만 발라도 얼굴에 윤기가 도는 미자는 그러나 크림마저 바르지 않아 늘 꺼칠했다. 모처럼 바른 립스틱 색이 복사꽃처럼 요요했다.

면사무소를 나오며 미자가 얼굴을 붉혔다.

"이런 서류 정리가 뭐 그리 대수일까 싶었는데 막상 당신 처(妻)에 내 이름 올라가는 거 보니 기분이 이상해요. 꼭 가마 타고 시집가는 기분도 들고."

딱히 그럴 일도 없었지만 미자는 호적등본 따위의 서류를 가능하면 보려 하지 않았다. 면사무소에 오는 일도 이번이 처음인 듯싶었다.

"모처럼 같이 나왔는데 짜장면이라도 한 그릇 먹고 갈까?"

곧장 그릇점으로 향하려는 미자를 붙잡고 이섭은 면사무소 옆에 있는 중국집을 가리켰다.

"그래요, 오늘은 나도 짜장면 한 그릇 먹어도 될 것 같네요."

미자가 흔쾌히 이섭의 뒤를 따랐다. 어쩌다 장에 나와 짜장면이라도 한 그릇 먹자면 아이들이 걸려서 안 먹겠다며 빈속으로 집까지 돌아가던 사람이었다. 지난해 늦가을, 대하를 다 잡고 한가해진 어느 날, 이섭은 아이들과 미자를 데리고 나와 다함께 짜장면을 먹었다.

"정말 맛있다!"

짜장소스까지 혀로 다 핥아먹은 아이들의 입 주변이 지저분했다. 시골 장터의 허름한 중국집 짜장면은 특별할 게 없었지만 처음 짜장면을 먹은 아이들은 낯설고도 달콤하며 고소한 짜장의 맛을 두고두고 곱씹었다. 아이들이 마음에 걸려 그후론 이섭 역시 짜장면 한 그릇도 편히 먹기 힘들었다.

"아무래도 9월 전에 이사할 준비를 해야 할 것 같아. 당신도 그리 알아요."

미자는 홀가분한 마음 탓인지 짜장면을 맛있게 먹었다.

"또 어디로 가지요?"

벚꽃처럼 환했던 미자의 얼굴이 금세 어두워졌다.

"뭐 갈 데 없겠어? 죽으라는 법은 없으니 너무 걱정 말아요. 이제부터 알아봐야지."

짜장면 한 그릇에 힘이라도 얻은 듯 이섭은 큰소리를 쳤다. 자꾸만 내려앉는 어깨를 애써 끌어올렸다.

"이젠 그분한테 부탁하기도 더이상 염치없고."

미자의 얼굴이 금세 가라앉고 있는 뱃전에 매달린 사람 같았다.

"내 힘으로 알아봐야지. 더이상은 나도 싫어."

다짐이라도 하듯 이섭은 결연했다. 그러나 이섭을 기다리고 있는 곳은 어디에도 없었다. 이력서를 낼 수 있는 곳은 여전히 쉽지 않을 것이다.

"김이섭 씨, 신원 조회 결과 입사가 취소되었습니다."

제주도로 내려가기 전, 이섭은 만만해 보이는 서울의 중소기업에 이력서를 냈다. 특별히 신원 조회까지 할 것 같지 않은, 작은 규모의 무역회사였다. 애초에 학교나 공무원, 또는 그럴듯한 회사 따위에 발 들여놓을 생각은 전혀 하지 않았지만 소규모 회사에서까지 신원 조회를 당하고 나니 이 땅 어디에도 서 있을 용기가 나지 않았다. 철저히 봉쇄당한 기분이었다. 오직 몸뚱어리 하나만 마음대로 움직일 수 있는 공간에서 영원히 밖으로 나오지 못할 것 같은 공포감이 몰려왔다. 아니 몸뚱어리조차 마음대로 움직일 수 없었다. 사지를 결박한 채 조금씩 숨통을 조이는 것 같았다.

언젠가 함께 술을 마시던 최 선생이 문득 정색을 하고 물었다.

"김 소장, 참 선비 같은 양반이 어쩌다 여기서 이 일을 하시우?"

사람들은 조금만 가까워지면 함부로 타인의 문을 열고 들어오려고 했다.

"이 일이 뭐 어때서요?"

장화를 신고 갯벌 속에 들어가 짐짓 노련한 듯 삽질을 해보지만 그들은 이섭의 말랑말랑한 살을 먼저 알아보았다.

"아니 일이 어떤 게 아니라 김 소장이 아무래도 여기에 안 어울려서 그런 거지."

목장이나 양식장에 어울리는 사람들을 누군가 정해놓기라도 한 것 같았다. 그때마다 이섭은 가늘고 흰, 자신의 손이 원망스러웠다.

"그 손으로 무얼 해먹고 살겠느냐? 사람이란 모름지기 제 먹을 건 제 손으로 구할 수 있어야 하느니라."

어릴 적부터 여자 손처럼 고운 이섭에게 셋째 숙부가 하던 말이었다. 셋째 숙부는 3·1운동 후 상해와 만주를 오가며 독립운동을 했다. 하지만 숙부 역시 자신의 껍데기를 깨기 위해 부단히 노력했다는 걸 이섭은 모르지 않았다. 혼인 후 분가를 하자마자 머슴까지 모두 내보내고 손수 산에 가서 나무를 해왔다. 조상 대대로 내려온 임야와 전답은 종손의 몫을 뺀 나머지가 삼형제에게 골고루 나눠졌다. 평생 몸 부리지 않고도 살아갈 만큼은 되었다.

서툰 낫질에 손가락이 베이고 흰 손등이 가시에 찔리길 수도 없이 반복한 후에야 숙부의 손에는 굳은살이 박이기 시작했다. 손바닥의 굳은살이 두꺼워진 숙부는 결국 고향을 떠나 드넓은 만주 벌판을 누볐다. 숙부는 잠시도 따뜻하고 안전한 곳에 머물지 않았고 춥고 거친 곳으로만 찾아다녔다. 필요하다고 생각하면 어디든 망설임 없이 온몸을 던졌다. 그런 숙부를 볼 때마다 이섭은 차마 따를 수 없는 외경심에 고개가 숙여졌다.

하지만 한편으론 그것이 태생적 한계를 넘어서려는 숙부의 안간힘은 아닐까 하는 안쓰러운 의심도 슬며시 고개를 들곤 했다. 어려서부터 선비는 의(義)와 충(忠)을 목숨처럼 삼아야 한다는 교육을 받아온 숙부에게 지워진 또다른 굴레처럼 보였다.

"사람이 어디 애초에 상하가 있고 귀천이 있겠느냐. 모두 힘 있는 자들이 제 몫 지키느라 만든 제도일 뿐이지."

카랑카랑한 숙부의 말은 어린 이섭을 흔들어놓았다. 아니 말치레뿐이었다면 이섭은 그냥 무시했을지도 모른다. 숙부는 직접 논에 나가 김을 매고 거름을 졌다. 아버지의 형제들 중 누구도 조상의 묘사를 지내는 일 이외의 목적으로 산에 올라본 적이 없었지만 숙부는 아침저녁으로 산에 올라 나뭇잎을 긁어왔다.

서울에서 고보를 마치고 귀향한 이섭은 어느 날 숙부의 흉내를 내기라도 하듯 지게를 지고 산에 올라갔다. 대나무 갈퀴로 소나무 뿌리 사이에 싸락눈처럼 쌓인 누런 솔잎과 떡갈잎 긁는 리듬이 손가락을 타고 온몸으로 번져갔다. 생경했지만 몸으로 전해지는 감각이 상쾌했다. 아침마다 산과 들을 뛰고 한겨울 찬 웅덩이에 알몸을 담글 때 전해지던 자극적인 몸의 감각들과는 또다른 느낌이었다. 오래 갇혀 있던 껍질을 한 꺼풀 벗겨내는 기분이 시원했다.

"도련님이 심심풀이 삼아 원족이라도 나오신 겐가?"

서실 뒷산 중턱에 앉아 마을을 내려다보며 스스로 대견함에 빠져 있던 이섭은 느닷없는 소리에 놀라 뒤를 돌아보았다. 운식이었다. 보통학교 시절, 허약한 이섭에게 침을 뱉어 오기를 불러일으킨 그 친구였다.

"자넨 여전한 것 같구먼. 그 말투 말이야."

이섭은 반가워 악수라도 할 양으로 손을 내밀었다. 운식은 지겟작대기를 들고 있다는 핑계로 이섭의 손을 피했다.

"나는 왜 나무하면 안 되는 사람인가?"

내민 손을 거절당한 이섭은 무안한 맘에 말이 비틀어졌다.

"그럼 집에 나무를 잔뜩 쌓아놓고 놀이 삼아 지게 지고 온 도련님과 당장 끼니를 끓일 나무가 없어 온 산을 헤매고 다니는 사람이 같단 말인가?"

운식은 몸에 시퍼렇게 날이 선 낫을 꽂고 있는 사람 같았다.

"함부로 얘기하지 말게."

오래전, 그의 말 한마디에 울어버렸던 게 떠올라 이섭은 더 화가 났다.

"심심한 도련님이 나무를 싹싹 긁어가는 바람에 빈 지게로 내려가며 투덜거리는 것도 잘못인가?"

운식은 단숨에 이섭의 입을 막아버리고 말았다. 이섭은 갑자기 어찌할 바를 몰랐다. 한껏 자부심을 차오르게 하던 작은 나뭇짐은 결국 누군가의 것을 빼앗은 꼴이 돼버렸다. 당황스럽기만 했다.

"욕심도 많군."

운식은 빈 지게를 지고 바로 내려가버렸다. 이섭은 그제야 본의 아니게 자신이 뺏은 것들에 대해 생각했다. 당연히 자기 것이라고 여겼던 것들은 어쩌면 자신이 빼앗은 것이었는지도 모른다. 죄책감이 몰려오면서 느닷없이 셋째 숙부가 떠올랐다. 숙부가 견딜 수 없었던 것도 바로 이런 것이었을까. 이섭은 북방의 벌판을 달리고 있을 숙부가 한없이 그리웠다.

이섭은 마지막 새우 종묘에 목숨이라도 건 사람처럼 열중하고 있었다. 새벽부터 해가 질 때까지, 밥 먹는 시간 외에는 부화장에 틀어박혀 나오지 않았다. 양식장에서의 마지막 일을 이섭은 어느 때보다 잘해내고 싶었다. 다행히 배양균들은 조에아에서 미시스로 탈피를 거듭하고 있었다. 비록 종묘로 무사히 자라나도 자신의 손으로 키울 수 없는, 다른 양식장으로 팔려갈 운명이긴 했지만.

점심을 먹고 들어온 지 얼마 되지 않아서였다.

"소장님."

부화실 문을 살짝 연 영진이 얼굴도 다 들이밀지 못한 채 서 있었다.

"어, 들어와."

이섭은 들고 있던 스포이트를 내려놓고 영진을 보았다. 영진은 어느새 소년에서 청년이 되었는지 코아래가 거뭇했다. 어린 나이에 너무 무거운 짐을 지고 있어 늘 안쓰러운 아이였다.

"드릴 말씀이 있어요."

이섭이 부르지 않았는데 영진이 먼저 찾아오기는 처음인 것 같았다. 그는 이섭이 저를 아낀다는 걸 알면서도 수줍음이 많아 절대로 먼저 찾아오지 못했다.

"무슨 일 있어?"

최근 들어서는 영진의 공부를 봐주지 못했다. 이섭의 마음이 분주하기도 했지만 영진은 이제 혼자서 충분히 할 수 있을 만큼 학습의 틀이 잡혀 있었다. 지난해 고입 검정고시를 패스한 후 이젠 대입을 준비하기 시작했다. 공부나 대학이 그 아이의 인생에 무얼 보장해줄 수 있을진 몰라도 공부하고 싶은 마음만은 기특하기 이를 데 없었다. 이섭은 일본에서 고학하던 시절이 생각나 영진에게 더 각별한 정이 갔다.

"어머니가 서울로 이사가재요."

영진이 조심스럽게 털어놓았다.

"서울로? 난 처음 듣는데."

갑작스러운 소식이었다. 영진이 엄마는 며칠 전에도 팔고 남은 백합을 한 바가지 가져와 미자와 함께 까주고 갔는데 그런 내색이 전혀 없었다.

"비행장이랑 사격장 들어서면 갯일도 못 한다고, 서울 이모가 자꾸 오라고 하나봐요. 부지런히 일하면 먹고는 산다고 했대요."

비행장이 들어서면서 쫓겨나가는 것은 양식장만이 아니었다.

고 선생이 사는 독산 쪽은 괜찮다지만 인근의 서너 마을이 모두 수용되는데, 굴과 조개를 캐던 갯벌이 모두 폐쇄된다는 게 더 큰 문제였다. 폐쇄될 마을 전체가 얼마 전 완공한 매립지로 옮겨갈 거라는 소문도 돌았다. 북쪽으로 100킬로미터쯤 떨어진 곳이었다. 동네 사람들은 느닷없는 소식에 당황했고 민심도 흉흉해져갔다. 당장 올봄 농사를 짓지 못하게 됐음에도 불구하고 농부들은 논을 갈고 벼 심을 준비를 했다. 버티는 데까지 버틸 수밖에 없다는 것이었다.

이섭은 그들이 부러웠다. 그들은 대부분 자작농이므로 버틸 배짱이라도 있지만 이섭은 자기 소유도 아닌 양식장에서 더이상 버틸 힘이 없었다. 소유주가 단숨에 포기했으므로 관리자인 이섭에겐 어떤 권리도 없었다.

"그것도 그렇구나. 갯일도 못 하면 그나마 영석이 학비 대기도 힘들 거고, 그렇다고 서울생활도 쉽지는 않을 텐데."

가녀린 몸으로 진액이 다 빠지도록 일하는 영진 엄마를 볼 때마다 안쓰러웠다. 타고난 성품이 온유하고 욕심 없는 사람인데 두 아이와 살아내느라 안간힘을 쓰는 게 보는 사람의 마음을 아리게 했다. 몸으로 자학이라도 하는 사람 같았다. 온몸을 구부리고 창으로 자신을 수없이 찔러대는 자해, 누구보다 이섭이 잘 아는 감정이었다.

"저도 곧 군대 갈 텐데 어머니 혼자 어떻게 할지 걱정이에요."

장자 의식이 강한 영진으로선 당연한 걱정이었다.

"왜 안 그러겠냐. 내가 한번 어머니와 얘기를 나눠볼 테니 너무 걱정 마라."

이섭은 영진의 어깨를 두드려주었다. 몸도 성품도 제 어머니와 꼭 닮은 아이였다.

모두들 떠나야 할 때가 된 모양이었다. 마을 사람들도, 영진네도, 이섭도. 며칠 전 신문에서 본 사원 모집 공고에 낸 이력서가 반려돼 왔다. 아마도 나이가 많아서인 듯했다. 나이 제한이 없기에 혹시나 했는데 이섭의 나이는 아무래도 부담스러운 모양이었다. 다섯번째였다. 대부분 나이를 부담스러워하거나 경험이 없다는 걸 이유로 들었다. 신원 조회까지는 가지도 못한 채 거절당하곤 했다. 그럴 때마다 이섭은 마음이 흔들렸다.

양식장이 폐쇄된다는 소식을 들은 장인은 다음날로 이섭에게 편지를 보내왔다. 서울 왔으면서 집에도 들르지 않고 내려간 이섭에게 서운한 기색을 숨기지 않으면서도 한편으론 이섭의 마음을 다치지 않으려는 조심스러움이 묻어났다. 다른 일자리를 곧 알아볼 터이니 조급해하지 말고 기다리라는 내용이었다. 아마 지금쯤은 자신이 아는 사람들은 물론 한 다리라도 걸친 사람들을 총동원해 이섭의 일자리를 알아보고 있을 것이다. 그 생각을 할수록 더욱 초조해졌다. 이섭은 이제 자신의 힘으로 가족을 먹여 살리고 싶었다.

지석은 이미 중학생이고 지형도 곧 중학교에 가야 할 것이다. 지선과 막내 지우가 다 자랄 때까지 남은 시간을 생각하면 마른손에 진땀이 배었다. 몸은 점점 물기가 말라가는데 아이들은 청대처럼 쑥쑥 자라고 있었다. 저 아이들을 끝까지 돌볼 수 있을까. 내복 바람으로 나란히 누워 깊은 잠에 빠진 아이들을 볼 때마다 이섭은 현기증이 일었다. 한 치 의심도 없이 저희를 끝까지 돌봐주리라 믿고 있을 아이들이었다. 오래전 그토록 믿고 있다가 아비를 잃어버린 아이들의 몫까지, 몸이 부서져도 이들을 지켜주고 싶었다. 언제까지 아비 노릇을 할 수 있을까, 생각할 때마다 온몸의 뼈가 덜그럭거렸다.

점심을 먹고 나자 우편배달부가 왔다. 처음 오던 날 자전거를 못 가누고 넘어졌던 그는 이제 두 손을 놓고 양식장 둑길을 달려왔다. 평소보다 몇 시간이나 일찍 오는 걸로 보아 전보가 있는 모양이었다.

'부친위독 급상경요망.'

전보는 서울의 처남 현에게서 온 것이었다. 위독이라니. 고령이긴 하지만 노인성 당뇨 외에는 다른 지병이 있는 것도 아닌데 갑작스럽게 위독이라니, 믿을 수가 없었다.

"당장 올라가야겠지요?"

미자는 서운함을 차마 드러내지 못한 채 궤짝에서 셔츠를 꺼내며 물었다. 내일은 미자의 아버지가 오기로 돼 있었다. 이섭의 고향에서 멀지 않은 곳에 사는 장인은 결혼 직후에는 몸져누운 사돈이 부담스러워 못 오고, 제주도는 너무 멀어서 오지 못했다. 충청도 역시 경북 예천에서 오려면 기차를 세 번쯤 갈아타야 하는 길인지라 큰맘먹고 오는 것이었다. 언제 떠날지 모를 양식장이니 빨리 다녀가시라 미자가 편지를 냈다. 엄밀히 말하면 미자가 혼인한 후 처음 딸네에 오는 것인데 이섭이 집을 비워야 할 처지가 돼버렸다.

"어떡하지? 갑자기 무슨 일인지 모르겠지만 일단 올라가봐야 할 것 같은데."

진심으로 미안했다. 일이 마치 짠 듯이 겹쳐버렸다. 얼굴을 본 것도 몇 번 되지 않아 미자의 아버지와는 서로 예의만 깍듯했지 미처 정이 들 새도 없었다.

"아버지는 제가 마중 나갈게요. 당신이 없어 서운하시겠지만 지금 전보 쳐도 이미 늦었잖아요. 걱정 말고 다녀와요. 그나저나 괜찮으셔야 할 텐데, 그 어른 말이에요."

다시 길 위로 **155**

혹 모르니 양복을 입고 가라는 미자의 말에 이섭은 하는 수 없이 검정 양복을 입고 집을 나섰다. 굳게 닫힌 꽃봉오리도 단숨에 열어버릴 것만 같은 봄 햇살에 검정 양복은 어색하기만 했다. 환히 핀 벚꽃에 검은 먹물을 뒤집어씌우는 기분이었다. 서울행 막차를 놓치지 않으려 이섭은 자전거를 타고 집을 나섰다. 하얀 길 위를 달리는 자전거가 위태롭게 흔들렸다.

이섭이 병원에 도착했을 때 장인은 이미 이 세상 사람이 아니었다. 임종한 지 두 시간이 지났다고 했다.

"조금만 일찍 오시지요. 마지막까지 자형을 못 잊어서 두 번이나 부르셨어요."

현이 이미 통통 부은 눈으로 울먹였다. 사인은 당뇨로 인한 혈압상승이었다. 사흘 전부터 갑자기 혈압이 올라 입원했다가 끝내 가셨다고 했다.

"왜 진작 연락을 안 했는가?"

이섭은 원망 섞인 얼굴로 현을 보았다. 그럴 처지가 아닌 줄 알면서도 이섭은 현을 원망했다. 짐을 덜어내려는 교활함인지도 몰랐다.

"갑자기 이렇게 가실 줄 몰랐습니다. 가끔 있는 일이어서 좋아지실 줄 알았어요."

부친 밑에서 곱게만 자라온 현은 갑자기 닥친 일에 허둥대고 있었다.

"지난번 서울 오셨을 때 그냥 가셨다고 아버지가 몹시 서운해하셨어요."

현의 가는 어깨가 나뭇가지처럼 흔들렸다. 이섭은 현을 끌어안고 등을 토닥였다. 어려서부터 보아온 처지여서 아직도 막냇동생 같기만 했다.

"이렇게 갑자기 가실 줄 생각이나 했단 말인가."

이별은 왜 늘 이 모양이란 말인가. 미처 손 한번 잡을 새 없이 떠나간 사람들. 전쟁통에 사라진 두 아들과 손주들을 잃은 충격으로 이섭도 없는 새에 쓰러져 돌아간 어머니가 그랬고, 어느 날 사라진 형님이 그러했고, 그리고 집을 나서는 모습조차 보지 못한 채 헤어진 진과 아이들이 그러했다. 오직 아버지만이 중풍 끝에 이틀 동안의 혼수를 거쳐 이섭의 배웅을 받으며 저세상으로 떠나간 유일한 가족이었다. 사람들이 느닷없이 사라져버린 곳에서 이섭은 혼자 남겨져 허둥대기만 했다. 장인은 자신에게서 한발 떨어지려는 이섭을 결코 용서할 수 없다는 듯 등을 후려치며 그의 곁을 떠나버렸다.

장례식은 일본의 윤 내외가 도착하길 기다려 닷새 만에 치러졌다. 이섭은 맏상제의 자리에서 떠나는 장인을 배웅했다.

"오래전부터 아버님은, 당신이 돌아가시면 맏상제는 매형이라고 그러셨어요."

이섭 역시 그 말을 몇 번이나 들었다. 딸도 없는 사위를 굳이 맏상제로 세우려는 장인의 집착이 때론 징그러웠다. 여전히 아무도 떠나보내지 못하고 있는 자신을 보는 것만 같았다. 그러나 이제 이섭에겐 떠나보내야 할 사람이 하나 더 늘었다. 아무리 시간이 지나고 횟수를 거듭해도 익숙해지지 않는 이별이 가슴 한가운데를 가로질렀다.

산12번지 시민아파트

 창문을 열면 한강이 보였다. 지형은 책상 위에 올라앉아 길쭉한 나무 창틀에 두 손을 얹고 한 시간째 창밖을 내다보고 있었다. 여의도 때문에 강폭이 좁아진다지만 한강은 생각보다 훨씬 컸다. 여의도와 마포를 잇는 다리가 길게 뻗어 있고 버스 한 대가 막 다리를 건너고 있었다. 물이 보인다는 건 양식장과 비슷했지만 느낌은 전혀 달랐다.
 한때 비행장이었다는 5·16광장은 텅 비어 있으나 왠지 군가 소리가 들려올 것 같았다. 시범아파트 단지는 낮엔 사람이 살지 않는 빈 건물처럼 적막한데 밤만 되면 불을 켜고 다시 살아났다. 서울에 와서야 낮의 누추한 풍경을 가려주는 어둠이 고맙다는 걸 깨달았다.
 아버지가 사놓은 장롱이 안방의 절반을 차지하고 있었다.

자개가 드문드문 박힌 갈색 호마이카 장롱은 한쪽 문에 커다란 유리가 달려, 불을 모두 끈 밤에도 번쩍거렸다. 장롱 위로 엄마가 장날마다 사모은 양은 냄비들이 크기별로 나란히 쌓여 있었다. 양식장 사택에 비하면 아파트는 개집처럼 좁았다. 살림살이가 많은 것도 아닌데 넣을 데가 없다며 엄마는 재봉틀과 밥상, 채반 따위들을 방 구석구석에 쌓아놓았다. 산12번지 시민아파트, 여치집처럼 높은 건물이 지형의 새로운 거처였다.

"언니, 거기 가지 마. 떨어지면 큰일나."

지우는 누구든 베란다에 나가면 기겁을 했다. 지형도 아래를 보면 가슴이 두근거리긴 했다. 5층에서 내려다본 시멘트 바닥은 양식장 물속보다도 더 위험해 보였다. 현기증이 일지만 그래도 베란다에서 한강을 내다보는 게 좋았다. 좁은 방안보다는 덜 답답했다.

베란다에는 양지 마을 이장이 낫으로 일일이 다듬어 세워준 대나무 빨랫대가 주홍색 나일론 줄을 매달고 서 있었다. 서울도 빨랫대는 꼭 필요하다며 대숲에서 베어온 왕대나무였다. 지형은 대나무만 봐도 떠나온 양식장이 생각났다. 아니 하루에도 수십 번씩 양식장이 떠올랐다. 그곳이 이토록 그리워질 줄은 몰랐다. 친구들과 헤어지는 것은 슬펐지만 여전히 피해 다니던 태호가 없는 세상으로 간다는 것만은 무엇보다 기뻤다. 그가 더이상 겁날 게 없어도 마주칠 때마다 팬티를 거머쥐었던 순간이 사라지지는 않았다. 그가 없는 곳으로 빨리 떠나고 싶었다.

서울로 이사를 간다는 소식을 들은 날, 지형은 잠이 오지 않았다. 이야기로만 듣던 서울에 가서 살게 됐다니, 잠든 식구들의 숨소리를 들으면서 지형은 한참을 뒤척였다. 서울은 책에서 본 높은 건물들과 넓은 길, 북적이는 사람들, 그리고 무엇보다 수돗물이 나오는 곳이 아니던가. 지형은 설레는 마음을 숨길 수 없었다. 하지만 서울에 오니 들떠 있던 마음은 소나기 맞은 쇳덩이처럼 금세 식어버렸다. 아버지 때문이었다.

"아빠 회사 갔다 온다."

아버지는 오늘 아침도 누런 서류 봉투를 들고 일찌감치 집을 나섰다.

"다녀오세요, 아빠!"

지형 사남매는 좁은 현관에 나란히 서서 소리 맞춰 인사를 했다.

지형이 구두약을 바르고 침까지 뱉어 광을 낸 아버지의 검은 구두가 유난히 반짝반짝했다. 이사오던 날, 서울역 앞에서 본 구두닦이 흉내를 내본 것인데 정말 구두가 검은 유리처럼 반짝거렸다. 아버지는 오늘도 지우의 뽀뽀를 받은 후 어깨를 곧추세우며 집을 나섰다. 단정하게 넥타이까지 맨 양복 차림이었다.

아버지는 이사하기 몇 달 전, 먼저 서울로 와서 회사에 나가기 시작했다. 오늘도 어두운 복도를 걸어가는 아버지의 발소리가 허술한 현관문 너머로 고스란히 들려왔다. 아버지가 복도를 벗어나 밖으로 난 계단을 타고 내려갈 때쯤이면 지형은 엄마와 동생들과 함께 쓰레기 투입구가 있는, 계단과 반대편으로 난 작은 발코니로 몰려갔다. 산 위에 지은 시민아파트 발코니에선 버스 정류장까지 가는 길이 훤히 보였다. 지형은 좁고 구불구불한 골목길을 한 걸음 한 걸음 내딛는 아버지의 뒷모습을 행여 놓칠세라 집요하게 쫓았다.

아빠 저기 간다! 지우가 담배 가게를 돌아 나온 아버지를 발견하고 소리쳤다. 아버지는 어느새 길을 건너기 위해 신호등 앞에 서 있었다. 긴 골목을 다 내려간 아버지가 뒤를 돌아 손을 흔들었다. 지형과 동생들도 양손을 들어 힘차게 흔들었다. 아버지가 마침내 길을 건너고 한참이나 기다린 끝에 시내버스에 몸을 실을 때까지 모두들 그 자리를 떠나지 않았다.

매일 아침 반복되는 풍경이었다. 1호부터 10호까지, 5층의 열 가구 중 어느 집도 출근하는 사람을 배웅하기 위해 그 좁은 발코니로 나오지 않는 탓에 아침이면 그곳은 지형의 가족이 독점했다. 사람들은 작은 쇠뚜껑을 열고 쓰레기를 버릴 때만 나오곤 했다.

오늘따라 버스에 사람이 너무 많아 아버지는 발 한 짝도 들이밀지 못한 채 정류장에 혼자 남겨져버렸다. 지형은 다음 버스가 올 때까지 동생들과 함께 버스가 오는 방향으로 고개를 빼고 초조하게 기다렸다. 빈 버스 정류장에 혼자 서 있는 아버지는 폐가에 버려진 항아리처럼 고독해 보였다.

"양식장이 더 좋은데."

버스를 기다리는 아버지를 보며 지형이 중얼거렸다.

"왜 서울이 싫어? 너희들 서울 오고 싶어 했잖아."

정류장에 시선이 고정돼 있던 엄마가 어느새 지형의 말꼬리를 잡아챘다.

"너무 복잡하고 재미없어."

"흙바닥이 없어 공기도 하기 힘들어."

"애들도 다 깍쟁이 같아."

나란히 서 있던 아이들이 저마다 한마디씩 내뱉었다. 모두 아버지가 놓친 버스 때문이었다. 매정하게 가버린 버스가 꼭 아버지를 버린 것만 같았다.

"아직 너희가 학교를 안 가서 그래. 여기도 사람 사는 곳인데 좋은 친구들 많을 거야."

엄마가 애써 풀죽은 아이들의 등을 다독였다. 엄마 역시 서울로 온 뒤론 속없이 풀어져 있던 표정이 바짝 긴장돼서 팽팽했다. 그사이 검은 연기를 내뿜으며 버스가 와서 마침내 아버지를 태우고 떠났다. 그제야 안심하고 모두들 집으로 들어갔다.

"난 수돗물 먹는 거 말고는 서울이 별로 좋지 않아."

지형은 방에 들어가자마자 누워 천장을 쳐다보며 중얼거렸다. 아버지의 뒷모습이 자꾸 떠올랐다. 베란다 쪽 벽으로 비가 스민 듯 누런색 얼룩이 보였다.

"수돗물 먹는 거 하나는 정말 좋긴 해. 무거운 물지게 안 지고 와도 아무때나 밥하고 세수할 수 있는 게 어디냐?"

엄마는 지형의 말을 잘못 해석했다. 서울에 오자마자 지형은 수도꼭지에 입을 대고 배가 불러올 때까지 물을 마셨다. 앞으로도 부지런히 수돗물을 마실 생각이었다. 물을 마실 때마다 지형은 머지않아 미희 언니처럼 하얀 피부가 될 자신의 모습을 상상했다.

"서울 애들 얼굴이 하얀 것은 차에서 나오는 매연가스를 많이 마셔서 그런 거야."

어디서 들었는지 지석이 엉뚱한 의견을 말하는 바람에 지형은 조금 불안해졌다. 하지만 아무려면 어떤가. 매연이야 걸어다니다보면 원하지 않아도 실컷 마시게 돼 있으니. 수돗물이든 매연이든 얼굴이 하얘지기만 하면 봄마다 피는 마른버짐도 잘 보이지 않을 것이다.

"곧 개학하면 학교 가야 하는데 공부들 좀 해. 서울 애들은 시골처럼 그렇게 만만하지 않아. 공부 안 하면 꼴찌 할지도 몰라."

식구들이 다 먹고 남은 밥상을 차지하고 앉은 엄마가 식은 밥을 먹기 시작했다. 엄마는 늘 그랬다. 아버지와 사남매가 다

먹고 나서야 식은 밥상에 앉았다.

"제발 밥 좀 같이 먹자고!"

아버지의 성화는 밥 먹을 때마다 되풀이됐다. 밥상을 차리고 나서 엄마는 늘 설거지를 먼저 했다. 반찬 만드느라 나온 그릇들과 냄비, 칼과 도마를 그 자리에서 씻어야만 직성이 풀렸다.

"알았어요, 먼저 먹으면 되지 뭘 그래요?"

엄마의 대답도 늘 한결같았다. 가끔은 매일 되풀이되는 상황을 참지 못한 아버지가 소리를 지르기도 했다.

"설거지 이따 하면 되잖아! 지금 안 하면 큰일이라도 나."

아버지의 큰소리에 아이들은 잔뜩 움츠러들어 조용히 밥숟갈만 움직였다. 그런 날은 반찬을 골고루 먹지 않는다고 야단맞을까봐 편식이 심한 지선마저도 아무 반찬이나 잘 먹었다. 양식장에서와 달리 서울로 온 아버지는 자주 화를 냈다.

"밥 먹는 시간이라도 같이 모여 앉아 먹어야지. 왜 그렇게 늘 혼자 식은밥만 먹겠다는 거야?"

지형은 아버지의 말에 전적으로 동의했다. 엄마가 흐트러지고 식은 밥상 앞에 혼자 앉아 밥을 먹을 때마다 화가 났다. 스스로 식모처럼 구는 것 같았다. 그러지 말라고, 밥 먹을 때마다 아버지가 화를 내는데도 엄마는 그게 잘되지 않는 모양이었다. 왜 엄마는 자신을 소중하게 생각하지 않는 걸까. 지형은 커서 절대로 엄마처럼 살지 않을 거라고 다짐했다.

산12번지 시민아파트

어느 날 엄마가 놀러온 영석이 엄마에게 말하는 걸 들었다.
"나도 어디 가서 일하고 싶은데, 애들은 점점 커가고……."
지형이네보다 다섯 달 먼저 서울에 온 영석이 엄마는 어느 병원의 청소부로 일한다고 했다. 아버지가 소개해준 곳이라고 했다.
"아이고, 못하세요."
영석이 엄마가 정색을 하면서 엄마를 말렸다. 양식장에선 사모님으로 불리던 엄마였지만 서울에 오자마자 몇 푼이라도 싼 배추를 사기 위해 먼 시장까지 걸어가 고개가 휘어져라 양은 함지를 이고 오곤 했다.
"이렇게 가늘가늘한 영석이 엄마도 하는데 나라고 왜 못하겠어요?"
엄마는 영석이 엄마의 팔을 잡았다. 몸도 약한 사람이 강단으로 버틴다고 양식장 일을 할 때마다 걱정을 했다. 몇 달 전에는 병원에 있다던 영석이 아버지마저 죽었다. 검정 몸뻬와 낡은 셔츠를 벗고 주름치마와 블라우스를 입은 영석이 엄마는 서울로 온 몇 달 사이에 도시 여자가 다 돼 있었다. 늘 검게 타 있던 얼굴이 몰라보게 하얗게 변하고 나니 고운 얼굴선이 또렷했다.
"소장님이 계신데 무슨 걱정이세요."
영석이 엄마에게 아버지는 여전히 '소장님'이었다. 신뢰와

존경이 가득 담긴 호칭이었다. 직장 때문에 아버지가 먼저 서울에 올라와 있을 때 영석이 엄마가 밥과 빨래를 해주었다며 엄마는 몹시 고마워했다.

"나는 할 줄 아는 게 하나도 없는 여자구나 싶어요. 영석이 엄마는 언제부터 가장 노릇을 해왔는데."

서울에 온 후로 엄마는 습관처럼 한숨을 쉬었다. 아버지는 그런 엄마를 볼 때마다 화를 냈다.

"제발 내가 알아서 하니 걱정 좀 하지 말라고!"

엄마는 서울생활에 겁을 잔뜩 먹고 있었다. 천성이 어질고 욕심 없는 엄마는 아버지의 울타리 안에서는 누구보다 알뜰하게 살 수 있었지만 밖에 나가 일을 한다는 건 엄두도 내지 못했다. 엄마에게 서울이란 곳은 감당하기 너무 벅찬 곳 같아 보였다. 엄마에게 아버지가 그러하듯이.

며칠 전이었다. 지석은 고등학교 예비 소집에 가고 지선과 지우는 만홧가게에 가서 몇 시간째 오지 않던 날이었다. 지형은 마을문고에서 빌려온 『제인 에어』를 읽고 있었다. 아이들만을 위한 책이 따로 있다는 걸 지형은 이사온 후 아파트 1층에 있는 작은 마을문고에서 처음 알았다. 시골에선 집에 있는 아버지의 책과 학교에서 나눠준 자유교양대회용 책들이 지형이 읽은 책의 전부였다. 꼼꼼히 읽고 시험을 봐야 했던 『삼국유사』나 『불교 설화』 등 지형은 새우와 말이 그려진 아버지의 그림책들 대신 마을문고에서 주홍색 소년소녀 세계문학전집을 빌려오기 시작했다. 지형은 엎드린 채 제인과 로체스터가 결혼하는 장면을 읽고 있었다. 옆에서 엄마는 상보를 뜨고 있었다.

"엄마는 아버지가 첫사랑이야?"

책을 읽던 지형은 느닷없이 엄마에게 물었다. 그날은 영석이가 제 엄마 심부름으로 김과 어리굴젓을 들고 온 날이었다. 서울로 이사온 후 영석을 두번째 본 것이었다.

영석은 인사도 없이 전학을 갔다. 마지막으로 학교에 나온 날까지도 다른 아이들은 영석이 전학 가는 사실을 알지 못했다. 다만 지형만이 엄마에게 들어 알고 있었지만 여전히 그에게 시선조차 주지 않았다. 하루빨리 그가 서울로 가버려 다신 마주치지 말았으면 하는 마음뿐이었다.

하지만 영석이네가 아침 일찍 보따리 몇 개를 싣고 떠난 날, 지형은 집에 오는 길에 그의 집에 들렀다. 양식장까지 가로질러오는 논길을 버리고 소황리와 양지 마을을 돌아 천천히 걸어오면서 지형은 텅 빈 영석의 파밭 옆에서 걸음을 멈추었다. 영석의 것이 틀림없는 헌 공책 몇 권이 파밭 앞에 버려져 있었다. 파와 무가 다 뽑힌 작은 텃밭엔 파 껍질과 누런 무잎들만 희끗희끗했다. 알뜰한 영석이 엄마가 다 가져갔거나 동네 사람들에게 나눠준 모양이었다. 파 냄새가 남아 있었는지, 지형은 매운 눈을 슬며시 비볐다.

지형은 영석이 왔다는 엄마의 말을 듣고도 방밖으로 나오지 않았다.

"얘네가 이젠 다 컸다고 내외를 하는 모양이네."

김과 굴젓을 건네준 후 현관에서 바로 돌아가버리는 영석을 보며 엄마가 지형이 들으라고 큰 소리로 말했다. 도망치는 영석의 발소리가 지형의 가슴 한가운데를 밟고 지나갔다.

"왜 갑자기 첫사랑은 물어?"

엄마가 순간 손을 멈추고 지형을 빤히 쳐다보았다. 지형은 얼굴이 붉어졌다. 다급하게 도망치던 영석의 발소리가 가슴에 멍자국을 남긴 것 같았다.

"그냥 책 읽다보니."

지형은 재빨리 읽던 책의 표지를 엄마에게 보여주었다.

"첫사랑은 무슨, 옛날에는 어른들이 정해주는 대로 시집갔지."

엄마가 뜨개질거리를 무릎 위로 내려놓았다.

"그럼 엄마도 외할아버지가 가라고 해서 아버지랑 결혼했어?"

자신은 절대로 엄마 아버지가 정해주는 사람과 결혼하지 않을 거라고 다짐하면서 지형은 물었다. 로체스터를 구원한 제인처럼 지형은 누군가에게 구원의 여성이 되고 싶었다. 잠깐 영석의 얼굴이 떠오르기도 했지만 고개를 흔들어버렸다.

"……"

엄마는 아무 말도 없었다. 지형은 문득 엄마를 쳐다보았다. 뜻밖에도 엄마의 얼굴이 복잡해 보였다.
　"이젠 너도 말을 알아들을 만큼 컸고 또 맏딸이니까 엄마가 얘기해줄 게 있다."
　엄마가 갑자기 분위기를 무겁게 내리누르며 입을 뗐다. 어느새 뜨개질거리를 옆으로 제쳐두고 엄마는 작심이라도 한 듯 자세를 고쳐 앉았다.
　"사실은 엄마랑 아버지는 둘 다 전에 결혼한 적이 있어."
　지형은 읽고 있던 책으로 머리를 세게 얻어맞은 것처럼 멍해졌다. 결혼을 한 적이 있다니, 그럼 엄마 아버지는 재혼을 한 것이란 말인가. 지형은 갑자기 온몸이 더러워지는 기분이 들었다. '재혼'이란 말이 주는 정체 모를 불결함 같은 것이었다. '과부'나 '홀아비'란 말처럼 은밀하고도 불결한 분위기를 풍기는 말 같았다. 느닷없이 태호 앞에서 팬티를 잡아당기던 장면도 떠올랐다. 온몸에 재를 뒤집어쓴 기분이었다. 소황리 아이들이 외딴집에 혼자 사는 젊은 여자를 말할 때 뭔가 비밀스럽고도 노골적으로 경멸하는 투로 내뱉던 '첩'이란 말까지, 세상의 모든 불결한 것들이 한꺼번에 떠올랐다. 그럼 엄마는 아버지의 첩인 걸까? 얼굴이 붉어지고 가슴이 뛰었다.
　"아버지는 엄마를 만나기 훨씬 전에 결혼해서 삼남매를 낳았는데 6·25 때 모두 잃어버렸어. 아들 둘, 딸 하나 그리고 부인도 전쟁통에 전부 잃어버렸어."

옛날이야기를 듣는 것 같았다. 6·25라니, 가끔 엄마 아버지는 6·25전쟁 때 얼마나 무섭고 배고팠는지 말한 적은 있어도 그때 가족을 잃었다는 건 처음 듣는 이야기였다. 알고 있는 거라곤 아버지 위로 형님이 계셨는데 6·25 때 행방불명됐다는 정도였다. 그래서 지형에겐 사촌도 하나 없고 할머니 역시 전쟁 때 돌아가셨다고 했다. 그런데 갑자기 자식들과 아내를 잃었다니, 엄마는 무슨 이야기를 하고 있는가. 지형은 머릿속으로 짙은 안개가 몰려오는 것 같았다.

"전쟁통에 가족들과 헤어져서 아버지는 아주 오랫동안 슬퍼하고 힘들어했어. 그러니 너희가 아버지한테 더 잘해야 돼."

엄마의 목소리가 축축해졌다. 지형은 가슴이 두근거리기 시작했다. 아버지에게 우리가 아닌 다른 자식들이 있었다니, 게다가 엄마가 아닌 다른 부인까지. 지형은 그제야 양식장 책상에서 보았던 호적등본이 떠올랐다. 그 누런 종이에 있던 낯선 이름들. 엄마가 말하는 아버지의 자식들이 바로 그들인 걸까. 빨간 사선이 그어져 있던 그 의문의 이름들. 지형은 백 미터 달리기를 할 때처럼 가슴이 뛰고 머릿속이 어지러웠다.

"혹시 이름이 지용, 지호야?"

신기하게도 그 이름들이 잊히지 않고 숨어 있다가 툭 튀어나왔다. 지형은 이름들이 쓰여 있던 자리와 글자까지 정확히 기억났다.

"그걸 어떻게 아니?"

엄마가 놀라서 물었다.

"호적등본인가 그걸 본 적이 있어."

지형은 갑자기 골방에서 복잡한 세상 한가운데로 내던져진 기분이 들었다. 서울에 와서 읽기 시작한 많은 소설들의 한 페이지 속으로 들어가는 느낌이었다.

"그걸 봤구나. 막내는 백일이 갓 지나서 미처 호적에도 못 올렸다. 이름이 지은이라던가."

지형은 지은이라는 이름을 듣자 갑자기 돌부리에 걸려 무릎이라도 크게 깬 듯 서러워졌다. 지형이 본 이름은 지용, 지호 둘이었다.

모두 남자 이름이었고 그들은 지형과 다른 우주에라도 있는 것 같은 느낌이었다. 그런데 지은이란 이름은 달랐다. 예쁜 여자아이 이름은 갑자기 질투심과 함께 무언가를 빼앗긴 기분이 들게 했다. 아버지에게 나와 지선, 지우 아닌 다른 딸이 더 있었단 말인가.

"우리 큰딸이 얼마나 착하고 이쁜데!"

언젠가 지형을 껴안고 등을 두드려주던 아버지의 그 다정한 말은 과연 누구에게 한 것이었을까. 아니 그때 아버지는 지형이 아닌 잃어버린 딸을 생각하고 있었던 건 아닐까. 어제저녁, 두 다리에 지우를 태우고 온 얼굴로 웃음이 물결처럼 번져나가던 그때에도 아버지는 잃어버린 그 아이들을 생각하고 있었던 건 아닐까. 그 아이들에게도 아버지는 따뜻한 온돌방처럼 그렇게 다정했을까. 작은 머릿속이 탱자 덤불처럼 엉켜버린 것 같았다. 지형은 책을 던진 후 무릎을 껴안고 앉았다. 엄마의 마른 입술이 어떤 결심이라도 한 양 다부져 보였다.

"그리고 엄마도, 아버지 만나기 전에 다른 남자랑 결혼했었어."

긴 숨을 내쉰 엄마가 속안의 것을 내뱉었다. 엄마는 오래 잠가둔 수문이라도 열듯 생각지도 못한 말들을 쏟아냈다. 지형은 걷잡을 수 없이 몰려오는 물결에 몸을 맡기는 수밖에 다른 도리가 없었다.

엄마는 열아홉 살에 결혼을 했다. 외가에서 좀 떨어진 곳에 사는 사람인데 나이 차이도 두 살밖에 나지 않는 남자였다.

"그 사람이 들어오면 집안이 다 밝아질 정도로 얼굴이 훤하고 속도 인물 못지않게 좋은 사람이었어."

어느덧 엄마는 사랑에 빠진 여자처럼 눈빛이 아슴아슴해졌다. 지형이 딸이라는 사실도 잊은 것 같았다. 엄마에게 그토록 아련하고 수줍은 표정이 숨어 있었다는 게 믿기지 않았다.

"그 사람은 다른 남자들하고 달랐어. 요즘이야 어쩌다 그런 사람이 있기도 하더라만 그땐 정말 그런 남자가 있다는 건 듣도 보도 못했어."

남자는 얼굴도 보지 못하고 결혼한 엄마를 더할 수 없이 아꼈다. 멀리 떨어진 곳에서 물길어오는 일은 물론이거니와 기름기를 싫어해 고기 손질을 못하는 엄마를 대신해 고기를 만질 일이 생기면 자신이 직접 칼을 들고 고기를 다듬었고, 종일 집안일을 하고 난 저녁이면 엄마의 손부터 발끝까지 주물러 피로를 풀어주었다. 밖에서 맛있는 게 생기면 품에 싸들고 와 엄마에게 몰래 건네주곤 했다. 여섯 살 때 죽은 생모 대신 계모 밑에서 외롭게 자란 엄마의 이야기를 들을 땐 같이 눈물을 흘리며 품에 안아주기도 했다. 엄마는 그때까지 겪었던 외로움과 고생을 한꺼번에 보상이라도 받는 기분이었다.

"내 인생에서 가장 행복한 때였다, 그때가."

엄마 입에서 튀어나온 '행복'이란 단어가 낯설었다. 감정을 숨기지 못하는 아버지에 비해 좀처럼 감정을 잘 드러내지 않는 엄마가 그 낯간지러운 말을 거침없이 쏟아냈다. 책에서나 쓰는 말인 줄 알았는데 엄마의 입에서 나왔다는 게 믿기지 않았다. 지형은 넋이 나간 얼굴로 엄마의 이야기를 들었다.

결혼 후 석 달 만에 6·25가 터졌다. 뒤늦게 전쟁 소식을 들은 사람들이 너도나도 피란길에 올랐다. 시부모도 먼 친척이 있는 산골로 피란을 가기로 결정했다.

피란 가기 전날 밤이었다. 저녁을 먹은 후 새색시는 호롱불 아래 앉아 버선을 꿰맸다. 젊은 남편은 색시의 한쪽 다리를 베고 누워 책을 보고 있었다. 그는 부모의 농사를 거들며 읍내의 공민학교에 다녔다.

"그만하고 빨리 자자. 내일 일찍 길 나서야 되잖나."

간단한 보따리만 들고 떠나야 하는 피란길이어서 큰 짐들은 시렁과 방구석에 갈무리해놓은 상태였다. 비행기 소리가 자주 들리고 멀리서 폭격 소리도 들려왔다.

"잠깐만요, 거의 다 했어요."

색시는 반짇고리를 챙겼다. 두 살 차이라고는 하지만 친구처럼, 오누이처럼 다정했다. 부부 정이 너무 좋으면 하늘의 시샘을 산다는 어른들 걱정을 들은 적도 있었다.

"심심한데 저거나 한번 볼까?"

갑자기 누워 있던 남자가 벌떡 일어나 시렁 위에 얹어놓은 상자를 끄집어내렸다. 경찰인 남자의 형님이 갖다놓은 탄피였다. 탄피를 손에 들고 호기심 가득한 눈으로 살펴보던 남자가 이곳저곳을 만져보기 시작했다.

"다 끝났어요, 그만."

색시의 말이 채 끝나기도 전이었다. 난데없는 폭발음과 함께 지상의 모든 것이 튀어올랐다. 색시의 손에 들려 있던 버선과 바늘이 어디론가 날아갔다. 색시의 머리와 다리로 파편들이 튀어올랐다. 탄피를 닦던 남자의 몸도 폭음과 함께 방바닥에 내팽개쳐졌다. 순식간의 일이었다. 남자의 몸이 피를 흘리며 널브러졌고 튀어온 파편을 맞은 색시의 왼쪽 다리에서도 피가 났다. 색시는 쓰러져 넋을 잃은 채 남자가 죽었다는 말을 들었다. 탄피인 줄 알았던 것은 수류탄이었다.

"기가 막힌 것은 그날 밤 안으로 피란을 떠나야 한다는 거였다."

 폭탄 터지는 소리를 들은 인민군이 마을로 들이닥칠지 모르니 당장 피란을 가야 한다며 마을 사람들은 서둘러 짐을 꾸렸다.

 "사람 목숨보다 더 모진 건 세상에 없더라."

 한순간에 아들을 잃은 시부모는 아들의 시신을 집 뒤에 바로 묻기로 했다. 산 사람은 살아야 한다며 그 밤으로 피란을 떠나야 한다는 것이었다.

 "그분들이 원망스러웠다. 당신들 가슴도 오죽했겠냐만 그래도 난 하룻밤만 더 지내보자고 애원했다. 하룻밤만 자고 나면 그 사람이 꼭 멀쩡히 살아날 것 같았다."

 아련하던 엄마의 눈에 힘이 들어가기 시작했다. 어린 딸 앞에서 울지 않으려고 기를 쓰며 참고 있었다. 지형도 울고 싶었지만 엄마가 이야기를 마저 다 뱉어내도록 꾹 참았다.

 "정말 하루만, 꼭 하루만 자고 나면 살아날 것 같았다."

 시부모는 며느리의 애원을 외면하고 그길로 아들을 묻었다. 한 발 한 발 가까워지는 폭격 소리에 마을 사람들의 삽질이 빨라졌다. 시부모는 넋을 잃은 새 며느리의 손을 끌고 동네를 떠났다. 색시는 이가 부서질 듯 꽉 다문 시어머니의 손에 끌려가면서도 수없이 뒤를 돌아보았다. 남자가 흙속에서 벌떡 일어나 따라올 것만 같았다. 그러나 정신없이 마을을 벗어나 산길로 걷고 또 걸어 날이 훤해졌을 때는 이미 30리도 넘게 떨어진 낯선 동네에 와 있었다.

"체온이 식지도 않은 사람 위로 흙을 덮을 땐 나도 같이 그 속으로 들어가고만 싶었다."

지형은 어느덧 붉은 흙구덩이 앞에서 몸부림치는 엄마가 된 듯한 기분이었다. 엄마 말처럼 하룻밤만 지나면 남자가 깨어났을지도 모르지 않은가. 체온도 식지 않은 사람을 어떻게 땅에 묻는단 말인가, 엄마의 시부모들이 원망스러웠다.

"그분들이라고 왜 생살이 찢어지지 않았겠냐. 그래도 산 사람들은 살아야 하니까 그 밤에 떠나신 거지. 사람 목숨이란 게 그렇게 모진 거야. 나한테도 참 잘해준 분들이었다."

엄마의 목소리가 비바람에 젖은 듯 마구 흔들렸다.

"전쟁 끝나고 그분들이 내 등을 떠밀었다. 아들도 없는 며느리 붙잡고 있은들 뭐 하겠냐고, 새 인생 살라면서. 그래서 다시 친정에 와 있다가 친척의 소개로 니 아버지한테 오게 됐다. 계모가 내가 와 있는 걸 못마땅해해서 갈 데도 없었어. 망설일 새도 없이 니 아버지한테 갔다. 갈 데가 없었으니까. 그래서 니 아버지가 난 처음부터 어렵기만 했다. 정들 새도 없이 정신없이 살아야 했으니까. 물론 나이도 많고 나하곤 여러 가지가 많이 차이 났지만."

『제인 에어』보다 더 극적인 소설 한 편을 읽는 기분이었다. 지형은 자기 앞에 앉아 있는 엄마의 이야기가 마을문고에 꽂혀 있는 어떤 소설책보다 슬프고 마음이 아팠다. 엄마의 붉은 눈두덩은 그것이 소설이 아니란 걸 강조하고 있었다.

"그런데 아기는?"

지형은 불현듯 호적등본이 떠올라 엄마에게 물었다.

"애가 생기기 전이었어."

지형은 머릿속이 두부처럼 부푼 것 같다는 생각을 하면서도 안심했다. 더이상 비극적인 소설의 주인공이 되고 싶은 마음은 없었다. 소설은 남의 이야기일 때만 충분히 그 비극을 즐길 수 있었다. 지형은 무릎걸음으로 다가가 가만히 엄마를 껴안았다. 엄마의 어깨가 동지 바람에 흔들리는 뱃전 같았다.

지형은 엄마에게 들은 이야기를 누구에게도 하지 않았다. 동생들은 물론 지석에게도 절대 말하지 않을 작정이었다. 지석은 알고 있지 않을까, 궁금했지만 묻지 않았다. 지형은 누구에게도 아버지와 엄마의 이야기를 하지 않기로 작정했다. 특히 엄마의 이야기는 누구하고도 나누고 싶지 않았다. 아버지는 알고 있다지만 지형은 아는 척하지 않으리라 마음먹었다. 미처 체온이 식지 않은 남편을 땅에 묻었던 엄마에 대한 최소한의 예의 같았다.

해방촌

 한일병원은 아침 일찍 찾아간 보람도 없이 허탕이었다. 총무부장은 며칠 전부터 갑자기 애매한 태도를 보이더니 결국 미적거리며 발주가 다른 사람에게 돌아갔다고 고백했다. 뒤늦게 정보를 알고 견적서를 낸 세명의 박(朴)인 듯했다.
 박은 30대 중반의 영업 사원이었다. 하루에 수십 군데씩 돌아다니는 것도 모자라 아는 사람들을 총동원했고, 아는 사람이 없는 곳은 인맥을 연결하기 위해 헤집고 다니지 않는 곳이 없었다. 지난달 남정고등학교도 막판에 교감을 등에 업고 그가 사무용 책상과 의자 등 교무실 집기 세트를 납품했다. 석 달이나 들락거리며 서무과장과 몇 번씩이나 가격 협상을 한 이섭의 모든 노력이 순식간에 물거품이 돼버렸다.
 이섭은 병원 휴게실에 앉아 담배를 물었다. 근육에서 물기가 다 새버리기라도 한 듯 기운이 쫙 빠졌다. 물기가 빠져나간 근육 사이사이를 훈연이라도 하듯 담배 연기가 스며들었다. 자릿자릿 현기증이 일었다. 요즘 들어 현기증이 부쩍 잦아졌다.

담배를 끊어야 한다는 의사의 권유도 받았지만 금연은 쉽지 않았다. 몇 번 은단을 사기도 하고 담배를 통째 쓰레기통에 버리기도 해봤지만 1주일을 넘기기 힘들었다. 특히 서울로 온 후론 담배와 술이 부쩍 늘었다. 사람들과 어울려 술 마실 일도 많고 혼자서도 자주 술을 마시곤 했다. 저녁마다 반주로 마시던 소주도 한 잔에서 반병으로 늘었다. 술이 약한 체질이어서 반병만 마셔도 얼굴이 붉어지고 몸이 풀렸다. 새벽마다 일어나는 것도 점점 힘이 들었다.

서울살이는 예상대로 쉽지 않았다. 무엇보다 이섭은 기억이 옛 무덤처럼 쌓인 서울에서 태연히 살아갈 자신이 없었다. 낯익은 거리를 걷다보면 느닷없이 진과 아이들이 손을 흔들며 기다리고 있을 것만 같은 곳, 이섭은 가능하면 서울에 오고 싶지 않았다. 하지만 다른 어디로도 갈 곳이 없어 결국 서울로 오고야 말았다.

"자네 장인의 마지막 부탁이었네. 함께 일해보게."

냉동회사 사장은 장인의 장례식장에서 한 남자를 소개해주었다. 자신의 사촌동생이라고 했다. 그는 알루미늄 소재의 사무용 가구로 선풍을 일으키고 있는 가구회사의 영업소를 운영하고 있다고 했다. 장인은 쓰러지기 한 달 전쯤 냉동회사 친구를 만나 이섭의 취직을 부탁한 모양이었다. 간곡한 편지에도 아무 대답이 없는 걸 거절로 알아들은 장인은 이섭에게 더이상 어떤 말도 하지 않고 일을 추진했다.

　이섭은 더이상 거절할 명분마저 잃어버렸다. 노인은 마지막 길까지 이섭을 등에 지고 가는 꼴이었다. 장인은 노구를 끌고 을지로의 가구 영업소까지 직접 왔다고 했다. 그날, 영업소 사장은 본사에서 온 사장 앞에서 브리핑이라도 하듯 상세한 설명을 해야만 했다. 영업직이긴 했지만 적으나마 월급제란 말에 장인은 무엇보다 안심을 했다던가.

　"적더라도 매달 꼬박꼬박 나오는 돈이 있어야 안심이 되지. 애들하고 서울서 살아야 하는데."

　그날 장인이 두 손을 잡고 간곡하게 부탁했다는 말을 뒷날 사장에게 전해들으며 이섭은 새삼 의문에 사로잡혔다. 장인에게 이섭은 도대체 무엇일까, 묻지 않을 수 없었다. 딸을 잃은 사위가 뭐 그리 애틋할 것이며, 딸을 생각하면 오히려 원망만 들 수 있건만 장인은 한사코 이섭을 감싸고돌았다.

　"큰누님은 아버님이 제일 아끼던 자식이었다는 거 매형도 잘 아실 거예요. 아버님은 누님을 당신이 지키지 못했다는 죄책감을 갖고 계셨어요. 누님이 잡혀간 걸 너무 늦게야 안 아버님이 일찌감치 부산으로 내려가신 걸 얼마나 후회했는지 몰라

해방촌　**181**

요. 우리가 그렇게 일찍 떠나지만 않았어도 누님과 애들이 우리집에 와 있었을 거라면서. 마침 부산의 외조부가 돌아가시는 바람에 온 식구가 내려가 결국 올라오지 못한 채 피란길이 돼버리고 말았지만, 그 바람에 큰누님이 그렇게 됐다고 어머님이랑 늘 한탄하셨어요."

처남 현이 장례식이 끝나고 돌아온 집에서 술잔을 앞에 두고 울먹였다. 장인은 이섭 앞에선 내색을 하지 않았다. 이섭의 죄책감을 건드리지 않으려는 배려였다. 장인과 이섭은 저마다의 죄책감으로 서로를 버리지도 못한 채 결국 마지막까지 온 셈이었다.

진이 갓난아이와 함께 끌려갔다는 소식을 들은 것은 수배자의 몸이 되어 피해 다닌 지 한 달째 되던 때였다. 전쟁이 터지기 직전 당조직이 노출되는 바람에 이섭은 수배령이 떨어진 상태였다. 무당집에 숨어 있노라니 어떻게 줄을 댄 형이 이섭을 찾는다고 했다. 이섭은 자정이 넘어서야 형의 친구 집에서 겨우 그를 만날 수 있었다.

"제수씨가 열흘 전에 끌려갔다. 너를 찾다가 안 되니까 제수씨를 끌고 갔는데 젖먹이는 하는 수 없이 데려갔단다. 아이들이 옆집 사람이랑 같이 우리집으로 왔더라. 끌려가면서 우리집에 맡겨달라고 옆집에 부탁했더구나. 지용이, 지호는 내가 데리고 있으니 너무 걱정 마라. 본인도 아닌데 언제까지 잡아

두기야 하겠냐만 어린애까지 데리고 그 험한 곳에 있으니 제수씨가 걱정이다."

형은 진이 어디로 갔는지 지인들을 통해 알아봤지만 허사였다고 했다.

"우리는 걱정 말고 당신이나 빨리 피하세요. 설마 우리까지 어떻게 하겠어요?"

수배령이 내려질 것 같다는 소식을 접하고 진은 서둘러 이섭의 등을 떠밀었다. 엿장수로 변장한 동지가 불심검문에 걸리는 바람에 조직이 드러났다는 전갈을 받은 직후였다. 진은 불안을 내색하지 않으려는 표정이 역력했다. 사려 깊고 보기보다 당찬 데가 있는 사람이었다. 희고 포동포동하게 젖살이 오른 아이가 지구의 자전 방향이라도 바꾸듯 온 힘을 다해 몸을 뒤집은 다음날이었다. 여자 형제 없이 자란 이섭은 첫 딸아이를 품에 안아보는 것도 조심스러웠다. 출생신고도 하지 못한 채 백일이 다 되도록 이름만 겨우 지은이라 부르고 있었다. 집을 나서는 이섭에게 진은 손에 낀 금가락지를 뽑아주었다.

"이거라도 갖고 가서 급할 때 쓰세요."

진과 혼인할 때 이섭이 해준 그 가락지를 진은 부적처럼 여겼다. 잠시라도 손에서 빼면 나쁜 일이 생길 것만 같다며 세수를 할 때도 빼지 않았다. 진이 고운 재로 자주 닦은 덕분에 가락지는 윤기를 잃지 않았다.

"자수를 해야겠어요. 그 사람과 아이를 거기 둘 순 없어요."

진이 대신 잡혀갈 줄은 생각지도 못했다. 어딘지도 모를 곳에 아이와 함께 갇혀서 이섭의 행방을 취조당하고 있을 진을 생각하니 피가 거꾸로 치솟았다. 진의 가락지가 이섭의 약지에서 윤기를 잃어가고 있었다.

"안 된다, 넌 잡히면 안 돼. 이건 너 혼자만의 문제가 아냐. 너 때문에 다른 사람들까지 줄줄이 잡혀갈 수밖에 없어. 제수씨는 당사자가 아니니 조만간 풀어줄 거야. 나도 아는 사람들 다 동원해서 제수씨가 어디 있는지 알아보고 있으니 조금만 기다려라."

식민지하에서 지식인은 결국 이용만 당하는 하수인에 불과하다고 회의하던 형도 뒤늦게 사회주의자가 되었지만 다행히 신분이 드러나지 않아 아직은 안전한 편이었다. 대학에 있어서 노출 위험이 적었다. 하지만 이미 노출이 돼버린 이섭은 잡히면 다른 조직원까지 위험했다.

형은 절대 함부로 행동하지 말라며 몇 번씩이나 이섭의 다짐을 받았다. 이섭은 어쩔 수 없이 다시 무당집으로 돌아갔다. 하루에도 수십 번씩 자수와 잠행 사이에서 번민했다. 밤마다 아이들 울음소리가 들려왔다.

이섭은 결국 야음을 틈타 지용과 지호를 만나러 갔다. 아이들은 오랜만에 만난 아버지와 떨어지려 하지 않았다. 잠든 사이에 아버지가 가버릴까봐 졸린 눈을 비비면서도 이섭의 품을 떠나지 않았다. 아버지, 내 크레파스를 지훈이 형이 가져갔어요. 다음에 올 때 꼭 사다주세요. 지용이 한 손을 꼭 잡은 채 사촌형이 가져간 크레파스 이야기만 되풀이했다.

엄마 보고 싶어. 엄마는 왜 안 와? 여섯 살 지호가 엄마를 찾으며 보챌 때마다 여덟 살 지용은 동생에게 눈을 부라렸다. 어미가 붙잡혀 가면서 아이에게 단단히 이른 모양이었다. 양손을 하나씩 꼭 붙잡고 잠든 아이들을 떼어놓고 형의 집을 나오는 발걸음이 쇠뭉치를 매단 듯 무거웠다. 이섭은 꼭 크레파스를 사다주겠다는 다짐을 하고 아이들과 헤어졌다.

하지만 바로 다음날 이섭은 은신처를 옮길 수밖에 없었다. 장소가 노출된 것 같다는 정보를 가져온 동료를 따라 안양 인근의 수리산 자락으로 거처를 옮겼다. 성북동 형의 집 역시 형사들이 잠복해 있을지 몰라 다시 갈 수도 없었다. 그리고 며칠 후 전쟁이 터졌다.

이섭은 인민군이 진주하자 서울의 경찰서를 모두 헤매며 진과 갓난아이의 행방을 찾아다녔다. 지인들을 총동원해 진이 있는 곳을 수소문했지만 어디로 끌려갔는지조차 알 수 없었다. 퇴각하는 군인들이 구치소나 감옥 안의 사람들을 몰살하고 떠났다는 소문이 흉흉했다. 이섭은 밤마다 부디 살아 있으라, 살아만 있으라, 빌고 또 빌었다.

이섭은 장인의 마지막 가는 길을 배웅하는 심정으로 가구 영업소에 취직을 했다. 달리 갈 곳이 없었다. 이력서를 낸 곳은 모조리 연락이 없거나 의례적이고도 정중한 거절의 답신을 보내왔고, 그 외에는 이력서를 낼 수조차 없는 곳들이었다. 하다못해 운전 기술조차 가진 게 없는데다가 몸으로 벌어먹고 살 만큼 경험도 힘도 없는 이섭이 갈 곳은 없었다.

"내가 이렇게 쓸모없는 인간인 줄 정말 몰랐어."

일곱번째로 반송된 이력서를 들고 이섭은 미자 앞에서 무력하게 중얼거렸다.

사실 양식장에 갈 때까지만 해도 여유가 있었다. 서울이 아닌 지방으로, 고향 근처도 아닌, 아는 사람 없는 곳에 가서 숨어 살고 싶다는 허영심을 부릴 만큼의 여유가 있었다. 하지만 지금은 아니었다. 선택의 여지가 없었다.

지석은 고등학생이, 지형은 곧 중학생이 될 터였다. 아이들은 점점 커가는데 이섭의 나이는 환갑을 향해가고 있었다. 이섭은 막내 지우가 스무 살이 되면 일흔이 넘을 자신의 나이를 계산해보곤 했다. 부쩍 거울을 오랫동안 들여다보았다. 거울 속에는 볼살이 늘어지고 눈자위가 처지고 목살이 대추처럼 말라가는 초로의 노인이 서 있었다. 어느새 여기까지 와버린 걸까.

적어도 아이들이 학교를 다 마칠 때까지는, 최소한 성인이 될 때까지는 버틸 수 있어야 할 텐데 점점 자신이 없었다. 삶이란 게 불필요한 살점 다 발라내고 나면 이토록 적나라한 모습만 남을 거란 걸 왜 전혀 눈치채지 못했을까. 다른 무엇이 더 있을 거라 생각했던 건 한갓 몽상일 뿐이었단 말인가.

새로 아이들이 태어나자 이섭은 적어도 이 아이들만은 목숨을 바쳐서라도 끝까지 지켜내리라 다짐했다. 그것이 잃어버린 아이들에 대한 속죄 같았다. 아니 이 아이들마저 희생시킬 순 없다는 생각이 더 절박했다. 하지만 비루한 이 삶을 받아들이는 건 여전히 쉽지 않았다.

"아재요, 이번에 훈이 아범이 회사일로 홍콩 좀 갈라 캤는데 신원 조회에 걸리서 못 갔습니다. 5촌인데도 신원 조회 하이 다 나온다 카디더. 참 무서운 세상인기라요."

지난달엔 사촌형님 제사에 갔다가 종질부의 원망을 들었다. 외국이야 갈 생각을 해본 적도 없던 탓에 신원 조회가 5촌까지 미치는 줄 몰랐다. 얼마 전에도 다른 종질녀와 결혼한 젊은 외교관이 주미대사관 근무를 지원했지만 이섭의 이력이 튀어나오는 바람에 태국으로 발령을 받았다고 했다. 이섭은 새삼 사지가 철창에 갇힌 것만 같았다. 마음 약한 종질이 차마 꺼내지 못한 원망을 보다못한 종질부가 나선 모양이었다.

"입다물지 모하나? 다 지난 일을 갖고."

제주인 종질이 눈을 부라리며 제 아내를 노려봤지만 종질부는 눈 하나 깜빡 안 하고 다음 말까지 내뱉었다.

"다 지나긴요? 우리 혁이 대학 졸업하믄 미국 유학 갈라 카는데 못 가면 어예니껴? 5촌 걸리는데 6촌이라고 괜안겠니껴?"

나이 탓인지, 그들이 쌓은 부와 권력 때문인지 당돌한 질부는 끝내 하고 싶었던 말을 담아두지 않았다.

이섭은 아무 말도 할 수 없었다. 미안하다고 간단히 말하기엔 앞으로 그들에게 다시 올지도 모를 억울한 일들을 자신의 힘으로 해결할 수 없을 게 뻔했고, 대놓고 서운함을 표시하기엔 이섭에게 뭔가를 굴복하기를 강요하는 힘에 대한 본능적 저항감도 슬며시 치솟았기 때문이다. 제사가 끝나자 이섭은 서둘러 종질의 집을 나왔다. 제주도로, 충청도로 떠도는 동안 소원했던 일가친척을 서울에 온 후로 피치 못할 관혼상제 때마다 만나곤 했지만 그럴 때마다 하나둘 옛 상처가 되살아나 돌아오는 길이 늘 휘청거렸다.

이섭은 사무실에 전화를 걸어 한일병원 건이 무산됐다는 사실을 알렸다. 전화를 받은 사장이 애석하다는 듯 탄식을 내뱉었다. 병원을 증축해 시설을 새로 하는 일이어서 영업점으로선 꽤 큰 건을 놓친 셈이었다. 이섭보다 몇 살 어린 사장은 사업보다는 놀기 좋아하는 한량 타입이어서 직원들을 심하게 몰아세우지는 않았지만 나이 많다는 이유로 다른 직원들에게 부담만 주게 될까봐 지레 마음이 초조해졌다. 거기까지 찾아가 부탁한 장인을 봐서라도 이섭은 폐가 되는 일만은 피하고 싶었다. 책상과 의자, 캐비닛 따위들의 카탈로그를 들고 하루 종일 낯선 사무실로, 병원으로 아침마다 지형이 반짝반짝하게 닦아주는 구두 위로 먼지가 뽀얗게 내려앉도록 걸어다녔다.

한일병원에서 멀지 않은 금오물산에 들러 이섭은 총무과장을 만났다. 전혀 연고도 없는 사무실들을 무작정 찾아가 직접 영업을 하던 지난봄, 처음 안면을 튼 총무과장은 이섭이 자신의 아버지와 동갑이라며 무척 호의적이었다. 당장은 사무용 가구들을 바꿀 계획이 없지만 언젠간 교체를 생각중이라고 했다. 너무 오래된 나무 집기들이 뒤틀리고 뻑뻑해져 불편한 점이 많지만 사장이 자수성가한 사람이라서 함부로 비품 교체를 허락지 않는 모양이었다. 이섭은 승인이 나는 대로 연락 줄 것을 다시 한번 당부하고 사무실을 나왔다. 햇살이 정수리를 통해 온몸으로 쏟아져들어왔다.

사무용 가구 영업 사원. 기를 쓰고 그 옷에 자신의 몸을 맞추려 했지만 아무래도 어색하기만 했다. 무엇보다 이섭은 알루미늄 가구의 차가운 금속성을 싫어했다. 견고하고 가볍다는 기능적 장점만 극도로 강조된 가구였다. 날이 조금만 추워져도 바늘 끝처럼 시리게 스치는 냉기는 아무리 시간이 지나도 적응이 되지 않았다.

어려서부터 이섭은 나무로 된 책상을 유난히 좋아했다. 아니 책상뿐 아니었다. 이상하게도 이섭은 오래된 물건들을 좋아했다. 오래된 책에서 나는 종이 냄새와 오래된 반닫이의 닳은 귀퉁이에서 만져지는 너그러움, 앉은뱅이 나무 책상에 쏟아진 잉크의 푸른 얼룩 따위에서 느끼는 편안함과 친숙함을 뭐라 하면 좋을까.

　이섭은 팔아야 할 알루미늄 사무용 가구들에 도무지 마음이 가지 않았다. 비록 고무 패킹에 감싸여 있긴 해도 흉기처럼 날카로운 끝처리도 볼 때마다 섬뜩했다. 그러나 이섭은 어느덧 고객들 앞에서는 알루미늄이라는 신소재가 얼마나 가볍고 단단하며 편리한지, 한껏 포장하고 있었다. 설명에 열기가 더할수록 이섭은 말을 마치면서 그들이 아직도 사용하고 있는 나무 책상이나 책꽂이를 표나지 않게 쓰다듬었다. 만질 때마다 부드럽게 감겨오는 나무의 따뜻한 질감이 이섭을 안심시켰다.

　나무가 손에 닿아야 안심이 되는 자아와 철제 책상의 실용성에 대해 앵무새처럼 반복하는 자신 사이의 거리가 자꾸만 멀어지고 있었다. 그 간극 사이에서 이섭은 점점 작아지고 막막해졌다.

　이섭의 발길은 어느덧 눅눅한 해방촌 골목을 오르고 있었다. 집들이 들어선 자투리 공간에 생긴 골목길은 마음대로 휘어져 있으며 좁고 냄새나고 더러웠다. 갈 데 없는 아이들은 비가 오는데도 골목에 모여 구슬치기를 하고 있었다. 네 개의 계단을 지나자 작고 파란 나무문이 보였다.

　비를 맞은 파란색 페인트가 더 선명했다. 마린 블루라고 했던가. 언젠가 잡지에서 본 색상과 비슷했다. 주인집 뒤로 담도 없이 골목으로 바로 난 문이었다. 이섭은 조심스럽게 문을 두드렸다. 누구냐고 묻는 소리도 없이 기다렸다는 듯 곧 문이 열렸다. 여자가 나왔다. 영석이네, 서순희였다.

"안 오시나 했어요."

여자는 벌써 찌개까지 끓여놓고 이섭을 기다리고 있었다. 작지만 깔끔한 방안에 밥 두 공기와 된장찌개와 갈치구이, 시금치 따위의 반찬들이 정갈히 놓인 상이 있었다. 여자는 이섭을 기다리며 갈치를 굽고 시금치를 무치고 무장아찌를 썰어 깨소금을 버무렸을 것이다. 어쩌면 오지 않을지도 모를 사람을 위해 갈치를 굽는 여자의 어깨가 망설임으로 딱딱해져 있을 것만 같았다.

방안에 서서 물끄러미 작은 밥상을 내려다보았다. 차마 드러내놓고 맘껏 차리지 못한, 여자의 망설임이 묻어나는 소박한 밥상이었다. 이섭 역시 그 밥상 앞에 거침없이 앉지 못한 채 내려다보기만 했다.

"식사, 하세요."

여자가 상을 가만히 이섭의 앞으로 밀며 자리에 앉았다. 언제나 밥상으로 자신을 보여주는 여자가 이섭이 앉기를 기다리고 있었다. 이섭은 오전 내내 걸어다닌 두 다리를 접으며 여자가 내민 포플린 방석 위에 앉았다. 아마도 이섭을 위해 만들었을 새 방석이었다. 사람이 한 번도 앉은 흔적이 없는, 주름 하나 없는 포플린의 자잘한 꽃무늬가 애잔했다.

"같이 듭시다."

수저를 들어 여자에게 권했다. 이섭이 권하지 않으면 여자는 정물처럼 앉아 혼자 밥 먹는 수저질과 저작 소리가 절간 같은 방안을 속되게 울리도록 버려둘 게 뻔했다. 여자가 이섭보다 한 박자 느린 속도로 밥을 떠넣었다. 호박과 고추를 넣은 된장찌개가 달큼하고 매콤했다. 이른아침부터 고단히 걸은 발바닥이 노곤해졌다. 이대로 한숨 깊이 잠들고 싶다는 유혹이 몰려왔다.

"빨리 먹고 가야 돼요."

이섭은 쓸데없이 시계를 보며 바삐 숟가락질을 했다.

"예."

여자는 늘 그렇듯 이섭의 옷소매 한번 붙잡지 않았다. 찾아오는 이섭을 막지 않는 것이 여자가 할 수 있는 최대치이듯, 돌아가는 이섭을 한 번도 불러세우지 않았다. 이섭 역시 마찬가지였다. 어쩌다 이렇게 찾아와 소박한 밥상을 함께하는 것이 두 사람이 할 수 있는 전부라는 듯 숟가락을 놓은 후에는 바삐 돌아서버리곤 했다. 조금만 더 머물면 다시 일어나 나올 수 없을 것만 같아 숟가락을 놓기가 무섭게 이섭은 일어섰다.

"내가 해줄 수 있는 게 아무것도 없다는 거 잘 알잖소."

서 있는 곳에서 한 발자국도 떼지 못한 채 이섭은 기우뚱 기울어진 몸으로 가끔 여자를 찾아올 뿐이었다.

여자는 수인 같았다. 광인이 되어 자신도 알아보지 못하는 남편과 두 아이의 감옥에 갇힌 여자는 그러나 그 감옥을 바지런히 쓸고 닦았다. 여자의 집이 너무 단정해 보인 탓일까 아니면 바지런 떠는 여자가 힘겨워 보인 탓일까. 어쩌면 이섭 역시 자신이 갇힌 감옥을 그녀 앞에서 가끔 내려놓은 채 쉬고 싶었던 것인지도 모른다. 이섭은 통방이라도 하듯 가끔 여자를 찾아왔다.

"더이상 아무것도 바라지 않아요."

여자 역시 이섭에게로 한 발자국도 더 떼지 못한 채 위태로운 균형을 잡고 서 있었다.

달게 밥 한 그릇을 다 비우자 여자가 소반을 들고 재빨리 부엌으로 가서 작은 쟁반에 숭늉을 받쳐왔다. 달큼한 뒷맛이 입에 감겨왔다. 나른한 포만감과 방바닥으로부터 머리끝까지 번져오는 온기가 무장해제라도 하듯 온몸을 느슨하게 풀어헤쳤다. 바닥에 등을 댄 채 여자를 안고 싶다는 욕망이 미열처럼 번져왔다. 죽은 나무 같던 몸에 새삼 물기가 도는 기분이었다.

이섭은 숭늉 그릇을 옆으로 밀어놓고 여자에게 다가갔다. 여자는 온몸이 굳은 채 미동도 않고 앉아 있었다. 이섭은 여자의 손을 잡고 두 눈을 바라보았다. 행여 바람에 흔들릴세라 여자가 시선을 왼쪽 벽에 두고 있었다. 여자의 가는 어깨가 봄바람 부는 호지처럼 눈에 띄지 않게 흔들렸다. 이섭은 그녀의 어

해방촌

깨를 껴안았다. 빈집 같은 두 개의 어깨가 부딪치는 소리가 방 안을 공명관 삼아 메마른 소리로 울렸다.

"잠시만 이렇게 있어줘요."

이섭은 적막한 그녀의 어깨를 비질이라도 하듯 가만히 쓰다듬었다. 7월의 더위에도 불구하고 오전 내내 서늘했던 몸속으로 온기가 돌았다. 여자의 몸이 연탄불처럼 따뜻했다. 눅진눅진 늘어진 비닐 장판에 얹힌 온몸이 위태롭게 흔들렸다. 여자가 숨도 제대로 쉬지 못한 채 이섭의 품안에서 소리 없이 열꽃을 피워냈다. 여자의 입술을 더듬었다. 거스러미가 돋은 여자의 입술이 녹슨 문처럼 닫혀 있었다. 이섭은 조심스럽게 푸른 녹을 걷어내고 여자의 입술을 비집고 들어갔다. 여자에게서 삐걱, 녹슨 문 여는 소리가 새어나왔다. 한껏 버티고 서 있던 두 몸이 벌어진 문틈으로 허물어질 듯 흔들흔들했다.

"갈게요."

이섭이 할 수 있는 말은 여전히 그것뿐이었다. '다시 올게요'나 '기다려줘요' 따위의 말을 이섭은 여자에게 차마 할 수 없었다. 여자 역시 마찬가지였다.

"가세요."

'다시 오세요'나 '언제 오실 거예요?'의 말들은 모두 생략된 여자의 인사. 이섭은 우산으로 몸을 가린 채 뒤돌아보지 않고 비좁고 구부러진 골목길을 걸었다. 다행히 구부러진 길은 이미 여자의 시선에서 이섭의 뒷모습을 거둬버렸을 것이다. 어쩌다 여길 드나들게 된 것인지, 생각하면 아연한 일이었다.

새 직장에 적응하고 집을 구할 때까지라는 기한을 정하고 이섭은 식구들을 두고 먼저 서울로 올라왔다. 마포의 언덕배기에 방 하나를 구해 혼자 지내며 서울생활을 시작했고 틈틈이 적은 돈으로 들어갈 수 있는 집을 구하러 다녔다. 영석이네는 이섭보다 석 달 먼저 서울에 와 있었다. 이섭이 서울에 올라오자마자 영진이 제 엄마와 함께 입대 인사를 왔다.

"3년 동안 공부한다고 생각하고 맘 편히 지내다 와라. 집 걱정은 말고."

이섭은 입대하는 영진을 품에 안고 등을 두드려주었다. 아직 덜 여문 어깨가 감당해야 할 고된 훈련을 생각하니 가슴이 저렸다.

"어려운 일 있으면 연락하세요."

돌아가는 영석이 엄마에게 말했다. 낯선 서울에서 만나니 피붙이인 듯 애틋했다. 영석이네는 해방촌 달동네에 방을 얻어 멀지 않은 종합병원에 청소를 하러 다녔다. 이섭이 현에게 부탁해 소개해준 곳이었다. 종일 병원 쓰레기통을 비우고 밀대로 바닥을 닦고 나면 온몸에 병원균이 묻기라도 한 것 같아 몸이 근질근질하다고 했다.

이섭이 서울로 온 지 한 달도 지나지 않은 토요일 오후였다. 사무실로 영석이 엄마의 전화가 걸려왔다. 떨리는 목소리가

해방촌 **195**

전화선을 타고 고스란히 전해졌다.

"영석이 아버지가 죽었대요. 어떻게 해야 될지 몰라서요."

영석이 엄마의 전화를 받고 이섭은 곧 해방촌 그녀의 집으로 갔다. 해가 들지 않는 작은 방에서 여자가 초점 없는 눈으로 벽을 보고 앉아 있었다. 여자가 들고 있는 전보를 급히 읽었다. 구겨진 전보는 전날 새벽 영석이 아버지가 심근경색으로 사망했다는 사실을 건조하게 통보하고 있었다. 국군통합병원에서 온 것이었다. 이섭은 여자를 일으켜 겉옷을 입히고 먼저 우체국으로 가 영진에게 전보를 쳤다. 학교에서 돌아오지 않은 영석에겐 이모네 집에 가 있으라는 쪽지를 남겼다. 제 아버지를 기억도 못하는 아이에게 느닷없이 주검을 대면하게 할 순 없다는 그녀의 뜻이었다.

장례를 치르는 사흘 동안 스무 명 남짓한 조문객이 다녀갔고, 영진은 부대 전체가 훈련 나가는 바람에 끝내 휴가를 나오지 못했으며, 마지막 날 영석은 장례식장으로 와 얼굴도 기억 못하는 아버지와 이별했다. 파월 장병 복장의 남자가 환히 웃고 있는 사진이 그 애가 영원히 기억할 아버지의 얼굴이었다. 일을 할 사람이 없는 탓에 간단한 장례 절차와 화장까지 모두 이섭이 처리해야만 했다.

"차라리 홀가분하다면 천벌을 받을까요? 그런데 그 사람을 위해서도 차라리 이게 낫다 싶은 생각이 자꾸 드네요. 다 돌아왔는데 혼자 전쟁터에 남아 그 속에서 사는 게 그 사람한테도 지옥이었을 거 같아요."

한강 하류에 뼛가루를 뿌리고 돌아온 밤, 그녀는 이섭이 내민 소주를 입에 털어넣으며 중얼거렸다. 눈끝에 소주 같은 물방울이 매달려 있었다. 파월 장병들은 이미 월남에서 철수를 하고 있는데 지금까지 총을 들고 포탄에 살점이 튀는 밀림을 혼자 뛰어다니며 비명을 질렀을 남자의 생이 이제는 자유로워졌을까. 부디 그러하길 이섭은 진심으로 빌었다.

"어쩌다 면회 가도 내 얼굴도 몰라보는 사람을 그 남자라고 해야 하는지 다른 사람이라고 해야 하는지 알 수가 없었어요. 다른 덴 다 멀쩡한데 그렇게 다른 사람이 돼버린 건지, 사람이란 게 참 아무것도 아니구나 싶더라고요."

흰 상복을 입은 채 소주 석 잔을 마신 여자가 맥없이 풀어져 말이 많아졌다. 그동안 혼자 아이들 키우며 살아온 단단한 기둥이 하루쯤은 흐트러져도 좋을 것 같았다.

"사람, 그리 대단한 거 없더라고요. 눈에 보이지도 않을 만큼 가는 신경줄 하나만 막혀도 전혀 다른 사람이 돼버려요."

청소하느라 병원 드나들면서 깨달은 모양이었다. 하찮은 통증에도 죽을 듯이 비명을 지르고 때론 생각지도 못한 일을 저지르기도 하는 인간이라니, 한때 인간이야말로 가장 위대한 존재라고 생각했던 시절이 아득하게 떠올랐다. 한 점 의심도 없이 굳게 믿었던 신념과 믿음들.

"그런데요, 그 사람이나 제가 살아온 세월은 도대체 뭐였을까요? 그 사람은 그 사람대로, 저는 저대로 그렇게 적막하게 살아온 시간들은……."

거기까지였다. 술기운을 빌린 여자의 말이 갑자기 끊어지고 눈에서 물줄기가 솟구쳤다. 여자가 울기 시작했다. 서럽고 외로운 울음이었다. 어쩌면 한 번도 마음놓고 울어보지 못했을 여자가 방심한 채 터져버린 물줄기에 마음을 놓쳐버린 것인지도 모른다. 다행이었다. 장례까지 두어 번 벌겋게 충혈된 눈에서 물방울 몇 점 흐른 것 빼곤 소리 내 울지 못하던 여자였다.

이섭은 통곡으로 변한 여자의 울음소리를 들으며 소주 한 잔을 더 마셨다. 소주가 내려가는 속도를 따라 여자의 울음소리가 함께 흘렀다. 위를 거쳐 십이지장, 췌장 벽으로 여자의 울음이 스쳐지나갔다. 울음이 창자의 마지막 지점을 통과할 즈음이었다. 참을 수 없는 통증이 몰려왔다. 창자의 내벽에 굵은 소금을 박박 문질러대는 것도 같고 칼로 자근자근 저미는 것도 같은 통증이었다. 10년 가까이 전쟁터에 갇혀 오직 홀로 싸움터를 누빈 영석이 아버지의 고독한 울음소리 같기도 하고, 그 시간 동안 자신의 그림자조차 찾을 수 없는 남자를 보며 시린 가슴을 견뎌야 했을 여자의 외로운 울음소리 같기도 하며, 20년이 다 되도록 전생의 감옥에 갇혀 그리운 이들을 찾아 헤매다 어느새 쉬어버린 이섭 자신의 울음소리 같기도 했다. 심지어는 신혼의 골방에서 신랑이 폭사했다는 미자의 울음으로도 들렸다. 어쩌면 그 모두의 것인지도 모를 울음이 이섭의 가슴을 파고들었다.

이섭은 울고 있는 여자를 안았다. 이제야 비로소 쉬게 된 그녀의 남편이기도 하고, 시린 등 한번 쓸어주는 사람 없던 외로운 그녀이기도 하며, 기다려도 오지 않는 사람들의 발소리를 오늘도 기다리고 있는 이섭 자신이기도 하며, 바로 옆에서 신혼의 남편을 떠나보내야 했던 미자이기도 한 여자를 이섭은 껴안고 연신 등을 쓸어주었다. 여자의 울음소리가 더 서럽게 솟구쳤다.

"실컷 울어요."

여자가 남은 울음을 모두 토해낼 때까지 이섭은 여자의 등을 쓸어내렸다. 얼마나 지났는지 여자의 울음이 잦아들자 이불을 깔고 눕혀 팔베개를 해 재웠다. 조개와 굴을 이고 한 번도 넘어지지 않고 갯벌을 가로지르던 여자의 작고 단단한 몸이 이섭의 품안에서 가늘게 떨다가 한참 후에야 잠이 들었다. 이섭은 상복을 입은 여자에게 한 팔을 내준 채 그대로 밤을 보냈다.

몇 번 잠에서 깼지만 깊이 잠든 여자의 숨을 차마 깨울 수 없어 저린 팔 그대로 다시 잠을 청했다. 이섭의 몸에 닿은 말랑말랑한 여자의 몸이 밤새 잠을 방해했다. 여자가 갑옷처럼 입은 흰 상복이 아니었다면 이섭은 끝내 견딜 수 없었을지도 몰랐다.

그날 새벽, 잠이 깬 여자가 당황해 변소에 간 틈을 타 이섭은 도망치듯 그 집을 빠져나왔다. 얼굴을 마주보기 피차 어색한 노릇이었다. 바람 휭한 변소에 앉아 이섭이 문을 닫고 서둘러 달아나는 소리를 들었을 여자도 끝내 이섭을 붙잡지 않았다.

그때부터였다. 이섭은 삼우제에 맞춰 여자를 데리고 뼈를 뿌린 한강변에 다시 갔다 왔고 어쩌다 출근 전의 여자 집에 들러 같이 밥을 먹곤 했다. 때론 여자가 이섭의 방에 와서 밑반찬을 두고 가거나 밀린 빨래를 해놓고 가기도 했다.

어쩌다 용기를 낸 이섭이 올 때까지 방안에서 기다린 여자를 안타깝게 바라보다 버스 정류장까지 데려다주는 것이 이섭이 할 수 있는 전부였다. 잔뜩 몸 사린 자신의 위선이 싫었지만 함부로 손을 내밀 수도 없었다.

"제 이름 서순희예요. 알려드리고 싶었어요."

버스 정류장에서 여자가 버스에 오르기 직전 작별 인사처럼 말했다. 이섭은 곧 양식장으로 가서 미자와 아이들을 데리고 이사를 할 예정이었다. 여자는 이섭이 미자와 아이들을 데리러 간 사이 그들이 들어올 아파트를 말끔히 치워놓겠다고 했다.

미자도 영석이 아버지 부고를 듣고 문상 편지를 보내 이삿날 만나자고 한 모양이었다. 영석이네가 서울로 이사할 때 미자는 몇 날이나 가서 짐 싸는 걸 도와주고 기차역까지 나가 눈물바람을 했다. 한 번도 가본 적 없는 낯선 서울에 영석이네가 먼저 가 있다는 게 제일 큰 위안이라고 미자는 이섭이 다니러 갈 때마다 말했다.

서순희. 여자의 남편 장례를 치르면서 이섭은 그녀의 이름을 각종 서류에 이미 여러 번 써넣어야 했다. 환히 불 밝힌 버스에 오른 그녀가 이섭 쪽으로 등을 보인 채 떠나고 있었다. 오래 망설이다 겨우 열린 입을 통해 직접 들은 이름이 버스의 엔진 소리처럼 귓전을 어지럽히고 떠났다. 서순희, 혼란스러웠다.

버스 정류장에 사람이 많이 모여 있었다. 이섭은 천천히 버스 정류장까지 걸었다. 유난히 힘든 하루였다. 빨리 집에 가서 눕고 싶어서 퇴근 시간보다 일찍 사무실을 나섰다. 버스 정류장이 꽉 차도록 모여 있는 사람들 사이에서 큰 소리가 들려왔다. 웅성거림 사이에서 두드러진 남자의 목소리, 한 젊은 남자가 버스 정류장 앞에 서서 목청을 높이며 호외를 뿌리고 있었다. 이섭은 무심코 한 장을 주웠다. 짙은 고딕체의 커다란 글씨가 한눈에 들어왔다.

"평양에 다녀왔습니다."

순간 멍했다. 하지만 곧이어 살갗에 자르르, 소름이 돋으며 전류가 온몸을 관통했다. 다녀왔다니 그곳에, 누가, 왜? 호외를 든 손끝이 떨려왔다. 다시 보아도 분명 그 흔한 간첩단 사건은 아니었다. 하지만 믿을 수 없는 문장이었다. 눈꺼풀이 떨렸다. 노안 탓인지 얼마 전부터 시작된 현상이었다. 급기야 눈꺼풀에 감싸인 안구까지 흔들렸다.

"남북한, 자주·평화통일 원칙 합의. 서울 평양서 4반세기 첫 정치 협상. 7개항의 공동성명 동시 발표."

꿈을 꾸고 있는 건 아닐까, 이섭은 잉크 냄새가 가시지 않은 호외를 들고 구겨보았다. 신문지를 다시 펴자 구겨진 글자들은 사라지지 않고 여전히 그대로였다. 현실이었다. 이섭은 그제야 호외의 글자들을 한 자 한 자 새기며 읽어가기 시작했다.

남북공동성명이라고 했다. 남과 북에서 동시에 정부 당국자에 의해 합의서를 발표하는. 지난 5월 초, 남의 중앙정보부장이 북을 방문해 그곳의 최고통치자를 만나고 왔다고 했다. 처음이었다. 전쟁 이후 남북이 마주앉아 무언가를 합의했다니, 믿을 수 없는 일이었다.

이섭은 호외를 들고 근처의 다방으로 들어갔다. 선반에 얹혀 있는 낡은 텔레비전에서도 속보가 반복되고 있었다. 아나운서의 목소리가 북풍 부는 벌판의 전신주처럼 떨렸다. 이섭은 입술이 붉은 레지에게 뜨거운 커피 한 잔을 주문했다. 다방 안 사람들도 모두 주사선이 오르내리는 회색 텔레비전 화면에서 눈을 떼지 못했다. 정전 후 처음인 파격적 접촉이었다.

이젠 어쩔 수 없다고 단념하고 체념했던 것들이 장마 끝난 해안처럼 한꺼번에 밀려왔다. 아니 속이 깊은 항아리에 넣고 꼭꼭 밀봉해두었던 얼굴들이 한꺼번에 튀어나오는 것 같았다. 아이들은 이제 전나무처럼 곧고 푸른 청년들이 되었을 것이다.

 적어도 아이들을 만날 수 있을 거라고 목숨을 걸고 다시 내려온 서울 어디서도 이섭은 진은커녕 형님이 데리고 있던 두 아이조차 행방을 알 수 없었다.
 "왜 다시 내려가겠다는 건가?"
 월북을 권유하고 루트를 안내했던 동지이자 고교 동창인 정(鄭)이 다시 남으로 가겠다는 이섭을 당혹스러운 얼굴로 쳐다보았다.
 "아무래도 내가 있을 곳이 아닌 것 같네."
 이섭은 정은 물론 스스로에게도 정확히 설명하기 어려웠다. 다만 가족에게 돌아가야 한다는 생각만 절박했다.
 전선이 점점 밀리면서 더이상 숨어다니기도 어려워진 차에 함께 월북을 하는 게 어떻겠느냐는 정의 제안이 전해졌다. 어차피 한 번은 가봐야 할 곳이었다. 책으로만 읽은 이론이 현실로 구현된 현장이 아니던가. 이섭은 총알이 난무하는 전장을 기어 38선을 넘었다. 경계선도 모호한, 같은 땅덩어리였지만 이섭은 금단의 선을 넘었다는 감각에 벅차 북으로 가는 발길을 쉬지 않았다. 가는 길에 몸을 숨겨 내려오는 사람들을 만나기도 했지만 이섭은 모른 체했다. 어차피 각자의 사정이 있기 마련이었다.
 목숨을 걸고 잠행해간 곳은 폐허였다. 아니 참혹했다. 온몸을 활활 타오르게 하던 희망은 어디로 숨었는지 찾을 수 없었다. 폭격으로 부서진 평양 거리는 피비린내만 진동할 뿐 서울과 다를 바 없이 처참했으며 파렴치가 넘쳐났다. 인민을 위한 지상의 낙원을 건설하겠다던 사람들은 정적을 처단하고 자신들의 권력을 강화하기에만 급급했고, 그곳의 인민도 남쪽과 다를 바 없는 여전히 불안하고 힘없는 존재에 불과했다. 아니 맑은 물이라고 믿었던 곳에서 눈에 띄는 탁류는 몇 배나 더 오염돼 보였다. 가진 것 없는 자들을 위한 공평한 세상을 만들겠다던 이념은 어느새 빛이 바래 소수 권력자들의 치열한 암투의 수단이 돼버렸다. 일찌감치 남에서 올라간 동지들은 위태로워 보였다. 남쪽 라인에 속한 이섭을 바라보는 주위의 눈초리도 매서웠다. 하지만 무엇보다 이섭은 몸 하나 숨길 곳 없는 그곳이 숨막히고 견딜 수 없었다. 온몸의 실핏줄까지 고스란히 노출되는 기분이었다.

어느 날, 이섭은 대동강 강변의 정에게 가는 길에 예닐곱 살쯤 돼 보이는 사내아이를 만났다. 부서진 건물 앞에서 아이는 빈 깡통을 들고 혼자 앉아 있었다. 먹지도 못한 채 며칠째 혼자 지낸 것인지 반쯤 넋이 나가 있었다. 아이의 앞으로 전선으로 나가는 인민의 군대가 행진을 하고 있었다. 군가 소리가 우렁찼다. 그때였다, 이섭의 눈에 공포에 질린 아이의 두 눈이 들어왔다. 바로 전까지만 해도 텅 빈 것 같던 아이의 눈은 군대가 지나가는 동안 어느새 공포에 질려 살짝만 건드려도 눈알이 툭 굴러떨어질 것만 같았다. 아이는 눈동자를 전혀 움직이지 않았다. 그리고 행렬이 다 지나가자 그 자리에 픽 쓰러졌다. 극도의 공포인지 영양실조인지 원인은 알 수 없었지만 그것이 중요한 것은 아니었다. 아이를 둘러업고 정이 있는 곳으로 뛰어가며 이섭은 그곳에 온 후부터 자신을 답답하게 누르고 있던 것의 정체가 어렴풋이 보이는 기분이었다. 오랫동안 가슴에 품었던 순결한 꽃 한 송이가 무자비한 발아래 짓밟히고 있었다. 비명 같은 탄식을 터뜨리며 이섭은 그제야 깨달았다. 자신이 꿈꾼 것은 결코 폭력이 아니었다는 걸, 전쟁이라는 광기는 더더욱 아니었다는 것을.

"그럼 자네는 저쪽의 친일 자본가 세력을 택하겠다는 건가?"

정이 양자택일을 강요했다.

"그런 의미가 아닐세. 이곳에서 내 가족을 희생시킬 만큼 더 나은 것을 발견하지 못한 것뿐이네. 내가 돌아가려는 곳은 가족이 있는 집일뿐이야."

혼자 월북 후 현지 사정을 본 다음 다시 내려가 가족을 동반하려던 이섭의 계획은 전면 수정되었다. 이섭은 그길로 뒤돌아서 다시 목숨을 걸고 아이들과 진이 있는 남쪽을 향해 길을 떠났다. 아마도 정이 오랜 친구가 아니었다면 이섭의 남행은 불가능했을 것이다. 이섭은 탱크 소리와 함성이 넘치는 광장을 떠나 다시 험난한 남행에 올랐다. 떠나는 등뒤로 총성과 포성이 만가처럼 울렸다.

 목숨은 하늘의 몫이라던 어머니의 말씀을 의지해 내려오는 길은 올라가는 길보다 몇 배나 위험했다. 이미 피란길도 막혀 있었고, 움직이는 것들에겐 남북 어느 쪽인지 구분할 새도 없이 총알이 날아왔다. 이섭은 물과 산열매로 목숨을 연명하며 두더지처럼 숨어서 끝내 다시 남으로 넘어왔다. 어딘가에서 이섭을 기다리고 있을 진과 아이들만이 폐허에 남은 마지막 성전이 되어 등불을 밝히고 있었다. 행여 진의 가락지가 빠지지 않을까 하루에도 몇 번씩 확인하며 이섭은 어둠 속을 한 뼘 한 뼘 기었다.
 추석이 지난 지 나흘 후였다. 환한 한가위 달빛에도 운 좋게 몸을 숨겨 기어이 서울까지 내려온 이섭은 곧장 성북동 형의 집으로 향했다. 성곽 아래에 촘촘히 들어선 집들이 검은 실루엣을 드러내며 저물 무렵이었다. 이섭은 찢기고 흙투성이가 된 옷차림으로 형의 집 앞에 당도했다. 진의 반지는 퉁퉁 부은 약지에서 살을 파고들었다.
 마지막 왕조의 역관이 지었다는 열다섯 칸짜리 기와집은 텅 비어 있었다. 용마루를 욕심 사납게 올리지 않아 단정하고 기품 있던 집은 대문부터 떨어져나가 집안이 훤히 드러나 있었다. 세간은 다 어디로 간 것인지 텅 비었고 안방문은 한 짝이 부서진 채 문지방 아래로 걸쳐져 형수가 매일 쓸고 닦던 방안까지 다 들여다보였다. 마루에는 흙과 사람들의 발자국이 어지럽게 찍혀 있었다. 먹을 게 없는 사람들이 베갯속 메밀까지 뜯어 간 모양이었다.

사람의 그림자도 보이지 않았다. 형과 형수, 조카 삼형제 그리고 지용과 지호 두 아이까지. 이섭은 미친 듯 집안으로 뛰어들어 문짝이 떨어져나간 방과 부엌을 뒤졌다. 책상 서랍은 열려 있고, 횃댓보가 반쯤 찢어진 채 방바닥에 떨어져 있고, 부엌 바닥엔 부서진 소반이 뒹굴고 있었다. 어디로 간 것인지, 짐을 제대로 챙기지 못한 채 급히 집을 빠져나간 흔적만 역력했다.

어디선가 자신을 노리는 사람들이 튀어나올지도 모른다는 경계심도 없이 이섭은 그길로 혜화동을 향해 뛰기 시작했다. 혹시 모르는 일이었다. 아이들이 그곳에서 이섭을 기다리고 있을지. 어쩌면 형님네 식구가 모두 그곳으로 옮겨간 것은 아닐까. 이섭은 언덕을 내려가는 내내 아이들이 그곳에 있을 거라는 생각만 했다. 내리막길이어서 단숨에 집 앞에 당도했다. 시가지를 온통 무너뜨린 전쟁이 그곳만 피해간 듯 혜화동 집은 크게 변한 게 없었다. 김이섭, 자신의 이름 석 자가 내걸린 문패도 그대로였고, 누군가 문단속을 했는지 굳게 닫힌 대문도 변한 게 없었으며, 다만 옆집과 함께 쓰는 담 위에 얹힌 기와 몇 장이 깨져 있을 뿐이었다. 인적이 없는 집의 적막만이 낯설었다.

이섭은 굳게 잠긴 대문 고리를 잡고 흔들었다. 안에서는 어떤 기척도 없었다. 지은의 잠투정 소리는 물론 지용과 지호의 발소리 하나 들리지 않았다. 이섭은 문을 부수기라도 할 듯 흔들었다. 옆집마저 빈집인 듯 대문이 바깥으로 잠겨 있고 불빛도 보이지 않았다. 소개된 동네 같았다.

  그날 밤, 이섭은 위험을 무릅쓰고 부모님이 있는 삼선교로 다시 숨어들었다. 고향으로 피란 갈 엄두도 내지 못한 늙은 부모는 부엌 광 속에 숨어 있었다.
"아이고, 이놈아!"
아버지는 호통을 참으며 이섭의 등을 쳤다.
"이게 도대체 무슨 일이냐!"
어머니는 비명을 삼킨 채 이섭을 끌어안았다.
"다 북으로 올라갔단다. 인민군도 밀리기 시작하고 더이상 여기 있을 수 없었다더라. 국군이 들어오면 다시 한번 난리가 날 거라고 급히 떠났단다. 그런데 너는 왜 여기 나타난 거냐!"
어머니가 봉두난발에 거지 행색의 이섭을 보자 가슴을 싸안고 주저앉았다.
"무슨 말씀이세요? 그새 어딜 가요? 애들은요?"
이섭은 어머니의 입을 멍하니 쳐다보다가 정신이 번쩍 들어 입을 막고 소리쳤다.
"네가 먼저 갔으니 애들 둘도 데리고 간다고 했다더라. 우린 얼굴도 못 보고 나중에 큰애가 보낸 사람 통해 소식만 들었다.

불효막심한 놈들."

날벼락이었다. 이섭은 넋을 잃고 어두운 광에 주저앉았다. 도대체 아버지는 무슨 말을 하고 있는가. 이섭은 이명이라도 생긴 듯 더이상 말이 귀에 들어오지 않았다. 누가 내 운명을 쥐고 장난질을 하는가. 이섭은 누더기가 된 옷을 찢으며 가슴을 쳤다.

"지용아, 지호야!"

이섭은 입을 막고 아이들의 이름을 불렀다. 아버지가 눈물마저 마른 눈가를 훔쳤다. 자랑스럽던 아들 둘과 영민하기 짝이 없던 손주 여섯을 졸지에 잃어버린 부모는 혼이 나간 사람들 같았다. 두 아들이 모두 좌익이라는 사실조차 모르던 부모들이었다. 어려서부터 공부를 잘해 자랑스럽기만 하던 큰아들은 국립대학 훈장으로, 시골 학교에서 5년이나 혼자 지낸 후 결혼하면서 마음잡은 막내아들은 착실한 회사원으로, 누구보다 편안하게 사는 줄 알았던 부모는 이섭이 수배되기 시작하면서 잇달아 폭격에 가까운 충격을 받았다.

넋이 나간 노인들은 고향으로 내려가지도 못한 채 수시로 총격이 난무하는 서울의 좁은 광에 겨우 몸을 가리고 있었다. 정신을 차릴 새도 없이 어머니가 작은 항아리에서 식은밥 덩어리를 꺼내 주먹밥을 만들기 시작했다.

"어서 이거라도 먹어라."

어머니의 눈물로 간을 맞춘 주먹밥을 받아들고 이섭은 혼절이라도 하듯 쓰러져버렸다.

　다음날 박명이 틀 무렵, 이섭은 조심스럽게 흔드는 어머니의 손길에 잠이 깨 부리나케 집밖으로 나섰다. 부모의 집은 절대로 안전한 곳이 아니었다. 마땅히 숨어들 데도 없었지만 그곳에 있어서도 안 되었다. 이섭은 부모에게 절을 올리고 어머니의 배웅을 받으며 집을 나섰다. 형편이 되는 대로 고향으로 내려가시라는 당부만 남길 뿐 그들을 위해 해줄 수 있는 게 아무것도 없었다.

　이섭은 박명이 가시지 않은 골목길에 조심스러운 발길을 내디뎠다. 어머니가 차마 손을 놓지 못하고 따라나섰다. 억지로 어머니의 손을 놓고 겨우 열 발자국쯤 떼었을 때였다. 옆 골목에서 불현듯 나타난 남자 둘과 맞닥뜨렸다. 눈매가 날카로운 남자들은 영락없는 형사들이었다. 형 영섭을 찾으러 오는 길인 모양이었다. 순간적으로 주위를 둘러봤지만 달아날 곳은 없었다. 이섭은 뒤돌아 서너 발자국도 떼지 못한 채 자칼보다 날쌘 그들에게 잡혀 무자비한 발길질을 당한 뒤 끌려갔다.

　속절없이 끌려가는 아들의 모습을 본 어머니는 쓰러져 끝내 일어나지 못한 채 그길로 세상을 떠났다. 어머니를 공동묘지에 묻은 직후 겨우 고향을 찾아간 아버지마저 중풍으로 쓰러져 반신불수가 되었다. 진과 젖먹이 딸의 소식은 끝내 어디서도 들을 수 없었다. 이섭의 운명은 지구의 단층운동보다 더 지독하게 어긋나버렸다.

이제 서른, 스물여덟 살의 청년이 되었을 아이들. 서해 바닷가에서 이섭은 얼마나 그 아이들을 기다렸던가. 눈동자 검은 아이들아, 이 아비에게 오너라. 부디 고무보트를 타고서라도 오너라. 이섭은 아이들을 기다리며 매일 새벽 해안가까지 뛰어가곤 했다. 집을 나서 혹시나 하는 마음으로 내내 두근거리며 뛰어간 해안의 모랫길. 박명의 모랫길을 뛸 때마다 이섭은 언젠가 그 아이들이 꼭 자신 앞에 나타날 것만 같았다.

이섭이 그 바닷가에 산다는 걸 혹 그쪽에서 안다면 불가능한 일은 아니었다. 설혹 고무보트를 타고서라도 오기만 해준다면. 한창 청년기로 접어들었을 아이들의 나이가 그런 기대를 갖게 했다. 오기만 한다면 너희 짐을 모두 내려놓고 이 아비와 함께 살자꾸나. 이섭은 아침마다 아이들을 얼싸안는 꿈을 꾸었지만 그리운 얼굴들은 끝내 나타나지 않았다.

성인이 된 아이들의 얼굴을 떠올리는 건 어렵지 않았다. 이섭은 아이들이 한 살씩 나이를 먹을 때마다 기억 속의 얼굴들도 바꾸어 저장해왔다. 어미를 닮은 큰아이는 희고 볼록한 이마에 반듯한 이목구비를 갖고 있을 것이다. 둘째는 이섭을 많이 닮았으므로 20대의 자신과 비슷할 것 같았다. 그리고 막내, 지은을 떠올리는 것은 늘 심장을 칼로 다지는 것만 같았다.

그들을 만날 수도 있다는 말인가. 지나친 비약인 줄은 알지만 희망은 순간순간 부풀어올랐다. 몸이 풍선처럼 터져버릴 것만 같았다. 텔레비전에서는 월남한 노인이 눈물을 글썽이며 북의 아들딸과 형제들을 만나고 싶다고, 억센 함경도 사투리로 인터뷰를 하고 있었다. 취재 대상은 모두 이북 출신의 월남한 이산가족이었다. 그들의 당당한 이산이 한없이 부럽기만 했다. 이섭 같은 남쪽 출신은 이산가족도 될 수 없었다. 도대체 무얼 잘못한 걸까.

"자네는 지나치게 단순하든지 아니면 몽상가든지 둘 중 하나야. 인간이 타고난 그 잔혹한 욕망을 무시한 이념일 뿐이네."

사회주의에 경도돼가는 청년기의 이섭을 보고 고교 시절 가장 절친했던 친구 최(崔)는 그렇게 냉소했다.

"이상주의야. 나는 인간이 그렇게 거룩하다고 생각지 않네. 인간도 결국 약육강식의 생존 본능대로 살아갈 뿐이야."

학창 시절엔 이섭과 독서회활동을 하며 함께 사상학습을 했던 그는 일본으로 건너가 대학에서 철학을 공부한 후 귀국해 줄곧 모교에서 교편을 잡았다. 일본에서 공부하던 시절에도 어쩌다 만나 밥 한끼를 나눠 먹은 후 설전을 벌이곤 하던 사이였다. 철학 중에서도 그는 유독 논리학에 흥미를 가졌다. 논리적 정합성에 집중하는 논리학이 자신에게 딱 맞는 학문이라고 했다.

"나는 인간의 욕망에 솔직한 자본주의가 더 현실적인 제도라 생각하네. 옳다는 게 아니라 현실적이라는 거지, 최소한 내겐 더 정직한 제도라고만 해두지."

그의 말이 옳은지도 모른다. 제도로 통제하기엔 인간의 욕망은 지나치게 복잡했다. 하지만 이섭은 그의 냉소가 마음에 들지 않았다. 구한말 전부터 상업으로 부를 축적한 그의 집안은 신흥 귀족이었다. 그는 돈을 위해선 자존심 따윈 안중에 없는 자신의 아버지도 경멸했지만 의협심으로 몸이 부러질 것 같은 비분강개에도 시니컬했다. 이섭은 그의 태도가 못마땅했다. 시니컬하기엔 이섭의 피가 지나치게 뜨겁고 인민은 참혹했다. 이섭은 혁명을 꿈꾸었다. 자신의 뜨거운 피가 세상을 뒤집는 힘이 된다면 기꺼이 바치리라, 돈과 권력을 헐벗고 힘없는 자들에게 나눠줄 수 있다면. 당연히 자기 몫인 줄 알았던 산의 나무가 가난한 운식의 몫을 빼앗은 것에 불과하다는 걸 깨달았을 때, 이섭은 당장 운식에게 그의 몫을 돌려주고 싶었다. 그래야 자신의 몫도 정당해질 것 같았다. 꿈은 아름다웠다. 그러나 꿈은 결국 꿈일 뿐이었고, 그조차 한쪽 땅에선 범죄이자 절대악이었다.

"일제로부터 해방뿐 아니라 사람 해방도 반드시 이뤄내야 할 일이니라. 무릇 살아 있는 생명은 모두 평등하거늘 누구는 상전으로 누구는 아랫것이 돼 평생을 그리 살아야 한다는 건 그 단맛을 놓지 않으려는 자들이 만들어낸 구실일 뿐이야."

이섭뿐만이 아니었다. 셋째 숙부의 지엄한 말씀은 형 영섭과 이섭 형제 모두를 감전시켜버렸다. 단지 말로 끝나지 않고 부리던 사람들에게 자신의 재산을 나누어 내보내고 나머지는 모두 독립운동 자금으로 가져간 숙부의 삶이 이섭의 형제를 망설임 없이 그곳으로 가게 했다. 그 숙부 덕에 아버지의 형제 모두가 독립운동 자금을 몰래 보내던 시절이었다.

  속보가 끝나고 다시 시작된 정규 뉴스까지 다 본 후 이섭은 느닷없이 최에게 전화를 걸었다. 형 영섭이 있던 대학의 교수가 됐다는 걸 알면서도 이섭은 한 번도 연락하지 않았다. 동창회 모임에도 가지 않았고 가까운 친척 외에는 거의 연락을 끊고 살아왔다. 20년이 훌쩍 넘어 연락을 해온 이섭의 전화에 최는 30분도 안 되어 다방에 나타났다.
  "용케 살아 있었구먼."
  시니컬한 그의 말투는 변함이 없었다. 전쟁마저도 그의 냉소를 비켜간 것만 같았다. 아니 전쟁이 냉소를 더 강화시킨 것 같았다. 고독한 자들의 문신 같은 냉소가 늘어난 입가의 주름 사이사이로 은밀히 숨겨져 있었다.
  "애석하게도 그렇게 됐네."
  말투처럼 그는 변한 게 없어 보였다. 육십에 가까운 나이가 무색하리만치 젊어 보였고, 예민하고 섬세하던 얼굴선도 그대로였다. 전쟁은커녕 어떤 간섭도 받지 않고 살아온 얼굴 같았다. 누구에게도 다가가지 않고 누구도 들이지 않은 채 홀로 서서 켜켜이 고독을 쌓아온 자의 초상이었다.
  "여전하군."

이섭의 말은 감탄에 가까웠다. 그토록 참혹한 전쟁을 겪은 땅에서 여전한 얼굴과 말투로 살아 있다는 것이 기적처럼 보였다. 아무리 무풍지대에 있었다 해도 어떤 식으로든 조금은 부서지고 파이고 긁힌 흔적이 남기 마련이었다. 최는 작은 생채기 하나 나지 않은 사람 같았다.

"나는 여전히 나밖에 모르니까."

최가 악수한 손을 거두며 자리에 앉았다. 그의 부드럽고 말끔한 손이 나쁘지 않았다. 적어도 그는 자기 자신 하나는 온전히 지켜낸 것 같았다. 타인을 위한다는 명분으로 자신이나 가족에게 상처를 주는 일은 없이 살아왔을 것이다. 위선 없는 그의 생이 문득 부러웠다.

이섭은 최와 함께 옮겨간 술자리에서 맥주 몇 잔에 급히 취했다.

"자네 말이 맞았네. 나는 결국 몽상가였어."

이섭은 성급히 그에게 자백했다. 전쟁 전까지 이섭의 행적을 잘 알고 있는 그에게 그 후 20년간의 행로를 간단히 브리핑한 후였다.

"하지만 모든 변화는 자네 같은 몽상가들로부터 시작되는 것이지, 나 같은 자들은 자기 자신 하나도 변화시키지 못하잖는가. 자네는 늘 어딘가의 한가운데로 들어가 있지만 나는 결코 그 안으로 들어가지 않네. 한 발짝 떨어진 곳에서 바라보고 생각만 하지. 무엇보다 안전한 곳이거든."

맥주를 연신 들이켜고도 최는 꼿꼿이 앉아 말투 하나 흐트러지지 않았다. 놀라운 단정함이었다.

"남은 것은 결국 상처투성이 몸뿐이네."

한일병원으로부터 시작된 하루가 마지막에 강펀치를 먹이며 이섭을 지구 바닥까지 끌어내리고 있었다. 그들은 과연 거기 있을까. 지용, 지호 그리고 행방조차 알 수 없었던 지은과 진은 거기에 있기나 한 걸까. 막힌 길이 뚫릴지도 모르는데, 만약에 그들이 거기에 있지 않다면……. 이섭이 두려워하는 것은 그것인지도 모른다.

최가 이섭의 잔을 채우며 말을 이었다.

"자네 논리로 보면 상처도 결국은 열정이 아니겠나? 인간에 대한 열정 말일세."

최의 시선도 그제야 조금 누그러졌다. 처음 만났던, 열여덟 살 소년의 눈빛이 얼핏 보였다.

"진심이었다고 모든 걸 용서받을 수는 없네."

이섭은 맥주잔을 들어 단숨에 마셨다. 좀처럼 취기가 오르지 않았다. 차가운 감옥에서 젖먹이에게 젖을 물렸을 진이 떠올랐다. 아이가 젖을 물고 잠든 옆으로 어쩌면 포탄이 떨어졌을지도 모를 일이다. 양쪽 모두 퇴각하면서 포로들을 무차별 학살하고 떠난 흔적들이 여기저기서 드러나고 있었다. 파리보다 못한 목숨들이었다. 언제 닥칠지 모를 죽음 앞에서 갓난아기를 안고 떨었을 진의 공포가 이섭의 살갗을 파고들었다. 이섭은 맥주 두 잔을 연거푸 들이켰다.

"의도하지 않은 것까지 책임질 필요는 없지 않겠나."

최가 이섭의 빈 잔을 가져가 술을 부은 후 대신 마셨다.

"가장 아끼는 사람들을 희생시키고 나서까지 남는 게 무어란 말인가. 더구나 그조차 한갓 몽상일 뿐이라는 걸 계속 확인하고 있다면."

이섭은 누군가에게 실컷 얻어맞고 싶었다. 느닷없이 최를 떠올린 건 그 예리한 칼날에 팽팽히 부푼 살을 베이고 싶었는지도. 하지만 눈치 빠른 최는 선뜻 칼을 잡지 않았다.

"그들의 운명일세."

이섭은 벌떡 일어났다. 더이상 그의 말을 듣고 싶지 않았다. 최는 끝내 이섭이 원하는 칼을 잡을 생각이 없어 보였다.

"아무래도 다른 데 가서 매를 구해야겠군. 죄 없는 자네 손에 피를 묻히게 하려던 나를 용서하게."

이섭은 최를 남겨두고 비틀거리며 밖으로 나왔다. 다행히 최의 단골집이어서 그가 버림받은 사람처럼 혼자 술을 마시지 않아도 될 듯싶었다. 바람 한 자락이 종일 땀흘린 몸에 모시 수건처럼 감겨왔다. 어디로 갈 것인가. 퇴근 시간이 훨씬 지난 거리는 썰물이 빠져나간 해변처럼 한산했다. 이섭은 반쯤 풀린 다리로 무작정 걷기 시작했다.

명동 입구였다. 최와 마시던 곳이 종로였으니 오래 걸은 것은 아니었다. 이섭은 두리번거리다 마침내 한 건물 앞에 멈춰 섰다. 3층짜리 흰 건물 한가운데에 녹색의 십자 표시가 선명했다. 그 여자, 서순희가 일하는 병원이었다.

9시 50분이었다. 매일 밤 10시에 끝난다고 했으니 아직 10분은 더 기다려야 했다. 이섭은 병원 앞 벤치에 앉아 담배를 피워 물었다. 도대체 여긴 왜 온 것인가. 이섭은 담배 연기를 폐 깊숙이 끌어내리며 먼 하늘을 바라보았다. 밤하늘이 캄캄했다. 취한 몸을 작정도 없이 벤치에 기댄 채 병원 출입문을 바라보았다.

두 개비의 담배를 다 피울 즈음 얇은 카디건을 걸친 여자가 조심스럽게 문을 밀고 밖으로 나왔다. 하늘을 한번 올려다본 여자는 곧바로 발길을 내디뎠다. 피로한 어깨가 한 뼘은 내려앉은 듯했다. 이섭은 벌떡 일어나 여자에게로 다가가 앞을 막았다. 여자가 놀라 걸음을 멈추는 바람에 순간 비틀했다. 이섭은 다짜고짜 여자의 손을 잡고 빠른 걸음으로 병원 앞을 벗어났다.

남산길로 접어들었다. 이섭은 그제야 속도를 늦추었다. 얼마나 꽉 쥐었던지 손아귀에 잔뜩 힘이 배 있었다. 허겁지겁 따라오던 여자의 발길도 비로소 제 호흡을 따라 잦아들었다. 이섭은 여자의 손가락을 깍지 끼었다. 굵은 마포라도 덧씌운 듯 거칠고 마디 굵은 여자의 손이 부드러운 이섭의 손바닥을 스쳤다. 유난히 가늘고 흰 이섭의 손가락들이 어둠에 가려져 다행이었다.

여자의 손바닥에서 숭어처럼 뛰고 있는 혈관이 이섭의 손에 고스란히 전해졌다. 어느새 어린이회관 옆 공원이었다. 시내 구석구석을 쓸고 온 밤바람에 나뭇잎들이 일제히 나부꼈다. 이섭은 여자를 안았다. 어떤 바람에도 절대로 날아가지 않을 만큼 세게 껴안았다.

"오늘만 같이 있어줘요."

작정한 것도 아닌 말이 흘러나왔다. 말을 내뱉고 나서야 이섭은 여자를 찾아온 이유를 비로소 깨달았다. 지친 하루가 턱 밑까지 차올라 숨을 헐떡이고 있었다.

지우

　서울은 호락호락하지 않았다. 중학교 3학년이 되자 지형은 산 위에 서 있는 시민아파트의 벽 군데군데에 균열이 나 있다는 사실을 발견했다. 멀지 않은 곳에 있던 한 시민아파트는 지형이 이사오기 전 와르르 무너졌다는 소식도 들렸다. 언젠가부터 지형은 집이 부끄러워지고 있다는 걸 깨달았다. 학교 선생이나 친구가 주소를 물어올 때면 지형은 '시민아파트'란 이름에서 슬며시 '시민'을 뺀 채 아파트 이름만 적곤 했다. 계단을 오르내릴 때마다 2층과 3층 계단 사이에 난 균열이 조금씩 더 깊어지는 것이 눈에 보였다. 불안했다. 무언가 무너져내릴 것만 같은 알 수 없는 예감, 지형은 애써 못 본 척 외면하며 계단을 오르내렸다. 그러나 붕괴는 전혀 예상치 못한 곳에서 일어났다.

지난해 여름이었다. 지우가 갑자기 숟가락을 떨어뜨렸다. 여느 때와 다름없이 모두 둘러앉아 아침을 먹고 있는데 갑자기 지우가 쥐고 있던 숟가락을 떨어뜨렸다. 밥상 위로 떨어지며 스테인리스 밥그릇을 치는 소리가 요란했다. 모두들 지우를 보았다. 당황한 지우가 갑자기 멍한 표정으로 엄마를 보고 있었다. 떨어진 숟가락을 다시 잡을 생각도 하지 않았다.

"지우야, 왜 그래?"

엄마가 놀란 얼굴로 쳐다보았다.

"응, 으응?"

지우는 당황한 표정이 역력했다.

"왜 그래? 어디 아파?"

아버지의 목소리가 갈라졌다. 지우의 눈이 갑자기 초점을 잃고 흔들리기 시작했다.

"지우야, 누워."

아버지가 벌떡 일어나 지우를 눕히고 손을 주물렀다. 모두 식사를 중단하고 지우만 쳐다보았다.

"지우야, 나 누군지 알겠어? 내가 누구야?"

아버지의 목소리가 다급해졌다. 반면 지우의 시선은 지나치게 느리게 돌아갔다. 아버지를 바라보고도 말이 없었다.

"대답해봐, 지우야!"

아버지의 목소리가 떨렸다.

"지우야, 언니 이름 말해봐. 아니 네 이름은 뭐야?"

지형도 놀라 지우를 잡고 마구 소리쳤다.

"……."

지우는 입술을 겨우 달막일 뿐 제 이름조차 말하지 못했다. 엄마와 지석이 초조히 지우의 팔다리를 주물렀다.

"지우야, 3 곱하기 4는 뭐야?"

지선이 소리쳤다. 덧셈 뺄셈은 당연하고 구구단도 어떤 숫자를 물어도 막힘없던 지우였다. 지우는 대답을 하지 못한 채 눈동자만 멀뚱거리고 있었다. 아버지의 손이 떨렸다. 엄마의 눈이 흔들렸다. 지석이 컵에 물을 받아왔다. 아버지가 지우를 들쳐업자 엄마가 외투를 걸치고 따라나섰다.

"너희는 마저 먹고 상 치워놓고 있어."

현관문 닫히는 소리가 집을 흔들었다. 아무도 더이상 밥을 먹지 않았다.

두 시간쯤 지난 후, 지우는 아버지의 등에 업혀 다시 돌아왔다.

"내가 잠깐 바보가 됐나봐."

지우가 지형과 지선을 안심시키려는 듯 웃었다.

"그냥 경기를 일으킨 거래. 애들한테 가끔 그런 증상이 있다고 그러더라. 갑자기 경기가 나면 아무것도 기억 못하고 그렇게 된대."

엄마가 한시름 놓은 표정으로 지우를 안았다. 한의원에서 침을 맞고 오는 길이라고 했다. 산동네를 내려가면 큰길 옆에 한의원이 하나 있었다. 정신이 돌아온 지우를 보며 지형은 절대로 동생을 질투하지 않으리라 마음먹었다.

얼마 뒤, 지우에게 다시 같은 증세가 되풀이되었다. 이번에는 방바닥에 쓰러져 아무도 알아보지 못하고 심하게 눈동자가 흔들렸다. 엄마 아버지는 지우를 데리고 큰 병원에 간다며 석고처럼 굳은 얼굴로 집을 나섰다.

봄이 되어 새 학기가 시작되어도 지우는 학교엘 가지 못했다. 새 친구들 얼굴도 익혀야 되는데 학교에는 딱 세 번밖에 가지 못했다. 그것도 엄마가 같이 가서 내내 밖에서 기다리다가 수업이 끝나자마자 함께 돌아왔다. 지우는 세번째로 학교에 갔다가 오는 길에 시장에서 분홍색 바바리코트를 사왔다. 한 주 전부터 지우는 갑자기 바바리코트를 사달라고 졸랐는데 엄마가 지우의 고집에 넘어간 모양이었다. 짙은 분홍색 바바리는 어깨에 수를 놓은 작은 망토 같은 게 달려 흰 얼굴의 지우에게 썩 잘 어울렸다. 좀처럼 엄마를 조르는 적 없던 아이가 이상하게 바바리코트를 사달라고 조르는 소리를 지형도 몇 번 들었다. 처음엔 엄마도 들은 척하지 않았다.

"왜 갑자기 옷은 사달라고 그래? 아파서 학교도 못 가는데. 지난번 사준 옷도 몇 번 안 입었잖아."

얼마 전, 엄마는 모처럼 지선과 지우에게 새 옷을 사주었다.

설빔이었다. 몸집이 작은 지선 탓에 엄마는 쌍둥이처럼 똑같은 연노란색 니트블라우스를 사주었고, 둘은 그 옷을 입고 저녁 식사가 끝난 가족들 앞에서 노래를 부르며 율동을 했다. 두 마리 병아리들이 폴짝거리는 듯했다. 그런데 지우가 또 바바리코트를 사달라고 조른 것이다. 전에 없던 일이었다.

지우는 결국 병원으로 실려갔다. 엄마와 아버지는 뇌에 이상이 있다고만 할 뿐 병명을 자세히 알려주지 않았다. 지형은 지우가 입원한 지 닷새째 되는 날에야 겨우 문병을 갔다. 그동안 영석이 엄마가 매일 와서 밥과 반찬을 챙겨주었고 아버지가 잠깐 집에 들렀다. 엄마는 한 번도 집에 오지 않았다. 지우가 보고 싶었지만 아버지는 지우가 좀 나아지면 병원에 오라고 했다. 지우가 입원한 지 닷새째 되는 날, 학교에서 돌아오니 아버지가 기다리고 있었다. 지우가 좀 좋아진 것인지 병원에 함께 가자고 했다. 지우가 좋아하는 인형과 소꿉장난 세트를 싸들고 갔다. 집에서 늘 함께 가지고 놀던 것들이었다.

지우가 입원한 곳은 시립병원이었다. 시민아파트가 그러하듯 시립병원은 이름부터 허름하고 옹색했다. 병원 벽면의 흰색 페인트는 얼룩이 지고 군데군데 벗겨져 있으며 번개 모양처럼 금이 간 곳도 있었다. 지형은 그러나 처음 가보는 큰 병원이었으므로 호기심에 가득차 입원실로 들어갔다.

지우는 독방을 쓰고 있었다. 주사를 맞았는지 손등을 문지르던 지우는 지형과 지선이 들어가자 벌떡 일어나 아픈 데 하나 없는 아이처럼 환하게 웃었다. 얼굴과 몸이 많이 부었고 백자 같던 피부도 벌겋게 변해 있었다. 합병증이 와서 신장이 붓고 성홍열이 왔다고 했다. 지우가 누워 있는 철제 침대 아래 핸들을 돌리니 침대 머리가 위로 올라갔다.

"언니, 신기하지? 이건 주사약 걸어놓는 거야. 화장실 갈 땐 들고 갈 수도 있다."

지우가 링거걸이를 바라보는 지선에게 설명해주었다. 흰 이불과 흰 벽 그리고 소독약 냄새가 하이틴 로맨스 책에서 읽은 병원과 비슷했다. 하지만 소설책에서 본 환자는 주로 얼굴이 창백한 소녀거나 성인 여자였는데 지우는 너무 어렸다. 유난히 작은 지우의 손등이 풍선처럼 부풀어 있었다. 손등에 푸른 바늘 자국이 셀 수 없이 많았다.

"언니들, 이거 먹어."

지우가 깡통에 든 황도를 내밀었다. 보자마자 군침이 돌았지만 지형은 머뭇거렸다.

"나는 너무 많이 먹어서 질렸어."

지우가 침대 옆의 작은 서랍장 안을 열어 보였다. 복숭아통조림이 여러 개 쌓여 있었다. 엄마가 깡통 따개를 돌려 뚜껑을 땄다. 지형과 지선은 깡통 하나씩을 들고 시럽에 절인 복숭아를 정신없이 떠먹었다. 달콤하고 부드러운 과육이 입안에 들어가자마자 스르르 녹아 씹을 새도 없었다. 그 자리에서 황도통조림 한 통씩을 다 먹어치웠다. 지우가 지형을 흐뭇하게 바라보았다. 그새 지우는 병원생활이 익숙해 보였다. 손등에 꽂은 주사만 아니라면 지형은 입원이라도 하고 싶다는 생각이 들었다.

지형은 흰 종이에 긴 웨이브 머리를 한 인형을 그려 지우에게 주었다. 지석은 최근에 배우기 시작한 하모니카를 지우에게 불어주었다. 지우는 아픈 곳 하나 없는 아이처럼 웃으며 놀았고 간호사가 주사를 놓아도 잠깐 눈을 찡그렸다가 곧 웃으며 지형에게 알코올 솜으로 문질러달라고 했다. 지우는 마치 귀한 손님을 맞아 정성껏 접대를 하는 어른 같았다. 3월 중순이 지난 창밖이 서둘러 어두워졌다.
"나 이제 좀 누울게."
지우가 침대에 쓰러지듯 누웠다. 아픈지 그제야 얼굴을 찡그리며 이를 악물었다.
"너희는 이제 가라. 지우 약 먹고 주사 맞아야 돼."
엄마가 어서 돌아가라고 서둘렀다. 그제야 지우가 아픈 걸 겨우 참고 있었다는 걸 알 수 있었다.
"언니들, 이거 다 가져가."
지우가 갑자기 일어나 서랍장 속의 깡통들을 가리켰다.
"아냐, 너 먹어."
혀끝에서 달콤한 황도의 맛이 되살아났지만 지형은 아픈 지우 것을 가져가고 싶지는 않았다.

"난 실컷 먹어서 이젠 먹기 싫어. 꼭 가져가. 내 선물이야."

겨우 말을 마친 지우가 눕지도 않고 고집스럽게 서랍 속 깡통들을 쳐다보고 있었다.

"그래, 가져가서 먹어라. 지우는 잘 먹지도 못해."

엄마가 보자기에 깡통을 쌌다. 지형은 보따리를 들고 지우와 작별 인사를 했다.

"일요일 날 또 올게."

지형은 팽팽하게 부푼 지우의 손등에 제 손을 포갰다. 혈관을 찾지 못해 함부로 꽂은 주삿바늘 자국들과 혈관이 터진 푸른 멍들이 가득했다.

"큰언니, 작은언니 안녕. 오빠도 안녕!"

지우가 부은 팔을 흔들며 애써 웃음을 지어 보였다. 통증이 심한지 끝내 미소가 일그러졌다. 빨리 가라는 손짓을 하며 엄마가 허둥지둥 침대 위로 올라가 지우를 안았다.

"엄마 아파. 엄마 아파."

문 닫힌 병실 안에서 오래 참았던 지우의 신음 소리가 새어 나왔다.

그것이 마지막이었다. 지우에게 가기로 한 일요일 아침, 일어나보니 지석이 보이지 않았다. 지선은 여전히 깊은 잠에 빠져 있었다. 지형은 졸린 눈을 비비며 복도로 나왔다. 지석이 쓰레기 투입구가 있는 난간에 등을 보이고 서 있었다. 지석의 검은 실루엣 앞으로 아침해가 비친 한강 수면이 사금이 깔린 강바닥처럼 반짝였다. 지석은 문소리를 듣지 못했는지 동상처럼 서서 강물만 바라보았다.

"오빠."

지형이 조심스럽게 다가가 지석의 어깨를 건드렸다. 돌아보는 지석의 얼굴이 눈물로 번들거렸다. 가슴이 덜컥 내려앉았다.

"지우가, 죽었대."

지석의 말이 빗줄기에 섞인 듯 흐려졌다. 지석이 다시 등을 돌려 한강을 내다보았다. 어깨가 들썩이고 장맛비 같은 눈물이 흘러내렸다. 지형은 정신없이 복도를 뛰어 집으로 들어왔다. 믿을 수 없었다. 지우의 새 교과서가 책꽂이 위에 가지런히 꽂혀 있었다. 몇 번 펴보지도 못한 책들이었다. 새 학기가 되기 전에 아버지가 1년간 모은 달력으로 정성껏 겉장을 싸준 책이었다. 지형은 국어책 옆에 꽂혀 있는 지우의 일기장을 빼 가슴에 껴안고 책상 밑으로 들어가 몸을 새우처럼 구부렸다. '언니들, 안녕' 하며 손을 흔들던 부은 얼굴이 마지막이란 말인가. 지우가 준 통조림은 퇴원하면 나눠 먹으려고 겨우 하나밖에 안 먹고 고스란히 남겨두었는데 그 아이는 도대체 어디로 갔단 말인가. 죽음이라니, 지형은 지우가 어떻게 되었다는 건지 짐작도 할 수 없었다. 다만 지우가 다시는 집으로 돌아오지 못한다는 사실만은 확실했다. 지형은 지선을 흔들어 깨웠다.

"지우가."

차마 죽었다는 말이 나오지 않았다. 엄마가 전에 폭격으로 죽은 남자가 하룻밤 자고 나면 다시 깨어날 것 같았다고 했듯이 지우도 모르는 일이잖은가. 하루 지나면 거짓말처럼 다시 살아날지도. 지형은 지선을 껴안았다. 쌍둥이 같던 지선의 몸이 말랑말랑했다. 지선은 무슨 일인지 알지도 못한 채 지형을 쳐다보았다. '엄마 아파, 엄마 아파' 통증을 호소하던 지우의 마지막 목소리가 이명처럼 들려왔다. 아파트 계단 옆의 균열이 10센티미터쯤 더 벌어졌을 것만 같았다.

지우는 끝내 돌아오지 않았다. 집으로 돌아온 사람은 엄마와 아버지, 둘뿐이었다. 지우를 화장해서 산속에 묻고 오는 길이라 했다. 헝클어져 산발한 파마머리에 퉁퉁 부은 눈을 계속 두리번거리는 엄마의 치마 지퍼가 앞으로 돌아가 있었다. 엄마를 부축한 채 들어서는 아버지의 어깨는 곧 무너질 서까래처럼 내려앉아 있었다. 전화가 없는 지형이네에 종종 급한 소식을 전해주는 옆집 아줌마와 복도 건너 사람들, 친척들이 와서 엄마를 눕히고 따뜻한 물을 가져왔다. 아버지는 혼자 안방으로 들어가 문을 잠그고 나오지 않았다. 아버지가 들어간 방에서 텔레비전 소리가 커다랗게 들려오기 시작했다.

"갑자기 그렇게 바바리를 사달라고 하더니, 수의로 입고 가려고 그런 거였어."

참았던 울음을 터뜨리며 엄마가 방바닥을 뒹굴었다.

정말 이상한 일이었다. 지우는 뭘 사달라고 조르는 아이가 아니었다. 가끔 지형이나 지선이 가진 걸 당연한 듯 가져가기도 했지만 먼저 무얼 사달라고 조르진 않았다. 그런 지우가 바바리코트만은 계속 엄마를 졸라댔고 기어이 얻어 입었다. 정말 지우는 자신이 떠날 것을 미리 알고 그렇게 졸라댔던 걸까? 그래서 아버지의 사랑을 누구보다 많이 받았던 걸까? 자신에게 주어진 시간이 길지 않다는 걸 미리 알고. 사람은 자신도 모르게 그런 걸 알 수 있게 되는 걸까?

죽음이란 도대체 무엇일까. 짐작도 가지 않았다. 죽음은 그저 돌연한 사라짐일 뿐이었다. 지형은 지우의 마지막 모습을 상상해보려 아무리 애써도 잘되지 않았다. 한 번도 죽은 사람을 본 적이 없어 어떻게 변하는지도 알 수 없었다. 그래서 지우의 마지막도 상상할 수 없었다. 지형은 얼굴이 희고 포동포동하며 늘 웃음기 가득한 얼굴로 자전거를 잘 타던, 아프지 않은 지우만 영원히 기억하기로 마음먹었다.

엄마와 아버지는 단숨에 열 살씩 나이를 더 먹은 사람들 같았다. 물기가 다 빠져나가 살갗이 늘어진 아버지는 508호의 용주 할아버지처럼 늙어 보였다. 올해가 환갑이라니 이젠 할아버지처럼 보일 때도 됐지만 늘 10년은 젊어 보이던 아버지가 갑자기 화장을 지운 배우처럼 늙어버렸다. 아버지는 눈꺼풀이 떨리기 시작한다며 신문을 보다가도 한참 동안 눈을 질

끈 감았다. 엄마도 순식간에 흰머리가 수북해졌다. 한두 개 나던 흰머리를 뽑아달라며 지형을 귀찮게 하던 엄마는 이제 흰머리 따위 뽑을 생각도 하지 않았다. 얼마 전에는 눈이 안 보인다며 바늘귀를 꿸 때마다 아버지의 돋보기를 찾았다.

 지우가 없는 집안은 적막하기 짝이 없었다. 아이들을 잘 데리고 놀아 늘 동네 꼬마들이 집 앞에 와서 '지우 언니' 하고 부르던 소리도 더이상 들리지 않았고, 자전거 뒷좌석에 지선을 태운 채 아파트 앞마당을 달리던 모습도 더이상 볼 수 없었다. 집안은 작은 텔레비전 혼자 소란할 뿐 누구도 입을 떼지 않았다. 더구나 지우의 이름은 아무도 입밖에 내지 않았다. 지형은 갑자기 말이 없고 생각 많은 소녀가 돼버렸다. 워낙 말이 적은 지석도 더 입을 다물었고 가끔 주판알로 방바닥을 긁을 뿐이었다. 쌍둥이 같은 짝을 잃고 홀로 남은 지선은 더 빈번히 만홧가게로 사라졌다.

 아버지의 뜻에 따라 상업고등학교에 입학한 지석은 어느새 졸업을 했지만 취직보다는 대학에 진학하고 싶어 했다. 졸업식을 마치고 온 날 지석은 아버지 앞에 꿇어앉아 대학에 가고 싶다고 말했다. 지석이 아버지의 뜻을 거역하는 걸 지형은 처음 보았다. 아버지는 어두운 얼굴로 고개를 끄덕이는 걸로 진학을 허락했다. 지석은 도시락을 싸들고 시립도서관에 다니기 시작했다.

일제강점기에도 대학을 다녔다는 아버지는 아들인 지석에게는 극구 상고를 가라고 권했다. 지형은 그런 아버지가 이기적으로 보였다. 아들의 장래를 생각하지 않고 빨리 돈만 벌어오라는 건가. 대학을 졸업한 후 기자가 되고 싶은 내 꿈은 어찌되는 걸까. 지형은 평소 모습과 다른 결정을 하는 아버지가 이해되지 않았다. 그러나 지석은 무슨 생각인지 아버지의 뜻을 거역하지 않고 상고엘 갔고 적성에 맞지 않는 주산과 부기 과목 때문에 내내 고생을 했다. 학교도서관에서 역사책을 빌려와 읽는 게 지석의 가장 큰 낙이었다.

"오빠, 은행에 취직하면 나 꼭 짜장면 사줘야 돼."

지석은 지우가 손가락 걸고 했던 약속을 되새김질이라도 하는지 가끔 주판을 뒤집어 발작적으로 방바닥을 긁어댔다.

아버지는 다시 술을 마시기 시작했다. 지우가 아픈 동안 끊었던 술을 아버지는 매일 마셨고, 취해 돌아와 죽은 사람처럼 쓰러졌다. 술에 취해도 옛날처럼 아이들을 깨우지 않았고, 노래도 부르지 않았으며, 잠마저 설치는 것 같았다. 이제 취한 아버지의 노래를 듣는 일은 더이상 없을 것 같았다.

아버지는 오랫동안 해오던 아침 운동과 냉수마찰도 그만두었다. 지형은 아버지의 오른쪽 엄지발가락이 점점 더 바깥으로 튀어나오고 있다는 걸 구두를 닦으며 확인했다. 언제부턴가 볼이 튀어나와 구두 모양이 완전히 비틀려버렸다. 얼마나 많이 걸어다니는지, 굽도 전보다 더 자주 갈았다. 지형은 아침마다 구두의 먼지를 떨고 구두약을 바른 후 침을 묻혀 융으로 반짝반짝 윤을 내곤 했다. 아버지를 위해 지형이 해줄 수 있는 건 그게 전부였다.

지난밤 아버지는 만취한 채 당숙의 등에 업혀 들어왔다. 지우의 문상차 찾아온 당숙과 술을 마신 모양이었다.

"지우야!"

아버지가 이불 위로 쓰러진 채 지우의 이름을 불렀다. 그동안 지우의 이름은 누구도 입에 올리지 않았다. 그 이름을 발설할 수 있을 만큼 아프지 않은 사람이 없었다. 아버지는 취기를 빌려 거침없이 지우를 부르고 있었다. 지형은 물론 힘겹게 아버지의 옷을 벗겨 겨우 자리에 눕힌 엄마까지 모두 숨죽이고 아버지를 바라보았다.

"너 하나도 못 지킨 이 아빠를 용서하지 마라. 절대 용서하지 마라, 지우야!"

아버지가 두 손으로 가슴을 쥐어뜯기 시작했다. 껍질밖에 없는 가슴이 날카로운 손톱에 긁혔다. 군데군데 핏방울이 맺혔다. 아버지가 다시 요에 엎드려 이불로 입술을 틀어막더니 사지를 버둥거렸다. 주먹으로 요를 때리는 아버지의 손목에 곧 터질 듯 핏줄이 불거져 있었다.

지형이 아버지의 누런 서류 봉투를 들여다본 건 우연이었다. 매일 오른쪽 옆구리에 끼고 다니는 아버지의 누런 봉투가 그날따라 너무 두툼해 보였다. 알뜰히 챙겨 보는 저녁 뉴스가 다 끝나기도 전에 잠이 든 아버지가 너무 지쳐 보인 탓이었는지도 모른다. 지형은 갑자기 안방 재봉틀 위에 놓인 봉투를 들고 작은방으로 건너왔다.

손때로 닳은 봉투 안에서 한 움큼의 카탈로그가 나왔다. 지형도 상품명을 외울 만큼 눈에 익은 철제 책상과 책꽂이, 의자, 캐비닛 따위의 사진과 사이즈가 적힌 전단이었다. 세 장째 뒤적거리는데 밑에서 묵직한 것들이 툭, 방바닥으로 떨어졌다. 낯설었다. 금박으로 글씨가 박힌 빳빳하고 붉은 러시아문학전집 카탈로그 밑으로 세계백과대사전과 여성백과사전 그리고 삼국지, 수호지 전집들이 한꺼번에 쏟아져나왔.

의아했다. 한두 개였다면 누군가에게 받은 것이려니 하겠지만 열 개도 넘는 카탈로그는 호기심을 갖게 했다. 지형은 하나하나 넘기며 자세히 살피기 시작했다. 지형의 손이 러시아문학전집에서 멈췄다.

지난해 가을이었다. 아버지는 버스에서 내려 땀을 뻘뻘 흘리며 양손 가득 책꾸러미를 들고 왔다. 톨스토이부터 도스토옙스키, 푸시킨과 고골 등 러시아 소설을 한데 모아놓은 문학전집이었다.

"너희 나이 때쯤 톨스토이를 읽었는데, 그 책이 내 인생을 바꿔놓았다. 좀 어렵겠지만 틈틈이 읽어봐라. 러시아 소설은 몇 번씩 읽어도 좋을 책들이야."

책꾸러미를 가져온 날, 아버지는 지형과 지석을 앉혀놓고 톨스토이와 도스토옙스키의 책을 빼들고 전집 앞에 실린 작가 초상화를 보여주었다. 흰 수염의 톨스토이는 근엄하고 엄숙해 보였고 도스토옙스키는 음울하고 날카로워 보였다. 중학교 입학 후 본격적으로 책을 읽기 시작한 지형은 아버지가 사온 문학전집이 무엇보다 반가웠다.

"우리 딸이 이제 다 컸구나, 이런 책도 보고."

지형이 읽고 있는 소설 『죄와 벌』의 표지를 확인한 아버지는 대견한 듯 등을 두들겨주기도 했다.

누런 봉투 속에서 튀어나온 카탈로그 뭉치들은 지형을 혼란에 빠뜨렸다. 러시아문학전집은 그렇다 쳐도 여성백과사전이나 세계백과대사전 따위의 전단은 왜 가지고 다니는 걸까. 지형은 의심스러운 눈길로 금박이 화려하게 입혀진 카탈로그들을 꼼꼼히 살피기 시작했다. 그때 맨 마지막 장에서 명함 하나가 튀어나왔다. 금영출판사 영업 사원 김이섭, 아버지의 이름이 선명히 박혀 있었다.

아버지가 가구 회사를 그만둔 것은 아니었다. 어제도 지형은 아버지의 사무실로 전화를 걸어 엄마를 바꿔주지 않았던가. 그럼 아버지가 두 가지 일을 하고 있다는 건가. 가구 영업과 책 외판, 그것밖엔 설명할 길이 없었다. 언제부터였을까, 아버지의 서류 봉투가 두꺼워지기 시작한 게 언제부터였을까. 지우가 아프기 시작한 지난해부터였을까, 지형이 중학교에 들어간 2년 전부터였을까. 아니 그것보다 훨씬 전, 아버지가 서울에 혼자 올라왔을 때부터는 아니었을까. 지형은 자신과 가족들이 늙고 여윈 노새의 어깨에 올라탄 코끼리라도 된 기분이었다. 아버지의 저 마른 어깨는 언제까지 이 무게를 감당해낼 수 있을까. 지형은 안방에서 들려오는 아버지의 코골이 소리를 들으며 두려움에 사로잡혔다.

아버지의 생은 왜 이렇게 돼버린 걸까. 지형은 트레이싱페이퍼를 대고 밑그림을 베껴내듯 지난 기억을 떠올렸다.

중학교 1학년 사회시간이었다. 젊은 사회 선생은 교실에 들어오자마자 화를 내며 반장을 불렀다. 교실 벽면에 붙어 있는 표어 때문이었다.

"반장, 저거 떼버려!"

흰 벽엔 '한국적 민주주의의 토착화'라 쓴, 세로로 긴 종이가 붙어 있었다. 한 해 전에 공표한 10월유신의 이념이라고 했다. 당황한 반장이 일어나 마지못해 표어를 떼어냈다. 교무주임이 교실마다 돌아다니며 붙여놓은 건데 함부로 떼어도 될지 모르겠다는 불안감이 반장의 얼굴에 역력했다.

"민주주의면 민주주의지, 도대체 한국적 민주주의가 뭐야?"

절대 흥분하는 일 없이 늘 차분한 논리로 조곤조곤 설명하던 사회 선생의 목소리는 날이 서 있었다. 탱크가 시내 한가운데서 시민을 위협하고, 대통령을 국민이 뽑지 않는 나라는 더

이상 민주주의가 아니라고 했다. 사회 선생은 아예 교과서를 덮어버렸다. 사범대학을 졸업하고 곧바로 교직으로 온 신입 교사는 민주주의란 무엇인가에 대해 이야기를 시작하더니 어느덧 대학 시절의 시위 이야기로 이어졌다. 길을 막아선 경찰들을 피해 큰길로, 때론 골목으로 몰려다니며 구호를 외치고 여학생들까지 합세해 스크럼을 짜고 도로에 앉아 경찰들과 대치하는 현장이 눈에 보듯 생생히 펼쳐졌다.

"10월유신이란 한마디로 장기 집권을 위한 독재체제다."

한 시간 동안의 이야기를 마친 선생은 눈 하나 깜짝하지 않고 그렇게 말했다. 지형은 갑자기 가슴이 두근대기 시작했다. 사회 선생의 말 속엔 붉은 안개라도 번지듯 불온한 기운이 가득했다. 지형은 1년 내내 몽당치마와 한복 저고리를 입고 다니는 교장이 들을까봐 불안하면서도 한편으론 그녀의 치마를 찢어버리기라도 하듯 통쾌했다. 교장은 사관학교 교관 같았다. 조회시간마다 10월유신과 새마을운동을 열렬히 찬양해대는 그녀가 듣는다면 어떤 표정을 지을지, 몹시도 궁금했다. 사회 선생은 겁도 없이 10월유신은 헌법을 무시하고 민주주의를 짓밟은 독재체제라고 말했다.

아이들은 계속되는 선생의 이야기에 신이 났다. 한 정거장 떨어진 곳에 국립대학이 있는 탓에 이미 여러 번 시위 구경을 한 아이들에게 선생의 이야기는 영화보다 더 실감나고 재미있는 활극 같았다. 선생의 얼굴에서 눈 한번 돌리지 않고 이야기를 듣는 아이들에 비해 지형은 다시 가슴이 조마조마해지기 시작했다. 가는 몸에 안경을 낀 사회 선생의 얼굴이 자꾸 아버지와 겹쳐 보였다.

얼마 전 아버지가 보던 잡지를 우연히 들춰보았다. 소설과 시, 사회비평들이 함께 실린 잡지였는데, 10월유신에 대한 비판적인 글도 실려 있었다. 용어가 어려워 다 읽지는 못했어도 소제목과 군데군데 읽어본 글들만으로도 가슴이 두근거렸다.

지형은 은밀히 깃발이라도 나눠 갖는 것처럼 온몸이 떨리면서도 흥분이 되었다. 그러나 한편에선 갑자기 정체 모를 두려움이 몰려왔다. 양식장에서 취한 아버지가 술주정처럼 내뱉은 말들이 떠오른 때문이었다.

'사회주의', '김일성'.

여전히 떠올리는 것조차 두려운 두 단어와 사회 선생이 말하는 민주주의는 비슷한 것일까 다른 것일까. 지형은 혼란스러웠다. 차이와 공통점을 정확히 알 수는 없지만 지형은 불온하고도 은밀한 분위기만은 충분히 감지할 수 있었다.

그러나 시간이 갈수록 지형은 점점 자신이 없어졌다. 자유민주주의와 사회주의는 분명 다른 것이었다. 게다가 김일성이라는 이름에 이르면 두려워지지 않을 수 없었다. 그 이름은 동정의 여지가 없는, 명백한 악이지 않던가. 사회 선생마저도 10월유신이 북한의 김일성 독재와 무엇이 다르냐고 했다. 그럴 때마다 지형은 가슴이 옥죄어왔다. 사회 선생이 혹시 아버지도 비난하는 것은 아닐까.

만약 아버지가 명백히 나쁜 쪽이라면? 지형이 두려운 것은 바로 그것이었다. 하지만 그때마다 지형을 안심시킨 것이 '나는 김일성은 싫다'던 아버지의 취한 음성이었다. 아버지가 싫다고 했으므로 지형 역시 혼란 속에서도 그를 당당히 악으로 규정할 수 있었다. 저쪽과 다르다는 것이 안심이 됐지만 이쪽과도 사이가 좋지 않은 아버지가 지형은 불안했다. 결국 아버지는 이쪽과 저쪽 모두가 싫어하는 존재가 돼버린 걸까. 지형은 팔딱거리는 가슴을 옆자리 노미에게 들키지 않으려 가만히 팔짱을 끼었다.

지형은 아버지의 카탈로그들을 누런 봉투 속에 넣어 다시 안방 재봉틀 위에 올려놓았다. 깊은 잠에 빠진 아버지의 뒷모습이 검은 자루 같았다. 지형은 지선과 나란히 누웠지만 잠이 오지 않았다. 라디오를 틀었다. 지형이 좋아하는 디제이가 달콤한 목소리로 속삭이고 있었다. 격렬한 슬픔이 몰려왔다.

사회안전법

 이섭은 남산에 올랐다. 퇴근 후 바로 오는 길이었다. 어린이회관을 지나 송신탑이 있는 꼭대기까지 올라갔다. 5월 중순임에도 등에 땀이 축축하게 배었다. 이섭은 동쪽을 바라보았다. 강 건너 말죽거리 쪽으로 노랗고 둥근 달이 떠오르고 있었다. 유난히 크고 노랬다. 내일이 보름이니, 열나흘 달이었다. 지우가 떠난 지 49일이 되는 날, 포동포동한 달이 지우의 얼굴 같았다.
 더이상 이 세상 언저리를 떠돌지 말고 고통 없는 곳으로 마음껏 날아가렴. 다음 생에는 부디 건강한 몸을 받아 다시 한번 나의 딸로 오려무나. 아니 이토록 고달픈 생이라면 다시는 목숨 있는 것으로 태어나지 말고 그곳에서 이 아비를 기다려주렴.

이섭은 입술을 깨물었다. 선명하게 노랗던 달이 흔들리며 흐려졌다.

지우야, 제발 한 번만 이 못난 아비를 쳐다봐주렴.

송신탑보다 더 꼿꼿이 서서 이섭은 하늘을 바라보았다.

아파, 아파, 아파!

지우의 마지막 음성이 귀에 쟁쟁했다. 열 살짜리 아이가 참아내기엔 지독한 고통이었다. 링거 꽂을 자리를 찾지 못해 수없이 팔과 손등, 이마까지 무자비하게 주삿바늘을 찔러대도 잘 참아내던 아이는 마지막에 온통 빨갛게 부풀어오른 몸이 뜨거운 창에 찔리기라도 하는 듯 고열을 내며 통증을 호소했다. 이섭은 그런 아이를 무력하게 안고만 있을 뿐 아무것도 해줄 수가 없었다. 의사에게 애원해 잠깐 동안 통증을 잊게 해줄 진통제를 놓아주곤 살갗 하나 대신 긁히지 못한 채 신음하는 아이를 속수무책으로 바라봐야 했다.

떠날 걸 알기라도 한 듯 제 엄마를 졸라 얻었다는 분홍색 코트를 입고 작은 관에 누운 아이의 얼굴은 평온했다. 목숨을 놓자 불타던 열꽃도 사라지고 부기도 가라앉았다. 생명이야말로 가장 잔혹한 형벌이었다.

지우의 죽음은 이섭의 생 전부를 흔들었다. 모든 것이 자기 탓인 것 같았다. 어린 지우가 그 참혹한 고통 속에서 죽어간 게 모두 자신의 죄인 것만 같았다. 내 탓이다, 내 탓이야. 모두가 잘못 산 내 죄다. 이섭은 매일 밤잠을 이루지 못한 채 주먹으로 가슴을 쳤다. 늦은 밤, 병원에서 가까운 성당에 들어가 이섭은 자신이 상처 준 모든 사람들과 셀 수 없는 잘못들을 떠올리며 엎드려 속죄했다. 자신의 발에 밟혔던 벌레들과 풀, 미생물에게까지 용서를 빌었다. 제발 이 아이만 살려준다면 자신의 목숨을 기꺼이 바치겠노라, 신을 향해 몇 번씩이나 서약했다. 신은 그런 그를 비웃기라도 하듯 아이를 데려가버렸다.

세상 모든 게 재가 되어 폭삭 내려앉았다. 지금껏 뜨겁게 품고 있다고 믿었던 것들은 실상 형편없이 허약하고 믿을 수 없는 것들에 불과했다. 한순간에 폭삭 내려앉을 수 있는, 재 같은 것들이었다.

억울했다. 아니 허무하고 허무했다. 하루에도 수십 번씩 꺾이는 무릎관절을 억지로 펴서 걸어온 이유가 무엇이란 말인가. 느닷없이 지용, 지호, 지은 잃어버린 세 아이들까지 함께 떠올랐다. 그 아이들과 진까지, 그들 모두를 한꺼번에 다시 잃어버린 것만 같았다. 그들과 지우가 한데 어울려 놀다가 갑자기 한꺼번에 사라져버린 것 같은 적막감이 견딜 수 없었다.

한때 목숨을 걸었던 신념과 열정에 보기 좋게 배반당한 후, 이섭은 적어도 자신에게 남은 유일한 길이라 믿고 다시 이룬 가족과 아이들을 위해서 발바닥에 피가 나도록 걸었다. 그러나 길은 느닷없이 끊기고 사라져버렸다. 이섭은 다시 어디로 가야 할지 방향조차 알 수 없었다. 억지로 버티고 있던 마음의 철심이 툭, 부러지는 소리를 냈다.

"시설이 좋은 큰 병원에 입원시켰더라면 살 수 있지 않았을까."

이섭은 아이가 간 직후부터 미자에게, 또 스스로에게 되물었다. 칠이 군데군데 벗겨진 낡고 누추한 병실에 누워서도 아이는 입원비를 걱정했다.

"아빠, 난 아빠가 무슨 걱정 하는지 알아. 병원비 걱정하는 거지?"

멍하니 창가를 내다보며 세상의 모든 신들에게 기도하는 이섭의 등뒤에서 아이가 천진한 목소리로 말했다. 아이의 말은 도끼가 되어 이섭의 정수리를 내리쳤다. 견딜 수 없는 통증에 시달리던 아이는 어느새 남루한 아비의 짐까지 걱정하고 있었다. 제 몸의 통증도 감당 못하는 아이에게 아비의 무거운 어깨를 염려하게 만든 자신을 용서할 수 없었다. 온 세상을 다 짊어지고 갈 것처럼 거창하던 꿈은 저 작고 연약한 아이 하나도 살려내지 못한단 말인가. 시립병원 병상에 퉁퉁 부은 몸을 누이고 있는 아이를 바라보며 이섭은 오래전 세웠던 탑들이 한꺼번에 무너져내리는 굉음을 듣고 있었다.

집에는 영석이네가 와 있었다. 49재라고 미자와 함께 성당에 다녀온 듯했다. 영석이네는 지우가 떠난 이후로 시간만 나면 집에 들러 미자를 위해 죽을 끓이고 아이들의 밥을 챙겨주곤 했다.

"영석이 엄마가 깨죽을 쑤었어요. 한술 떠보세요."

미자의 얼굴은 오늘도 퉁퉁 부어 있었다. 오늘 오후에 발주 약속이 잡히는 바람에 어제 짬을 내 미자와 함께 지우가 묻힌 산에 미리 다녀왔다. 여태 아프다고 누워본 적이 없던 미자는 이번엔 좀처럼 기력을 회복하지 못했다. 식구들 밥을 한 끼라도 거르면 하늘이 무너지는 줄 알던 사람이 지우가 간 후론 1주일 내내 누워 꼼짝도 하지 못했다. 지형이 겨우 밥과 김치만으로 밥상을 차렸다. 미자는 집밖으로 나가지도 않고 누워 있었다. 커튼까지 모두 내리고 햇빛 속으로 나가려 하질 않았다.

"햇빛이 너무 싫어요. 세상이 다 깜깜해져버렸으면 좋겠어요."

미자는 깊은 우물 속에 잠겨 있었다. 이섭은 그녀를 어떻게 햇빛으로 끌고 나와야 할지 몰라 막막했다. 아니 자신 역시 함께 우물 속에 갇혀버리고 싶었다. 하지만 이섭에겐 그럴 자유가 허용되지 않았다. 미자와 남은 아이들을 지켜야 했다.

이섭은 영석이네에게 눈길도 주지 않고 안방으로 들어가 문을 닫아버렸다. 자매처럼 나란히 앉아 있는 두 여자를 이섭은 감당할 수 없었다. 도대체 어쩌자는 것인가. 이섭은 두 여자를 볼 때마다 소리를 지르고 싶었다.

"지우가 아픈 게 꼭 제 탓인 것만 같아요."

아이가 입원한 병원에 왔다가 돌아가는 길에 버스 정류장에서 영석이네는 오랜 침묵을 깨고 그렇게 말했다.

"누군가의 탓이라면 내 탓이지 어찌 당신 탓이겠소."

이섭은 여자를 위로해줄 힘조차 남지 않은 얼굴로 겨우 그렇게 대답하고 돌아섰다. 그녀는 지우가 입원해 있는 동안 집에 남은 아이들과 병원의 미자를 극진히 보살폈다.

"영석이 엄마를 잃고 싶지 않아요."

어느 날 미자가 텔레비전을 보다가 난데없이 중얼거렸다. 텔레비전에선 드라마가 방영중이었다. 이섭은 난감했다. 대꾸를 할 수도 없고, 하지 않을 수도 없었다.

"무슨 말이야?"

이섭은 최대한 무심하게 물었다.

"착한 사람이잖아요."

미자는 바로 텔레비전 드라마에 시선을 고정하고 더이상 이섭을 보지 않았다. 아무 일도 아니라는 듯한 표정이었다. 이섭은 마음이 흔들렸다. 차라리 고백하고 나면 속이 후련해질 것 같았다.

아무 일도 없다는 듯이 집에 와서 미자와 김치도 담그고 수제비도 함께 만드는 영석이네를 볼 때마다 이섭은 죄책감에 시달렸다. 그런데 미자는 이섭의 입을 원천 봉쇄하고 있었다. 아니 경고와 애원처럼 들렸다. 이섭은 더이상 아무 말도 할 수 없었다.

"저도 지석이 어머니 잃고 싶지 않아요. 하필이면 그때 소장님이 제 곁에 계셨던 것뿐이에요. 제겐 두 분 다 똑같이 소중한 분들이에요. 진심이에요."

영석이네는 못이라도 삼킨 듯한 얼굴로 애원했다. 이섭은 두 여자가 쳐놓은 덫에 갇힌 것 같았다. 꼼짝을 할 수도 없고 함부로 그 덫을 걷어낼 수도 없었다. 무엇보다 두 여자 모두 원치 않는 일이었다. 결국 이섭은 그녀들이 함께 있는 공간에서 묵묵히 고문을 견디는 수밖에 없었다. 두 여자의 안간힘이 안쓰럽기만 했다. 문득 미자가 선택한 가장 가혹한 형벌인지도 모른다는 생각이 들었다.

사람들이 하나둘 떠나고 있었다. 습하고 무더운 8월 한여름, 태풍이 소강상태에 빠진 날을 기다렸다는 듯이 부음이 전해졌다. 어릴 적 이섭을 친동생처럼 귀여워해주던 큰집의 사촌형님이 돌아가셨다는 부음이었다. 더이상 누구의 죽음도 보고 싶지 않았으나 가지 않을 수 없는 자리였다.

고향 마을에 들어서자 대문 옆에 걸린 흰 조등이 한눈에 들어왔다. 검게 변한 고가에 내걸린 상청의 흰 광목 빛이 눈부셨다. 비로소 고향에 왔다는 기분이 들었다. 네 살 된 지석과 돌 지난 지형을 데리고 떠난 후로 숙부들의 초상에만 어쩔 수 없이 다녀간 곳이었다.

"아이고, 아재요. 이게 얼마 마이니껴."

다음달에 환갑을 맞는 동갑내기 종질이 이섭을 발견하고

달려나왔다. 서울의 사촌누님 칠순 잔치에서 만난 이후 처음 보는 것이었다. 종질은 오랜만에 만나는 친지들에게 인사할 틈도 주지 않고 이섭을 빈소로 끌고 갔다. 상주들이 일제히 일어나 곡을 하기 시작했다. 어이어이어이. 모처럼 듣는 고향의 곡소리에 이섭은 타임머신을 타고 옛날로 돌아간 것 같았다. 부모님과 형님과 함께 살던, 아무도 훼손되지 않았던 그때로부터 얼마나 멀리 온 것일까. 이섭은 그들을 따라 곡을 해야 한다는 걸 알았지만 차마 입이 열리지 않았다. 차라리 목놓아 우는 게 편했다. 고향 안동의 곡소리는 지나치게 형식적인 데가 있었다. 감정을 싣지 않은 채 박자를 맞춰 내는 곡소리. 슬픔의 감정을 최대한 자제하라는 무언의 억압 같아서 어려서부터 이섭은 이 곡소리가 마음에 들지 않았다. 엄숙한 장례를 일생의 큰 의무로 생각하는 이 지방 사람들이 감정을 절제하기 위해 만들어낸 곡인지도 몰랐다. 이섭은 마음을 다해 향을 피우고 두 번 절을 했다. 고인은 큰집으로 양자를 와 평생 허물어가는 고가를 지켰다. 감옥에서 막 나온 이섭을 위해 약을 지어주고 세끼 식사를 집으로 날라주기도 했다.

"형님은 왜 이리 갑자기 가셨는가?"

조문차 건넨 말이었지만 일흔이 넘은 노인이 아픈 데 없이 지내다 돌아간 건 축복에 가까웠다. 집안을 지켜야 한다는 책임감으로 전쟁 때도, 집안을 휩쓴 사상 바람 속에서도 그는 완강히 버텨냈다. 남북 어느 쪽의 군인도 집안으로 들이지 않아

다행히 전쟁 후에도 집은 기왓장 하나 다치지 않을 수 있었다. 그가 평생을 걸쳐 지켜온 것이 겨우 이 낡은 집 하나란 말인가. 이섭은 아직도 윤기를 잃지 않은 고가의 대들보를 올려다보았다. 3백 년이 넘은 집이었다. 한때 권위와 위엄의 상징이었던 기둥은 여전히 상한 곳 없이 대들보를 버티고 서 있었다. 문득 고인이 지켜낸 것은 단순히 집이 아니라 자기 자신이었는지도 모른다는 생각이 들었다.

"이게 누군가, 혹시 자네 이섭이 아닌가?"

빈소를 물러나 사랑채에 모여 앉은 일가친척들과의 인사가 끝나갈 무렵이었다. 은발을 휘날리며 건장한 체구를 지닌 한 남자가 들어오며 알은체를 했다. 어딘지 낯이 익었지만 선뜻 기억이 나지 않아 이섭은 엉거주춤 그가 내민 손만 잡고 있었다.

"기억 안 나는가? 나 운식이일세."

그제야 이섭은 그의 얼굴을 자세히 바라보았다. 유난히 흰 머리가 무성했지만 떡 벌어진 어깨와 선이 강한 얼굴은 옛 모습이 남아 있었다. 오래전, 잠시 집에 와 있을 적에 산에서 만난 후 처음이었다.

들리는 소식에 의하면 운식은 부산으로 가 뱃일을 하다가 어렵게 배를 한 척 마련했고 그걸 시작으로 지금은 중급 규모의 선박회사를 갖고 있다고 했다. 독립운동을 하던 숙부가 돌아가시자 그 집을 운식이 사들여 근사하게 수리를 해놓고 별

장처럼 다니러 온다고 했다. 운식의 아버지는 오래전 숙부가 땅까지 나눠준 그 집의 머슴이었다.

"정말 반갑네. 자네가 올 것 같아 기다렸는데 드디어 나타나셨군."

운식이 진심으로 반갑다는 표정으로 이섭을 바라보았다.

"어떻게 자네를 기억 못하겠는가? 내 인생을 두 번이나 바꾸게 한 친군데."

이섭은 자신의 이마에 침을 뱉었던 장면과 나무를 하겠다고 올라간 마을 뒷산에서 그가 던진 비수 같은 말을 잊지 못했다. 태어날 때부터 당연히 누려도 되는 것이라 여겼던 것들에 대해 심한 부끄러움을 갖게 한 친구였다. 그후부터 이섭은 그 당연했던 것들과 싸우느라 얼마나 피를 흘렸던가.

"얘기는 들었네. 왜 사서 고생을 하고 살았는가? 그것도 잘난 핏줄 때문인가?"

운식의 말은 여전히 날이 사라지지 않았지만 얼굴만은 싱글거리고 있었다. 여유가 만들어낸 너그러움이었다.

"그래, 잘난 체하다가 이렇게 돼버렸네."

이섭도 운식의 말투를 따라 대꾸하고 빙그레 웃었다. 운식이 맞잡은 손에 힘을 주었다. 역전된 자리가 묘한 쾌감을 불러일으켰다. 이것으로 뺏은 건 모두 돌려준 셈이 되는가. 이섭은 모처럼 홀가분했다.

이섭은 운식과 대작을 했다. 막걸리 세 주전자를 비우도록 운식은 얼굴색 하나 변하지 않았다. 이섭은 빠르게 취해갔다. 마른논에 물이라도 대듯 술은 순식간에 몸속으로 스며들었다. 주전자가 몇 번이나 새로 채워졌다. 그제야 운식도 취기가 오르는지 자세가 흐트러지기 시작했다. 단지 오만과 만용이었던 걸까. 이섭은 높다란 기단 위에 세워진 고색창연한 사랑채에 붙은 학남유거(鶴南幽居)라는 해서체의 편액을 바라보았다. 학처럼 고고한 선비가 남쪽에 은거하여 살고 있다는 뜻이었다.

"날 때부터 가진 걸 누리는 자네보다 그걸 나눠야 한다며 감옥까지 가는 자네가 더 아니꼬웠던 거 아는가?"

운식이 어지간히 풀어진 얼굴로 이섭을 보며 웃었다.

"미안하네."

이섭의 고개가 아래로 떨어졌다. 미안하네, 미안하네. 이섭은 고개를 주억거리며 누구에게랄 것도 없이 사과를 했다.

"나한테 미안할 일이 뭐 있는가. 자네 역시 피해자인데."

운식이 다시 이섭의 잔을 채웠다. 그의 얼굴에 파인 주름들이 훈장처럼 빛났다. 보기 좋았다.

"어쩌면 자존심이었는지도 모르겠네, 인간으로서의 자존심."

취한 이섭은 혼잣말처럼 중얼거렸다.

"뭐라고? 뭐라고 한 건가, 친구."

상체가 흔들리는 이섭을 향해 운식이 귀를 바싹 갖다댔다. 이섭은 마침내 술상을 향해 고꾸라졌다.

유난히 힘든 주간이었다. 한 주의 반도 지나지 않았는데 종일 거래처를 돌아다니다 지친 이섭은 사무실로 들어가지 않고 일찍 퇴근해버렸다. 마음이 쇠절구라도 매단 듯 가라앉았다.

결국 사회안전법이 공포되고 말았다. 법조계와 학계에서 논란이 거세게 일었지만 누구도 그들의 힘을 막을 수는 없었다. 정권은 남북 화해라는 유화의 제스처를 보이더니 바로 얼굴을 바꾸고 시퍼런 총칼을 드러냈다. 아니 화해의 제스처야말로 총칼을 꺼내기 위한 명분이었는지도 몰랐다. 잠시 테이블에 앉아 있던 남북은 동시에 등을 돌리고 각기 자신들의 권력을 영구화하기 위한 음모에 몰두했다.

한여름에도 서리가 내리는 시절이었다. 지난 4월에는 민청학련의 배후로 인혁당 재건위라는 조직을 지목하고 여덟 명의 목숨을 하루아침에 사형시켜버렸다. 대법원 확정 판결 열여덟 시간 만에 집행된 일이었다. 신문을 펼쳐든 이섭은 온몸이 얼어붙는 것만 같았다. 칼날로 둘러싸인 운동장 한가운데 서 있는 기분이었다. 칼날이 언제 어디서 자신의 목을 겨냥할지 모를 일이었다.

그동안 미국과 중국의 핑퐁 외교 덕분에 남북 관계가 잠시 해빙기를 맞는 듯했다.

"형부, 정말 저쪽 사람들을 만날 수 있게 될까요?"

당시 윤이 일본에서 전화를 걸어왔다. 기대와 불안이 섞인 목소리가 떨렸다. 그날 아침 이섭은 여의도까지 뛰어갔다 돌아와 아파트 현관문 앞의 조간신문을 집어들었다.

"여기는 평양…… 가랑비가 오고 있다."

1면에 대문짝만하게 뽑은 헤드라인이었다. 땀이 흐르던 몸이 순식간에 서늘해지고 가슴은 어느새 가랑비에 푹 젖어버린 것 같았다. 분명 해가 떠오르기 시작하는 한강을 눈으로 보고 왔음에도 갑자기 가랑비가 오는 듯했다.

전날 뉴스에서 적십자회담 대표단이 방북길에 올랐다는 소식을 들었지만 신문 기사는 심장박동을 흔들어놓았다. 당장이라도 어디선가 아이들과 진이 툭 튀어나올 것만 같았다. 절대 불가능할 것만 같던 일이 하루아침에 현실로 다가와 있었다. 믿을 수 없다는 생각과 믿고 싶다는 희망이 격렬히 충돌했다.

그러나 세계를 떠들썩하게 만들었던 그 일들은 어느새 옛이야기가 돼버렸고 정세는 급속히 얼어붙어 전보다 더 차고 단단해졌다. 분단과 이산가족들의 아픔을 정권을 안정시키고 연장하는 데만 이용해버린 남북은 이젠 기만의 제스처조차 보이지 않았다. 이섭은 더이상 헛된 기대는 하지 않기로 마음먹었다. 이 땅에서 하루하루를 보내는 것만도 숨이 막혀왔다.

사회안전법 전문이 실린 신문을 들고 이섭은 방으로 들어갔다. 한여름인데도 오한이 들었다. 돋보기를 낀 콧등에 땀이 배어나와 안경이 자꾸 미끄러졌다. 억센 손아귀가 목덜미를 꽉 누르는 듯 숨이 막혔다.

사회안전법은 특정범죄를 다시 범할 위험성이 있는 사람에게 보호관찰, 주거제한, 보안감호를 한다는 것이 주요 내용이었다. 사법부의 재판도 없이 행정부의 판단만으로 어느 날 갑자기 다시 감옥으로 끌려갈 수 있다고 했다. 혹 운이 좋아 재수감을 피하더라도 여행을 할 때마다, 이사를 할 때마다 관할서에 신고를 해야 하고 사람들을 만나는 것까지 일일이 보고해야 한다고 했다. 주홍글씨를 앞가슴에 달고 다녔다는 여자가 떠올랐다. 이섭은 몸에 찍힌 화인이 몸서리치게 끔찍했다.

제주도에 있을 때 형제처럼 지낸 친구가 있었다. 이섭보다 스무 살이나 적은 그는 도청의 공무원이었는데, 처음 제주에 온 지섭이 집을 얻고 정착을 하는 데 큰 도움을 주었다. 낯설고 물설고 말까지 다른 그곳에 살수록 현지인들이 육지 사람들에게 마음 열고 도와주는 일이 얼마나 어려운 일인지 알게 되었다. 전쟁 전 일어난 피의 살육에 대해 당시 풍문으로 들었지만 실체를 확인하는 것은 쉽지 않았다. 다만 육지 사람들에 대해 유난히 폐쇄적인 제주 사람들을 통해서만 그들의 상처를 어렴풋이 짐작할 뿐이었다.

사실 이섭은 가능한 한 그들을 외면하고 싶었다. 그들의 속살을 봐야 하는 것은 딱지도 앉지 않은 자신의 상처에 생소금을 뿌리는 일이었다.

"설혹, 형님이 살인을 한다 해도 전 죽을 때까지 형님으로 모시겠습니다."

그의 말이 진심이란 걸 이섭은 충분히 알고 있었다. 하지만 이섭은 부부간의 일까지 스스럼없이 말하던 그가 끝내 숨긴 이야기가 있다는 걸 알고 있었다. 그의 아버지가 당시 산에 들어가 돌아오지 못했다는 사실을 그는 끝내 말하지 않았다. 그와 어릴 적 중산간의 한동네에 살았다는 목장의 일꾼이 어느 날 술에 취해 그의 아버지와 자신의 아버지가 함께 산에 들어가 다시 나오지 못했다고, 술주정처럼 말을 흘렸다. 하지만 두 사람 모두 그때까지 실종신고도 하지 않았다. 그들에게 사망신고나 실종신고는 바로 '폭도'의 가족임을 고백하는 것과 다름없었기 때문이다.

그는 끝내 아버지의 이야기는 하지 않았다. 단지 젊어서 아버지가 돌아가시는 바람에 어머니가 물질을 해서 형제를 키웠다고만 했다. 한번은 그의 어머니가 잡았다는 진복을 이섭의 집까지 가져온 적도 있었다. 동생이 없는 이섭은 그가 내미는 손이 무엇보다 따뜻했고 몇 번은 가족들까지 함께 바닷가를 찾아가기도 했다. 그는 지금도 명절 때와 이섭의 생일 때마다 잊지 않고 귤 상자와 안부 인사를 보내왔다.

"어쩌다가 혼자 남으셨어요?"

그가 미자와의 나이 차이와 형제도 없이 혼자인 이섭의 사정을 물어왔을 때 이섭 역시 거짓말을 할 수밖에 없었다. 이섭은 살인자보다 더 위험하고 무서운 인물이었다.

"전쟁통에 다 잃었어."

더이상은 한마디도 하지 않았다. 그가 자신의 아버지에 대해 입을 다물었듯 이섭 역시 그에게 어떤 고백도 할 수가 없었다. 입을 떼는 순간 그나 이섭이나 결국 감옥에 갇히는 꼴이 돼버리고 만다는 걸 잘 알고 있었기 때문이다.

버스에서 내릴 때마다 늘 내팽개쳐지는 것 같았다. 켜켜이 포개진 버스 안에서 발을 내디딜 엄두조차 못 내다가 차장의 손에 끌려나오고 나면 안도감보다는 어딘가로 내팽개쳐져 다시는 돌아오지 말라는 최후통첩이라도 받는 기분이었다. 이섭은 멍하니 정류장에 서서 산꼭대기 집을 바라보았다. 바위산을 깎아 지은 시민아파트 열 개 동이 오늘도 위태롭게 한강을 마주보고 서 있었다.

몇 해 전, 지은 지 넉 달밖에 안 된 와우아파트가 무너지고 나서 정부는 서울 시내의 모든 시민아파트에 안전진단을 한다고 수선을 피웠다. 이섭이 사는 시민아파트는 당장은 괜찮다지만 머지않아 철거될 예정이었다. 산업화 이후 서울로 밀려드는 사람들이 산 위에 첩첩이 세운 판잣집을 아파트라는 이름으로 쌓아올린 것에 불과할 만큼 부실하기 짝이 없는 주거 공간이 바로 시민아파트였다. 가만히 누워 있으면 벽지 사이로 모래가 흘러내리는 소리가 들리기도 했다. 저 부실한 시민아파트는 이섭의 인생을 닮아 있었다. 언제 무너져내릴지 모르는 위태로운 건물에 이 순간에도 사람들이 숨차게 살고 있었다.

1층에서 5층까지 무려 열 개의 동. 이섭은 그 안에서 살고 있는 사람들을 떠올렸다. 4층 1호의 혼자된 사내는 지금도 삼륜 트럭을 몰고 세운상가를 누비고 있을 것이고, 3층 5호의 농아 여인은 종일 인형의 배를 꿰매고 있을 것이며, 2층 6호에선 다섯 개의 계를 돌리던 여자가 결국 감당을 못해 빚잔치를 하는 바람에 사람들이 몰려와 여자의 머리채를 잡고 있을지도 모른다. 이섭 역시 자기 몫의 삶을 살아내느라 밤마다 악몽에 시달렸다.

이섭은 40계단으로 발길을 옮겼다. 40개의 계단이 가파르게 올라간, 아파트로 가는 또다른 길이었다. 아이들은 학교 갔다 오는 길에 가위바위보놀이를 하기 위해 일부러 긴 계단으로 다녔다. 이섭은 가끔 남은 시간들과 힘을 가늠해보기 위해 계단을 오르기도 했다. 한 계단 한 계단, 남은 생의 시간들을 주판알 올리듯 힘주어 걷다보면 어느새 계단의 끝에 이르렀다. 마지막 계단에 서서 뒤돌아 아래를 내려다보았다.

아득했다. 지나온 시간들이 저 급경사의 계단처럼 아득하게 느껴져 처음이 어디였는지조차 기억나지 않았다. 어쩌다 이 낯선 비탈길 위에 위태롭게 서 있는 걸까. 이 길의 끝에는 도대체 무엇이 기다리고 있는 걸까. 의혹과 불안 그리고 현기증을 안은 채 이섭은 좁은 골목을 오르고 층층의 계단을 올랐다. 이섭에게 남은 유일한 길인 그곳을 향해. 하지만 얼마나 더 이 계단을 오를 수 있을지 알 수 없었다.

40계단을 지나 아파트 단지로 들어서는 길목에는 작은 파출소가 하나 있었다. 파출소장은 러닝셔츠 차림으로 평상에 앉아 부채질을 하고 있었다. 이섭은 걸음을 멈췄다. 그는 이섭을 보기나 한 것인지 표정 하나 변하지 않고 여전히 부채질을 계속했다. 저토록 무심한 그의 얼굴이 언젠가 감시와 의혹의 눈길로 이섭을 쳐다보게 될지도 모른다. 이섭은 식은땀을 흘리며 그의 곁을 조심스럽게 지나쳤다.

오래 잊었던 기억이 순식간에 되살아나 눈앞의 현실처럼 생생히 떠올랐다. 아니 잊은 건 아니었다. 애써 밀봉해 꺼내지 않고 있었을 뿐 이섭은 한시도 그때, 그곳을 잊은 적이 없다.
"나도 감옥에 한 달만 좀 들어가봤으면 좋겠어, 궁금해."
도스토옙스키의 소설을 읽은 후 철없는 지형이 어느 날 혼잣말처럼 종알거렸다. 작가의 시베리아 유형 시기를 읽은 모양이었다.
"말이라고 함부로 하지 마라."
이섭은 소리를 꽥 지르고 말았다. 등줄기가 바짝 곤두서며 옛 기억이 자동으로 재생되었다.
햇빛 한 점 들지 않던 경찰서 지하 취조실. 주전자, 물, 채찍 그리고 여기저기서 들리던 비명들. 머릿속에 든 생각과 가슴속에 품은 열정을 단죄하는 도구들은 지나치게 실재적이고 형태는 끔찍했다. 어두운 정적에 싸인 지하실에 갑자기 퍼지던 젊은 사내의 비명. 그것은 차마 인간의 울음이 아니라 공포의 끝에 이른 짐승의 마지막 비명일 뿐이었다. 채찍을 든 사내를 보며 이섭은 두 손이 뒤로 묶인 채 온몸에 경련을 일으켰다. 도대체 인간이 무엇인지 알 수 없었다. 자신이 무한한 애정과 신뢰를 가졌던 인간과 저 채찍을 든 인간은 같은 종이란 말인가? 그들을 '인간'이라는 같은 이름으로 불러야 한단 말인가.

이섭은 인간에 대한 환상이 무너져내리는 소리를 들었다. 극도의 공포가 몰려왔다. 채찍을 든 남자가 담뱃불을 붙였다. 거의 동시에 정수리로 채찍이 내리꽂혔다. 자신도 모르는 새에 오줌보가 터져버렸다. 이섭은 바지가 젖어가는 것도 모른 채 사내의 다음 채찍이 날아올 동안의 정적에 질려 있었다.

하루에도 몇 번씩, 봉인된 기억들은 무덤을 파헤치기라도 한 듯 튀어나왔다. 그것들이 이 생에 다시 되풀이될 수도 있다는 것인가. 사회안전법은 5년 동안 인간이 될 수 없었던 이섭에게 어느 날 그곳으로 다시 처박힐 수도 있다는 협박이었다. 채찍보다는 채찍이 날아오기 전까지의 공포가 더 두려운 법이다. 이섭은 가슴이 저리고 숨이 갑갑해졌다. 손발에서 진땀이 나고 머리가 깨질 듯이 아팠다.

지난밤 꿈에서도 이섭은 25년이나 된 풍경을 다시 만나고야 말았다. 이섭은 천장에 거꾸로 매달려 버둥거리다가 끝내 소리를 지르고 꿈에서 깨어났다.

"왜 그래요?"

미자가 이섭의 이마에서 흐르는 땀방울을 보고 놀라 수건을 들고 왔다. 이섭은 미자의 손을 잡았다.

"나 좀 잡아줘. 제발 나를 놓지 마."

이섭은 미자의 팔에 매달렸다. 그녀의 팔을 놓치면 당장 어디론가 끌려갈 것만 같았다. 아이들과 진을 찾아 헤매다가 골목에서 마주친 형사들에게 끌려간 그 옛날처럼.

"무슨 일이에요?"

미자가 놀라 이섭을 안았다.

"악몽을 꿨어."

꿈이길 빌었다. 그러나 사회안전법의 전문이 실린 신문 기사는 그것이 지금도 생생한 현실이란 걸 말해주고 있었다. 이섭은 올가미를 휘두르며 말을 타고 몰려드는 사냥꾼들에 포위된 초원의 얼룩말이 돼 있었다. 얇은 방어막 하나도 없는 미자와 남은 아이들은 또 어느 날 갑자기 사라진 이섭을 찾아 저 아득한 초원을 헤매게 될지도 모를 일이었다. 오래전 젖먹이를 안은 진과 지용, 지호 형제들이 그러했듯이. 반복해서 벌어지고 있는 생의 함정들이 문득 저승인 듯 캄캄했다. 이 땅에선 영원한 죄인일 수밖에 없는가. 이섭은 아파트 밖으로 난 계단을 오르며 물었다. 시멘트가 모자란 계단은 군데군데 살점이 떨어져나가 있었다.

유령의 시간

 아침부터 소나기가 오락가락하는 막바지 무더위였다. 8월 15일, 개학이 코앞에 다가온 지형은 마지막 늦잠을 즐기며 잠자리에 누운 채 귓가에 라디오를 바짝 대고 있었다. 한 달 후에 있을 대입 체력장에 대비해 지석은 손목시계를 풀어놓고 윗몸일으키기를 하고 있었다. 지선은 지석과 지형의 소음에도 아랑곳 않고 만화책에 빠져 있었다.
 "이리들 좀 건너와라."
 새벽에 일어나 모처럼 여의도까지 뛰어갔다 냉수마찰까지 마친 아버지가 지석과 지형, 지선을 불렀다. 지우가 떠난 후 한 번도 달리기를 하지 않던 아버지였다. 지석은 뒷머리를 감싼 깍지 낀 손을 풀었고, 지선은 아쉬운 듯 만화책을 차마 손에서 놓지 못했으며, 지형은 미적거리던 자리에서 일어나 함께 안방으로 건너갔다.

"좀 앉아봐."

아버지가 작은 밥상 앞에 무릎을 꿇고 앉아 있었다. 밥상 위에는 원고지 한 묶음과 새로 구입한 만년필 그리고 블루블랙 잉크 한 병이 얌전히 놓여 있었다. 지형 삼남매는 맞은편에 무릎을 꿇고 앉았다. 재봉틀 앞에 있던 엄마도 한쪽 무릎을 세운 위로 두 손을 가지런히 놓고 아버지를 바라보았다. 허리까지 곧게 편 아버지의 자세가 지나치게 엄숙했기 때문에 누구도 입을 열지 않았다. 아버지가 만년필에 잉크를 넣기 시작했다.

아버지가 좋아하는 파카 만년필이었다. 지형의 기억으론 네 번째 만년필이었다. 아버지의 유일한 호사 취미는 만년필이었는데, 이번엔 여태 쓰던 스테인리스 만년필이 아니라 은장이었다. 은은한 은장에 작은 격자무늬가 새겨진 게 몹시 고급스러웠다. 아버지를 닮았는지, 만년필을 좋아하는 지형은 거의 탐욕에 가까운 시선으로 만년필을 쳐다봤다.

얼마 전 아버지는 쓰던 만년필을 지형에게 주었다. 새로 산 은장 만년필 덕분에 지형이 파카 만년필을 손에 넣게 된 것이다. 펜촉에 14K 표시가 선명한 파카 만년필은 글씨가 예쁘게 써지고 잉크가 새는 일도 드물었다. 아버지가 잉크를 다 넣었는지 누런 휴지로 만년필 몸체를 닦은 후 잉크병을 조심스럽게 닫았다. 지형은 만년필에서 눈을 떼지 못한 채 아버지가 없을 때 몰래 써보리라 마음먹었다.

"오늘이 무슨 날인지 알지?"

난데없는 질문이었다. 오늘이 무슨 날이란 말인가. 지형은 날짜를 곰곰이 생각했다. 8월 15일, 누구의 생일도 아니고 지우의 49재나 백 일도 이미 다 지난 후였다. 그저 해마다 돌아오는 광복절이자 개학 1주일 전날이었고, 일기예보가 아니어도 지독히 더울 거라는 짐작만 확실한 날이었다.

"오늘은 우리나라가 일제로부터 해방된 지 꼭 30년이 되는 날이다."

아버지는 느닷없이 광복절 경축사라도 하려는 사람 같았다. 지난해 광복절 날 재일교포 간첩이라는 남자에 의해 대통령 부인이 죽은 지 꼭 1년 되는 날이었기 때문에 이번 광복절은 축하보다는 죽은 영부인의 1주기 추모 분위기가 더 짙었다. 부인을 국화꽃으로 뒤덮인 차에 태워 저세상으로 보낸 대통령은 광복절 기념식에 참석하지 않았고 국무총리가 대신 경축사를 읽었다. 살짝만 건드려도 베일 것만 같은 카랑카랑한 음성만 듣다 국무총리의 경축사를 들으니 어딘지 어색했다. 지형이 기억하는 대통령은 오직 한 사람이었기 때문에 다른 대통령은 상상하는 것조차 쉽지 않았다. 그런데 난데없이 아버지는 왜 해방 30주년 얘기를 꺼내는 걸까.

"해방 30주년을 맞아 오늘부터 글을 쓰기로 했다. 내 자신에 대해 쓰는 거니, 자서전이라고 할 수 있겠지. 너희도 알다시피 내 나이가 올해 환갑이다. 그래서 내가 살아온 이야기를 쓰려고 하는데, 오늘 이 시작을 너희에게 보여주고 싶었다."

긴장한 아버지의 목소리가 가늘게 떨렸다. 해방 30주년이 벅찬 건지, 자식들을 앉혀놓고 정색한 채 이야기를 하는 게 긴장된 것인지 알 수 없었다. 다만 아버지는 지우가 떠난 이래 가장 엄숙하고 진지한 표정이었다.

"이 글을 쓰기 위해 큰맘먹고 산 건데, 근사하지?"

아버지가 비로소 정좌했던 자세를 흩트리며 만년필을 지형의 코앞에 내밀었다. 만져봐도 좋다는 의미였다. 지석이 먼저 만년필을 받아 뚜껑을 열어보고 약간의 요철이 있는 표면을 손바닥으로 쓸어보았다. 지형과 지선도 차례대로 만년필을 만져보았다. 스테인리스보다 훨씬 부드러운 감촉과 무광의 탁한 은색이 어쩐지 골동품 같은 느낌마저 들었다. 탐나는 물건이었다.

아버지는 지형에게서 건네받은 만년필을 손에 쥐고 다시 무릎을 꿇은 후 누런 원고지 둘째 줄에 세 칸을 띄고 글을 쓰기 시작했다. 한 자를 쓴 아버지는 글씨가 마음에 들지 않는지 원고지 한 장을 버리고 다음 장에 다시 쓰기 시작했다.

"유령의 시간."

제목이었다. 유령의 시간이라니, 아버지는 도대체 무얼 쓰려는 걸까. 지형은 숨을 죽이고 아버지를 바라보았다. 만년필이 천천히 움직였다. 제목 다음 줄에는 아버지의 이름 석 자를 썼다. 김이섭. 두 줄을 비운 후 아버지는 글을 써나가기 시작했다.

"오늘은 우리나라가 일제 식민지 치하로부터 해방된 지 만 30년이 되는 날이다. 내 나이가 올해 환갑이니 지금까지 인생의 절반을 일제 치하에서 살았고 나머지 30년을 해방된 조국에서 살았다."

자서전의 첫 문장을 아버지는 더할 수 없이 정성껏 써나갔다. 지형은 숨 한번 크게 쉬지 못한 채 아버지의 펜촉과 원고지만 바라보았다.

"이제 됐다."

아버지가 만년필을 내려놓았다.

"나중에 너희가 더 커서 이걸 읽게 될 때 오늘을 기억해주면 좋겠구나. 이제 그만 건너가라."

두 문장만 아이들 앞에서 시범을 보이듯 쓴 아버지는 만년필 뚜껑을 닫았다. 삼남매가 건너가길 기다리는 것 같았다. 좁은 집에서 건너갈 공간도 없었지만 저린 다리를 풀고 일어나 문지방을 넘어 작은방으로 왔다. 엄마도 부엌으로 들어가 불려놓은 콩 껍질을 벗겨내기 시작했다. 점심은 콩국수를 먹게 될 모양이었다.

지형은 작은방으로 와서 벽에 등을 대고 앉았다. 생각해보니 오늘이 몹시 중요한 날 같았다. 지금까지 인생의 절반을 일제 식민지에서 살았고 나머지 절반은 해방 조국에서 살았다는 아버지의 글이 새삼 절묘했다. 칼로 자르듯 딱 절반씩을 나눠서 살다니, 누군가 일부러 만들어놓은 계획표 같았다.

아버지의 60년 생애 중 지형은 겨우 15년을 함께했을 뿐이다. 나머지 45년은 도대체 어떤 그림들로 채워져 있을까. 식민지 시대의 삶이 어떤 것인지 짐작도 할 수 없었고, 전쟁을 겪은 시간들 역시 알 수 없었다. 지금까지 엄마 아버지에게서 간간이 들어온 이야기가 지형이 알고 있는 전부였다.

갑자기 60년이라는 시간이 한없이 멀고 아득해 보였다. 가슴이 아릿해졌다. 언젠가 아버지가 저 자서전을 완성하고 읽어볼 기회가 주어진다면, 그 속엔 지형이 모르는 아버지의 45년 삶이 들어 있을까. 아니 나머지 15년에 대해서도 지형이 아는 아버지의 모습은 아주 일부분일 것이다. 지형은 다음날 학교에서 돌아오는 길에 원고지 한 권을 사서 아버지에게 선물했다.

아버지는 일찍 퇴근하는 날이면 예의 그 밥상 위에 원고지를 펴놓고 글을 쓰곤 했다. 역시 정좌한 자세가 지나치게 신중하고 엄숙해 보여 명상에 든 스님을 떠올리기도 했다. 때로 아버지는 원고지 위에 만년필을 내려놓고 미동도 하지 않은 채 몇 시간을 앉아 있었다. 도대체 무슨 생각을 하고 있는 걸까. 어떤 날은 글이 잘 써지는지 물 한 모금 안 마시고 내내 글을 쓰기도 했다. 가끔 사선이 그어진 원고지나 한두 줄 쓰다 만 원고지들이 쓰레기통에 버려져 있기도 했다. 서너 글자 또는 두

세 줄 쓰고 버리는 원고지가 아까웠지만 아버지 마음에 들지 않기 때문이니 어쩔 수 없어 보였다. 아버지가 버린 원고지 뒷면에 지선이 만화를 그렸다. 아무래도 완성까지는 오래 걸릴 것 같았다.

그날도 여느 날과 다르지 않았다. 버스를 한번 갈아타고도 한 시간이나 걸리는 하굣길은 언제나 파김치가 되곤 했다. 오늘도 집 앞 정류장에 내리고 보니 교복 치맛단이 뜯어져 있었다. 적어도 1주일에 한두 번은 뜯어진 치맛단을 다시 꿰매야 했다. 빽빽한 차안에서 가방이나 사람에 걸릴 때마다 치맛단은 어김없이 뜯어져버렸다. 등굣길에 뜯어지지 않은 걸 고마워하는 수밖에 없었다. 그날따라 임시로 꽂을 옷핀도 가져오지 않아 지형은 단이 늘어진 치마를 입은 채 집까지 가야 했다. 수시로 뜯어지는 치맛단 덕분에 바느질 솜씨가 늘고 있었다.

"학교 끝나고 곧장 와서 송편 만들어야 된다."

아침에 등교하는 지형의 등에 대고 아버지가 다시 한번 상기시켰다. 지난해부터 지형은 송편과 만두를 만들 때마다 엄마를 도와야 했다. 어릴 적부터 일을 많이 해 평생 일에서 못 벗어난다며 아이들에게 집안일을 시키지 않는 엄마에게 아버지가 정색을 하고 화를 냈기 때문이다. 어려서부터 누구든 일을 해야 한다며 아버지는 자기가 할 수 있는 일은 스스로 하라고 늘 잔소리를 했다. 집안 청소는 아버지와 지석이 도맡았다.

아버지가 구석구석 먼지를 떨고 비질을 하면 지석이 걸레질을 했다.

어두운 복도를 지나 현관문을 열었다. 열쇠를 잃어버릴 때마다 과도로 따고 들어갔던 현관문은 손잡이가 많이 헐거워져 있었다. 지우가 떠난 후론 아무도 문을 잠그지 않았다. 문득 지우가 없는 첫 추석이라는 사실을 깨닫고 지형은 갑자기 울컥하며 집안으로 들어섰다.

집안은 텅 비어 있었다. 아니 넓게 펼쳐진 신문지 위로 흰 쌀가루가 범벅이 된 양은 대야와 크고 작은 그릇들이 어지럽게 펼쳐져 있었다. 재바른 손끝으로 송편을 만들고 있어야 할 엄마가 보이지 않았다. 지형은 기운이 빠졌다. 송편을 빨리 만들고 가방 속에 든 소설책을 마저 읽으려던 기대가 꺾여버렸다.

"엄마."

작은 집안 어디에도 숨을 곳이 없다는 걸 뻔히 알면서도 지형은 엄마를 불렀다. 지선은 아직 돌아오지 않은 모양이었다. 중학교 1학년인 지선은 차편이 애매해서 한 시간이나 걸리는 거리를 걸어다녔다. 도서관에 간 지석도 아직 돌아오지 않은 것 같았다. 친구들은 은행에 취직을 했는데 뒤늦게 공부한다고 도서관에 다니는 게 큰 부담인 모양이었다. 상고에서 배운 주산과 부기는 대입 시험엔 아무 쓸모가 없었고 새로 공부해야 하는 과목은 너무 많았다. 학원비가 비싼 재수학원은 엄두도 내지 못하고 시립도서관에 종일 파묻혀 수험서를 보는 게 지석이 할 수 있는 최선이었다.

"아무래도 내가 생각을 잘못한 거 같다. 이 애비 때문에 너까지……."

지난주엔 아버지가 공부하느라 살이 마른 지석을 안쓰럽게 바라보며 중얼거렸다.

송편은 만든 지가 꽤 지난 듯 표면이 갈라지고 굳어 있었다. 엄마는 어디로 간 걸까. 지형은 가방을 던지고 옆집으로 가보았다.

"너희 아버지가 쓰러지셨단다."

옆집 아줌마는 밥을 푸는 중이었던지 주걱을 들고 있었다. 얼마 전, 어려운 일이 있다며 찾아온 아줌마의 이야기를 오랜 시간 들어주고 상담을 해준 덕에 그녀는 아버지를 무척 좋아했다.

아줌마의 눈에 눈물이 그렁그렁했다. 옆집으로 전화가 와서 엄마와 오빠가 병원으로 달려갔다고 했다.

"곧 일어나시겠지."

아줌마는 들어와 저녁을 같이 먹자고 했다. 지형은 실감이 나지 않았다. 쓰러졌다니, 아버지가 지우처럼 숟가락을 떨어뜨린 채 손발을 늘어뜨리고 방바닥에 누워버렸다는 말인가. 그렇게 나이 많은 어른도 숟가락을 떨어뜨리며 쓰러질까. 도대체 무슨 말인지 알 수가 없었다. 지형은 아줌마에게 고개만 숙인 후 집으로 돌아왔다.

무얼 어떻게 해야 할지 알 수 없었다. 엄마는 연락도 되지 않고 누구에게 물어볼 사람도 없었다. 지형은 방바닥에 주저앉아 엄마가 만들다 내팽개친 송편을 만들기 시작했다. 무어라도 하지 않으면 자꾸 머릿속이 복잡해질 것 같았다. 송편 모양이 예쁘게 되지 않았다.

"송편을 예쁘게 만들어야 나중에 예쁜 딸 낳는다."

엄마의 말이 떠올라 지형은 송편을 정성껏 만들었다. 다섯 개쯤 만들었는데 지선이 들어왔다. 지형은 지선에게 손을 씻고 와서 반죽을 동그랗게 떼어달라고 했다. 둘이서 남은 송편을 다 만들고 나니 밤 9시가 넘었다.

옆집 아줌마가 갖다준 밥과 찌개가 다 식어 있었다. 지형은 책도 보지 못한 채 라디오를 켜놓고 지선과 실뜨기를 했다. 불안한 마음이 조금 가라앉았다. 통금 시간이 다 되어 지석이 혼자 돌아왔다.

"아버지가 회사에서 쓰러지셨어. 오늘따라 집에 와서 점심까지 드시고 가셨다는데 아직도 의식이 없어. 중환자실로 옮겨서 면회도 안 돼. 엄마는 병원에 계셔."

지석이 갑자기 키가 한 자는 훌쩍 커버린 어른처럼 말했다. 의식이 없다니, 그럼 엄마나 오빠도 못 알아본다는 말인가. 지형은 대뜸 지우랑 같은 병이냐고 물었다.

"아니."

아버지는 뇌출혈이라고 했다.

"뇌혈관이 터진 거래."

어이가 없었다. 지우가 떠난 후로 달리기도 안 하고 술만 마시긴 했지만 얼마 전부터 평생을 해온 운동을 다시 시작했는데, 그렇게 건강한 아버지가 왜 갑자기 쓰러졌단 말인가.

"내일 아침부터 네가 지선이 챙겨서 학교 잘 보내. 엄마는 당분간 못 오실 거고 나도 내일 일찍 병원에 가봐야 돼."

지석이 결연한 얼굴로 지형을 보았다. 만들어놓고 찌지 못한 마른 송편이 툭툭 갈라졌다. 엄마가 솥에 찜통을 올리고 밀가루 반죽으로 틈을 막아 송편을 찌던 게 생각나긴 했지만 더 이상은 하고 싶지 않았다. 밤새 말라버린 송편은 아침에 보니 전부 갈라져 속이 삐져나와 있었다.

아버지를 본 것은 쓰러진 지 나흘이 지나서였다. 엄마가 지형과 지선을 병원으로 불렀다. 지석을 따라 버스를 두 번이나 갈아타고도 한참을 갔다. 동쪽 끝에 있는 대학병원이었는데 한방을 겸하는 곳이라서 그곳으로 갔다고 했다. 중환자실 앞에는 영석이 엄마가 엄마를 부축하고 앉아 있었다.

엄마는 그새 몸이 비쩍 마르고 머리도 감지 못해 몰골이 형편없었다. 영석이 엄마도 까칠한 얼굴이었다. 아버지가 누워 있는 중환자실에 들어가려면 입어야 한다며 오빠가 녹색 가운을 건넸다. 커다란 옷을 들고 서 있는 지형에게 영석이 엄마가 소매를 찾아 꿰어줬다. 엄마를 따라 모두 중환자실로 들어갔다.

중환자실은 소설에서 읽은 야전병원 같았다. 환자들은 전부 튜브나 산소호흡기 따위를 주렁주렁 매달고 죽은 듯 누워 있었다. 아버지도 그들 사이에 침대 하나를 차지하고 있었다.

지형은 하마터면 소리를 지를 뻔했다. 겨우 나흘이 지났을 뿐인데 아버지는 뼈와 가죽만 남아 있었다. 지우를 안고 방안을 몇 바퀴나 돌 때 불거지던 팔근육은 모두 어디로 갔단 말인가.

"우리 딸들이 벌써 처녀가 다 됐구나."

며칠 전 지선과 지형 사이에 누워 번갈아가며 한 번씩 품에 안아 등을 두드려줄 때 닿던 그 단단한 가슴근육은 도대체 어디로 사라졌단 말인가. 평생을 달리기와 냉수마찰로 다진 다리근육과 어깨근육은 또 어디로 사라졌단 말인가. 지형은 침대에 누워 있는 무력한 몸이 아버지란 걸 믿을 수 없었다. 코와 목 그리고 아랫도리에 튜브들이 어지럽게 연결돼 있었다. 비닐팩에는 짙은 노란색 소변이 반도 안 되게 차 있었다. 아버지는 하루아침에 미라가 돼버린 것 같았다.

"뭐든지 뜨거운 마음으로 해야 돼. 공부를 해도 뜨겁게 하고 연애를 해도 마음을 다 바쳐야 돼. 그렇지 않으면 의무감만 남고 사는 게 재미없어."

그날 지형을 안고 해준 아버지의 말이었다. 아버지의 품이 너무 따뜻한 탓이었는지, 지형은 갑자기 눈시울이 시큰해져 조금 울었다. 들키지 않으려 애썼지만 아버지의 러닝셔츠로 스며든 물기까지 막을 순 없었다. 아버지가 더 힘주어 지형을 안아주었다. 왜 갑자기 눈물이 난 것인지 이유를 알 수 없었다. 지우가 생각나기도 했고, 이젠 얼굴도 희미한 태호가 떠오르기도 했으며, 서울에 온 후 더 멀어져버린 영석이 생각나기도 했다.

지형은 그날 아버지 품에 안겨 깨달았다. 이제 더이상 태호를 미워하지 않고 자신을 경멸하지도 않는다는 걸. 모두 아버지 덕이었다. 지형은 아버지를 볼 때마다 의문이 들었다. 저렇게 모든 걸 잃고도 여전히 인간을 사랑한다는 게 가능할까? 지형은 고개를 저었다. 자신이 없었다.

지형은 지우가 떠난 후부터 아버지가 잃어버린 것들에 대해 자주 생각했다. 잃어버린 삼남매와 전부인 그리고 지우까지, 지형은 그중에 하나만 잃어버려도 분노 때문에 더이상 누군가를 사랑하는 일은 불가능할 것만 같았다. 하지만 아버지는 여전히 지형의 남매들은 물론 이웃들에게도 뜨거운 사람이었다. 지형은 그런 아버지가 기이해 보였다.

"여보, 눈 좀 떠봐요. 애들이 왔어요."

그새 아버지 못지않게 살이 내린 엄마가 아버지의 어깨를 흔들었다. 그러나 아버지는 아무 말도 하지 못했고, 손도 움직이지 않았으며 눈조차 뜨지 못했다. 지형은 아버지의 손을 가만히 만졌다. 지형의 손과 꼭 닮아 끝이 뭉툭한 손가락들은 뼈에 가죽만 입힌 꼴로 앙상했다. 어떤 힘도 느껴지지 않았다.

쓰러진 첫날, 아주 잠깐 의식이 돌아온 아버지는 손을 뻗어 뭔가를 써 보였다고 한다. 엄마가 얼른 종이와 펜을 갖다주니 '지용 지석 대학'이라는 여섯 글자를 좀처럼 알아보기 힘들 만큼 삐뚤게 썼다. '지용'은 엄마에게 들은, 아버지의 잃어버린 큰아들이었다. 어린 날 우연히 보게 된 호적등본에서 지형이 처음 발견한 낯선 이름, 의식이 가물거리면서도 아버지는 그 이름을 꼭 붙잡고 있었다. '지석 대학'은 아마도 대학에 가고 싶다고 뒤늦게 고백한 지석이 마음에 걸린 모양이었다. 아버지 때문에 지석이 상고를 간 거라는 말을 엄마에게 들었지만 무슨 뜻인지 지형은 잘 이해가 되지 않았다.

잠깐이나마 여섯 글자를 썼다는 아버지는 그후 다시는 정신이 돌아오지 않았다. 손은 차고 건조했다. 지선은 차마 아버지를 만져보지도 못한 채 눈물을 떨어뜨리고 있었다.

"시간 다 됐습니다. 환자분들의 안정을 위해 나가주세요."

간호사가 재촉했다. 지형은 코에 튜브를 낀 아버지의 손을 다시 한번 잡아본 후 쫓겨나듯 중환자실을 나왔다. 아빠, 또 올게요. 등교 인사라도 하듯 짧고 건조했다.

그게 마지막이었다는 걸 알았더라면 좀더 나았을까. 지나고 보면 그 순간이 지상에서의 마지막이었다는 걸 알게 될 때가 있다는 걸 지형은 벌써 두번째 겪고 있었다. 후회와 회환으로 더 뼈아프게 만드는 순간들, 지우와 아버지는 똑같이 그게 마지막이라는 것도 알려주지 않은 채 지형의 곁을 떠나갔다. 아버지가 쓰러진 지 꼭 1주일째였고 지형의 고입 체력장이 있는 날이었다.

그날 새벽 지형은 지선과 단짝 친구 노미와 함께 아파트 현관문을 열고 나왔다. 노미는 지선과 둘만 자는 게 무섭다는 지형을 위해 지난밤 함께 잤다. 김밥을 싸기 위해 재료를 사러 가는 참이었다. 낮에도 어두운 복도는 새벽이라 더 캄캄했다. 지형은 생전 처음 김밥을 만든다는 사실에 들떠 있었다. 고요한 새벽, 복도를 울리는 발소리가 유난히 크게 들렸다. 지형은 뒤꿈치를 들어 발소리를 줄였다. 그때 옆집 문이 벌컥 열렸다. 지형이 깜짝 놀라 멈춰 섰다. 옆집 아줌마가 나왔다.

"어디들 가니?"

옆집 아줌마는 당황한 표정이었다.

"김밥 싸려고 소시지 사러……"

자랑스러움이 묻어나는 지형의 말이 미처 끝나기도 전이었다.

"빨리 병원으로 가봐라. 아버지 돌아가셨단다."

옆집 아줌마의 목소리가 다급했다.

지형은 복도 벽에 몸을 기댔다. 아줌마는 새벽부터 도대체 무슨 말을 하는 건가. 혹 잠이 덜 깬 건 아닌가. 지선이 잡은 손을 떨었다. 지형도 지선의 손을 놓지 못한 채 더 힘을 주었다.
 의식은 없었지만 사흘 전만 해도 아버지는 죽을 사람처럼 보이지 않았다. 산소호흡기도 끼고 있지 않았던가. 그걸 빼지 않으면 호흡이 멈출 리 없었다. 아줌마가 거짓말을 하고 있는 것만 같았다.
 노미가 지형의 양팔을 끌어안았다. 지선이 손을 끌었다. 그제야 지형은 정신이 들어 쫓기듯 집으로 들어갔다. 방에 들어오니 벽에 붙여놓은 아버지의 그림이 눈에 들어왔다. 양식장에서 이사올 때 엄마가 아깝다며 고이 떼어온 아버지의 설경이었다. 지형은 얼른 옷을 갈아입었다.
 "병원에 가보자. 거짓말일 거야."
 지형은 노미에게 집을 부탁한 후 지선의 손을 잡고 복도를 뛰었다. 복도에 서 있던 아줌마가 조심하라며 끝내 울먹였다.

 엄마는 병원 현관 앞에 망루처럼 혼자 서 있었다. 1주일간 한 번도 갈아입지 못한 월남치마 때문에 마른 엄마는 더 삐쭉해 보였다. 어디를 보고 있는 건지, 옆모습이 적막하기만 했다.
 "네가 여기 웬일이냐?"
 엄마는 지형이 온 게 뜻밖이라는 듯한 태도였다.
 "옆집 아줌마가 아버지……."
 차마 말이 나오지 않았다. 내뱉고 나면 사실이 돼버릴 것 같았다.

"너한테는 알리지 말라고 했는데, 누가 전화를 잘못했나보다. 안 돼, 어서 가서 체력장 하고 와."

엄마의 말은 단숨에 아버지의 죽음을 현실로 만들어버렸다. 그때까지 버티고 있던 어깨가 한꺼번에 무너졌다.

"빨리 가. 늦어서 체력장 못 하면 어떡해."

엄마가 생전 처음 보는 엄한 얼굴로 지형을 쫓았다. 엄마의 날선 서슬에 지형은 더이상 병원으로 들어가겠다는 말조차 할 수 없었다. 아니 무엇보다 바위 위에 홀로 서 있는 망루처럼 쓸쓸하기 짝이 없는 엄마의 뜻을 지켜주고 싶었다. 지형은 그 길로 다시 집으로 돌아가 체육복을 챙겨 학교로 갔다.

체력장이라면 평소 반 최하점을 면치 못했던 지형은 그날 한 등급이나 높은 점수를 받았다. 차마 떠나지 못한 채 지상에 머물고 있을 아버지에게 조금이라도 빨리 달리는 모습을 보여주고 싶었다. 내가 달리는 걸 아버지는 보았을까. 체력장을 겨우 끝낸 지형은 어느덧 높이 올라간 푸른 하늘을 올려다보았다. 흰 구름 하나가 천천히 이동하고 있었다. 구름 사이로 아버지의 얼굴이 얼비쳤다.

삼우제가 끝나고 집에 돌아온 지석이 지형과 지선을 안방으로 불렀다. 엄마는 건넌방에 누워 있었다. 열흘 넘게 잠도 제대로 자지 못해 온몸이 팽팽하게 당긴 활시위 같더니 산소에 갔다 와서는 혼절하듯 쓰러졌다. 지석이 아버지의 책상 서랍을 열었다. 서랍에서 나온 것들을 하나하나 펼쳐봤다. 노트 몇 권과 신문 스크랩들이었다. 아버지가 가끔씩 쓰던 일기장도 세 권이었다. 지우의 병상일지도 있었다.

"아침부터 목과 가슴, 배의 통증이 극심해졌다. 어린것이 혼자 겪는 고통을 차마 볼 수가 없다. 의사에게 결국 진통제를 쓰도록 부탁했다. 부디 저 아이를 내게서 빼앗지 마소서."

지우의 삼우제, 49재, 백 일, 생일까지, 아버지는 빠짐없이 일기를 썼다. 지우가 아플 때마다 남산에 올라가 기도를 한 모양이었다. 엄마와 함께 가서 기도를 했다는 기록도 있었다.

오래된 일기장엔 소련의 무인 인공위성과 미국의 아폴로 우주선에서 찍어 보냈다는 달과 지구의 사진을 본 후 쓴 에세이도 있었다.

"인간, 아니 모든 생명은 언젠가 죽는다. 죽으면 흙이 되고 먼지가 되어 이 넓고 넓은 우주 속을 날아다닐 것이다. 인간은 결국 우주로 돌아가는 것인가. 그곳엔 도대체 무엇이 있을까. 아니 그것이 무엇이든, 뭐라도 있기나 한 걸까. 그저 텅 빈 공간에 불과한 건 아닐까. 인간의 생이여, 헛되고 헛되도다. 하물며 이념과 꿈이라니! 그럼에도 불구하고 꿈꾸지 않는 생은 또 얼마나 헛될 것인가."

노트 사이에는 몇 개의 신문 뭉치도 끼여 있었다. 7·4남북공동성명과 남한 적십자 대표들이 평양을 방문한 날의 신문들이 차곡차곡 쌓여 있었다.

"여기는 평양…… 가랑비가 오고 있다."

헤드라인이 세로로 큼직하게 박힌 1972년의 8월 30일자 신문이 나왔다. 남북 적십자 대표단이 건배하는 사진 너머로 돌아오지 않는 다리 앞에서 손 흔들어 배웅하는 실향민들과 꽃다발을 들고 환영하는 북한의 화동들 사진이 실린 신문이었다. 공식적으론 처음 북한을 방문하는 거라 했다. 아버지는 남북 관계 뉴스가 실린 신문들을 빠짐없이 모아놓았다.

일기의 마지막 장에서 신문 스크랩 네 개가 툭 떨어졌다. 사회안전법. 이름도 낯선 법안의 전문이 실린 1975년 6월 29일자 신문과 시행령이 실린 7월 16일 신문이 가위로 오려진 채 고이 접혀 있었다. 그에 관한 시론과 사설들이 군데군데 푸른 사인펜으로 밑줄이 그어져 있었다. 문득 아버지 장례식 날 친척 어른들이 하던 말이 생각났다.

"아재가 그 무슨 안전법인가 하는 거 때문에 맘고생 많았니더. 얼마 전에 정부에서 발표한 거 있잖니껴. 며칠 전 저하고 술 한잔하면서도 그 얘기하면서 굉장히 힘들어했니더. 모르긴 몰라도 그기 아재를 쓰러지게 했을 끼니더. 물론 그 아끼던 막내가 죽고 나서 맘을 너무 상하기도 했지만도 이리 허무하게 가실 줄 누가 알았니껴."

지형은 나이 많은 육촌오라버니가 막걸리잔을 들고 당숙에게 얘기하는 걸 들었다. 그가 말한 것이 이 사회안전법이란 말인가. 도대체 이게 뭐길래 그토록 건강한 아버지를 쓰러뜨렸단 말인가.

지형은 신문을 멍하니 보며 몸을 떨었다.

"여기 있었구나."

지석은 찾고 있던 것이 나왔는지 상기돼 있었다. 스크랩들 사이에서 원고지 뭉치가 나왔다. 아버지의 자서전이었다. 불과 한 달 전에 아버지가 '나중에 더 커서 언젠가 이걸 읽게 될 때 오늘을 기억해주기 바란다'라고 했던 자서전이었다. 원고는 겨우 스물두 장에서 멈춰 있었다. 지형이 사준 새 원고지는 한 장도 쓰지 못한 채 그대로였다. 지형은 지석의 손에서 낚아채듯 원고를 빼앗아 읽기 시작했다. 날짜를 따져보니 그 글을 쓰기 시작한 지 꼭 한 달하고 1주일 만에 아버지는 이 세상을 떠났다. 글은 해방의 감격으로부터 시작되었다.

"12시 정각에 일왕이 직접 중대 방송을 한다기에 급히 집으로 돌아와 라디오 스위치를 넣었다. 잠시 후 떨리는 일왕의 목소리가 들리기 시작했다. 가뜩이나 전파에 잡음이 섞인데다 목소리까지 떨려 정확히 들리지는 않았으나 아무튼 일본이 무조건 항복한다는 말임에는 틀림없었다. 그 순간 벅차오르는 감격과 떨리는 가슴은 무어라 말할 수 없었다."

지형은 문득 의문이 들었다. 왜 아버지는 이런 글을 쓰기 시작했을까. 이토록 서둘러 떠날 걸 미리 알고 있었던 걸까. 아무리 해방 30주년이라고는 해도 아버지는 자서전을 쓰기에는 이른 나이였다. 더구나 한참 더 키워야 할 자식들 때문에 가구와 책 카탈로그를 봉투 가득 들고 구두 밑창이 다 닳도록 돌아다니던 아버지가 아닌가. 아직 인생을 정리할 시기는 아니었다.

아버지로 하여금 서둘러 자서전을 쓰게 만든 건 무엇일까. 저 법령인가. 한때 머릿속에 품었던 생각 때문에 평생을 죄인으로 산 아버지에게 다시 족쇄를 채우려 했다는 저것이 아버지로 하여금 이른 자서전을 쓰게 했단 말인가. 누구보다 평화를 사랑하던 아버지가 아닌가. 회초리 한번 들지 않는 아버지를 살인범보다 위험하다고 낙인찍은 사람들은 도대체 누구란 말인가. 위험한 것은 오히려 저것이 아닌가. 아버지의 뇌혈관을 한순간에 터뜨릴 만큼 위험한 것은 신문의 이해 못할 저 활자들이 아닌가. 지형은 아직도 기름냄새가 다 빠지지 않은 신문이 거대한 괴물로 변해 자신을 덮칠 것만 같았다.

지형은 원고지를 한 장씩 넘겼다. 원고의 다섯번째 장은 거침없이 쓴 듯 아버지의 달필이 빛났지만 열한번째 장은 군데군데 망설인 듯 글자들이 흔들렸다. 지형의 눈도 따라 흔들렸다. 원고를 읽고 있는 지형에게 지석이 갑자기 손을 내밀었다. 원고를 달라는 뜻이었다. 지형은 지석에게 원고를 건네주었다. 지석이 갑자기 가부좌를 틀며 어깨를 곤추세우고 앉았다.

"이제부터 나는 오빠가 아니라 아버지 대신이다. 너희는 내가 책임질 테니 아무 걱정 말고 공부나 열심히 해라. 나는 가능한 한 빨리 취직할 거다. 대학은 다음에 가기로 했다."

열아홉 살 지석의 얼굴은 비밀결사의 수장이라도 된 듯 비장했다. 갑작스러운 지석의 말에 깜짝 놀라 지형은 그를 바라보았다. 아버지가 쓰러지기 전날까지만 해도 대입 참고서에 고개를 파묻고 있던 지석이 어느새 대학 진학을 포기한 모양이었다. 아버지는 마치 자신의 다음 자리를 준비시키기 위해 그를 상고에 보낸 꼴이 돼버렸다. 지석은 며칠 새 훌쩍 커버려 성인이 돼 있었다. 아직 누구도 아버지의 빈자리를 생각해볼 겨를이 없었다. 그런데 지석은 아버지의 빈자리를 메우려 서두르고 있었다. 금방이라도 흘러넘칠 듯한 눈물을 참느라 벌게진 얼굴이었다.

어린 나이에 누런 상복을 입고 장례 내내 홀로 상주 노릇을 하던 지석은 엄마보다 더 안쓰러워 보였다. 한 번도 크게 소리 내 울지 못한 얼굴이 애처롭기까지 했다.

"자는 전상 시 아배다. 김 서방이야 그믐밤에 봐도 양반 아이랬나!"

문상 온 종이모의 말대로 지석은 어느새 아버지를 많이 닮아 있었다.

"그리고 이 자서전은."

지석이 쓰다 만 아버지의 자서전을 두 손으로 쓰다듬었다.

"언젠가 내가 완성할 거다. 혹시 내가 못하게 되면, 너희가 해라."

지석이 아버지의 쓰다 만 자서전 위에 가만히 손을 얹었다. 결국 눈물방울이 원고지 위로 떨어졌다. 지석을 향해 가만히 고개를 끄덕이던 순간이었다. 지형은 느닷없이 이상한 예감에 사로잡혔다. 언젠가 저 미완의 원고를 자신이 쓰게 되지 않을까. 아니 꼭 쓰고 싶다는 마음에 가까웠다.

"그래, 그렇게 하자."

지석이 다시 한번 다짐이라도 하듯 지형과 지선을 번갈아 보았다.

지형은 아버지의 원고를 들고 일어났다. 그대로 두었다간 원고가 다 젖어 퉁퉁 불어버릴 것 같았다. 스물두 장 셋째 줄에서 중단된 원고를 책상 위에 올려놓고 창밖을 내다보았다. 한강 위로 사양이 비쳐 수면은 금물이라도 입힌 듯 반짝반짝 빛났다. 하늘을 보았다. 산12번지 시민아파트는 서울의 그 어느 곳보다 하늘과 가까웠다. 짧아진 가을 해가 서둘러 붉어지고 있었다.

아버지는 지금쯤 어딜 가고 있을까. 죽으면 흙이 되고 먼지가 되어 이 넓은 우주 속을 자유롭게 날아다닐 거라 했던 아버지는 우주로 돌아가고 있을까. 우주로 돌아가기 전에 먼저 떠난 지우는 만났을까. 그토록 그리워하던 첫 부인과 세 아이들의 소식은 들었을까. 거기에선 우리가 보일까. 하늘이 점점 숨차게 붉어지고 있었다. 문득 떠나온 새우 양식장이 떠올랐다.

흰 모래언덕의 날카로운 사선을 한 뼘씩 허물어뜨리며 붉어지던 노을, 네 개의 호지를 차례로 흔들며 불어오던 바람, 그 바람결에 쫓겨 일제히 몰려가던 전어와 학꽁치떼 그리고 새우. 혹 아버지는 바람 부는 호지 밑에서 온몸으로 물결을 버텨내던 한 마리 등 굽은 새우는 아니었을까. 세상 누구보다 뜨겁고 격렬했지만 오랫동안 차갑고 어두운 곳에 갇혀버린 새우.

어느새 하늘은 노랑에 남색이 섞이며 오묘한 빛으로 변해가고 있었다. 누군가 빗질이라도 한 듯 흰 구름 자국이 사선으로 길게 꼬리를 남겼다. 지형은 책상에 놓인 아버지의 원고를 품에 안았다. 아직 식지 않은 그의 체온이 지형의 가슴을 데워왔다.

어두워가는 서쪽 하늘에서 별 하나가 유난히 빛나기 시작했다. 서양에선 비너스라 불리는, 금성이었다. 태양계 중 가장 느린 행성이어서 그곳에서의 하루는 지구의 1년과 맞먹는다고, 아버지가 알려준 별이었다. 그는 이제 저 별들 사이를 자유롭게 유영힐 수 있게 된 걸까. 하늘은 점점 청보랏빛으로 변해갔다. 어쩌면 아버지는 유령이었는지도 모른다. 이 땅 어디서도 존재하지 못했던 유령. 마침내 하늘은 짙은 남색이 되었다. 지형은 하늘을 향해 손을 내밀었다. 초가을 강바람이 손가락 하나하나, 머리카락 한 올 한 올을 쓰다듬으며 대기 속으로 사라졌다. 유령의 시간이 저물었다.

에필로그

 방북 일정의 마지막 날이다. 떠날 시간이 얼마 남지 않았다. 지형은 커튼을 모두 젖히고 아파트 단지를 바라본다. 그동안 틈틈이 창밖을 바라봤지만 그들은 끝내 찾을 수 없었다.
 둘째 날 지나갔던 보통강 강변에서 양산을 쓴 여자와 나란히 걸어가던 초로의 남자가 혹 그였던 건 아닐까. 옥류관 냉면집 앞에 줄지어 서 있던 사람들 중에 혹 그들이 있었던 건 아닐까. 어쩌면 견학차 에스컬레이터를 타고 내려가던 지하철에서 손바닥을 마주치며 반갑게 인사를 나누고 지나간 여인의 품에 안긴 아기가 그의 손자였는지도 모를 일이다.
 지형은 문득 여기 온 순간부터 지금까지, 자신이 찾고 있는 것은 어쩌면 그들이 아닐지도 모른다는 생각이 든다. 지형은 내내 의문에 사로잡혀 있었다. 무엇이었을까. 아버지의 온 생에 화인 같은 상처를 남긴 그것은 무엇이었을까. 끝내 가족과 자신까지 희생시키며 이루고자 한 것은 도대체 무엇이었을까. 지형은 거대한 유령 도시 같은 인민문화궁전과 혁명기념탑, 보통강 강변을 지나며 끊임없이 묻고 있었다. 기필코 그것을 보고 싶었다. 적어도 한 사내가 인생을 걸고 이루고 싶었던 꿈의 한 조각이라도 만나고 싶었다.

그것을 발견하기는 쉽지 않았다. 지나치게 웅장한 동상과 높은 탑, 붉은 구호들 속에선 아버지의 꿈이 보이지 않았다. 그렇다고 영양 부실의 마른 몸과 딱딱하고 피로한 얼굴들에서 그것을 발견하기도 무리였다. 이곳 사람들이 자랑하는, 잘 훈련된 아이들의 일사불란한 기예 공연은 안쓰럽기만 했다. 도대체 어디에 있는 걸까. 아버지와 큰아버지 그리고 그들의 숱한 동지들이 몸을 던져 이루려 했던 아름다운 세상은 도대체 어디에 있는 걸까.

욕망이 철저히 통제된 세계와 욕망이 지나치게 과잉된 세계, 지형은 그 어느 쪽에서도 희망을 찾을 수 없었다. 시간이 지날수록 점점 절망적이 되었다. 만약 백두산에서 그 꽃들을 보지 않았다면 지형은 이 일정 자체를 후회했을지도 모른다.

박명이 터오는 개마고원의 넓은 구릉으로 검은 짐승 같은 버스 행렬이 완만한 S자를 그리며 올라가고 있었다. 백두산이었다. 마이크로버스 열 대에 나눠 탄 일행은 묵묵히 창밖만 바라보며 말을 아꼈다. 광활한 고원지대는 남쪽에서 볼 수 없는 낯선 풍경이었다.

어쩌다 키 작은 관목들이 보이는 산 아래와 달리 올라갈수록 산은 텅 빈 채 황량했다. 이미 수목한계선을 지나온 듯했다. 자세히 보니 야생화들 사이로 관목들이 따개비처럼 산등성이에 붙어 있었다. 춥고 바람 많은 고원지대에서 저마다 살아남는 방법일 터였다.

오른쪽 하늘로 구름이 붉어지기 시작했다. 삼대가 덕을 쌓아야 볼 수 있다는 백두산의 일출을 보게 될지도 모른다는 기대가 커졌다. 고요하던 버스 안에서 탄성들이 터지기 시작했다. 차가 정상 가까이 이르렀을 때였다. 커브를 트는 고원 사이로 보라색 꽃들이 보였다. 하늘매발톱이었다. 무심히 그 꽃들을 보던 중, 점점이 박힌 보랏빛 꽃들 사이로 환한 꽃 한 무더기가 바람에 살랑였다. 연노란색 꽃이었다. 낯이 익었다. 어디선가 본 것 같았다. 지형은 그제야 눈을 창에 바싹 댔다.

"저 꽃, 이름이 뭐지요?"

옆자리에 앉은 정 선배에게 급히 물었다. 그는 야생화를 찾아다니며 글을 쓰고 사진을 찍어 신문에 연재를 한 적도 있었다.

"저 노란 꽃!"

지형의 입술이 떨렸다.

"두메양귀비라고, 양귀비 일종인데 백두산 자생식물이야."

친절한 정 선배가 조곤조곤 설명했지만 지형은 이미 온몸에 번개라도 맞은 듯 굳어 있었다. 두메양귀비의 얇고 둥근 꽃잎이 꿈속에서 본 것과 똑같았다. 호텔 주변에서도, 삼지연에서도 노란 꽃만 보면 들여다보곤 했지만 꿈에서 본 꽃은 아니었다.

그 꽃의 이름이 두메양귀비였단 말인가.

이름이 중요한 건 아니었다. 저것이었던가. 저걸 보여주고 싶었던 걸까. 저걸 보여주려고 아버지는 나를 이곳까지 부른 것일까. 머릿속에 박혀 지워지지 않던 꽃무더기를 고스란히 이식이라도 한 것 같은 연노란 꽃들이 버스 뒤로 사라지고 있었다.

두메양귀비, 저 노란 꽃은 무엇이었을까. 혹 아버지였을까. 아니 아버지가 그토록 그리워하던 그들이었을까. 어쩌면 지형이 애써 찾던 것은 아니었을까. 혼란에 빠진 지형의 맞은편으로 천지의 붉은 해가 용틀임을 시작했다.

노크 소리가 들린다. 10분 후에 로비로 모이라는 조장의 전갈이다. 지형은 마지막 인사처럼 맞은편 아파트를 바라본다. 조바심이 일기 시작한다. 이대로 떠나면 언제 다시 올 수 있을지 모른다. 어쩌면 다시는 오지 못할지도 모르는 곳이 아닌가. 지형은 갑자기 수첩을 꺼내 빠르게 적기 시작한다. 일정 내내 안내를 해준, 전직 교수였다는 민화협 소속 박 선생이 혹 그에게 전해줄 수 있을지도 모른다는 생각이 든 것이다.

지용 오라버니께

저는 김지형이라고 합니다. 모르시겠지만 저는 당신의 이복 여동생입니다. 당신의 아버지 김이섭 씨는 저의 아버지이기도 하니까요. 아버지는 저의 엄마와 재혼을 하여 서울에 삼남매가 있습니다. 첫째 아들은 지석이고, 저는 둘째 지형이며, 막내는 지선이라 합니다. 저는 남쪽 작가단의 일원으로 왔다가 돌아갑니다.

얼마 전 우연히 당신의 소식을 들었습니다. 평양의 한 대학에 교수로 있다는 소식이었습니다. 당신의 어머니를 모시고 고려호텔 근처의 아파트에 살고 있다는 소식도 들었습니다. 놀라웠습니다. 아니 아버지 생각이 간절했습니다.

아버지는 오래전에 돌아가셨습니다. 아버지가 이 사실을 알았다면 얼마나 기뻐했을까요. 당신들이 무사하다니요! 게다가 죽은 줄만 알았던 당신의 어머니까지 살아 계시다니요. 정말 믿기지 않는 소식이었습니다.

아버지는 평생 당신들을 그리워했습니다. 그것만은 꼭 알아주십시오. 아버지는 단 한순간도 당신들을 잊은 적이 없습니다. 돌아가시는 순간까지도 당신들을 포기하지 않았습니다.

저 역시 당신들이 그립습니다. 당신들의 소식을 들었을 때부터, 아니 그 훨씬 전부터 저는 당신들이 보고 싶었습니다. 당신은 제 오빠니까요. 갑작스러운 저희의 존재가 당황스러울지도 모르지만 저희 역시 부인할 수 없는 아버지의 자식들입니다.

만나고 싶습니다. 비록 오늘은 돌아가지만 언젠가는 당신들을 꼭 만나고 싶습니다! 부디 건강하십시오.

당신의 동생, 지형 드림

급하게 써내린 편지 위로 후두둑, 눈물이 떨어진다. 검은 잉크가 번진다. 다시 노크 소리가 들려온다. 지형은 급히 수첩에서 편지를 뜯어 봉투에 넣는다. 이 편지가 그의 손에 들어갈 수 있기는 한 걸까. 며칠간 경험한 이곳 분위기로 보아 편지가 그에게 전해지는 건 거의 불가능해 보인다. 지형은 맞은편 아파트를 바라본다. 베란다에 나무 창틀을 한 집이 제일 먼저 눈에 들어온다. 그 위층엔 러닝셔츠만 입은 한 사내가 베란다에서 담배를 피우고 있다. 지형은 편지를 든 채 갑자기 맞은편 아파트를 향해 소리를 지르기 시작한다.

개정판 작가의 말

　거창하게 말하자면, 나는 이 소설을 쓰기 위해 작가가 되었다. 중학교 3학년, 갑작스러운 그의 죽음 앞에서 나는 비로소 그의 인생에 강력한 의문을 갖게 되었다. 그는 도대체 어떤 사람일까? 내겐 한없이 다정했던 그에 대해 갑작스러운 의문들이 생겼다. 아니 인간의 삶 자체에 대해 의문을 품기 시작했다. 그는 왜 갑자기 죽어야 했을까? 갑작스러운 그의 죽음이 믿기지 않은 만큼 의문은 커졌다.
　시간이 갈수록 의문들은 더 깊어졌고 그것은 어느덧 내 삶의 화두가 되었다. 인간이란 무엇일까? 막연하고 막막한 질문을 던져놓고 나는 문학의 길을 더듬어가기 시작했다. 길이 아닌 길을 오기로 가기도 했고 길이라 생각한 곳이 황무지였다는 걸 깨달으며 돌아오는 동안 의문은 점점 오리무중 속으로 빠져들었다. 인간은 선한 존재라고 믿었던 젊은 날의 신념이 산산조각났다. 그럼 인간은 악한 존재인가? 그 역시 함부로 단정할 수 없었다. 아니 소설을 쓰면서 나는 질문이 잘못되었단 것을 깨달았다. 인간은 선한 존재도, 악한 존재도 아니었다. 애초에 질문 자체가 잘못되었다. 인간은 그렇게 선악으로 단정할 수 없는 복잡하고도 미묘하고, 모순적인 존재였다. 그 어떤 타인보다 내 자신이 그런 존재라는 걸 시간이 지날수록 확인하게 되었다. 언젠가부터 모순된 자신이 소설의 탐구대상이 되어 있었다. 그리하여 그의 이야기는 기약 없이 미뤄졌다. 아니 사실 엄두가 나지 않아서 못 본 체한 것인지도 모른다.

 아주 오랜 시간이 지나서야 비로소 그의 이야기를 시작할 수 있었다. 그때 나는 인생의 최대 고비를 맞은 시기였고 마지막 숙제를 하듯 그의 이야기들을 썼다. 그리고 소설을 다 쓰고 나서야 비로소 글쓰기의 힘을 깨달았다. 그때 나를 살린 것은 그의 이야기들로 한 칸 한 칸 메우던 글쓰기였다. 그래서 '글쓰기가 나의 구명보트였다'고 고백했다. 시간이 더 지나고 보니 어쩌면 구명보트는 그가 보내준 것인지도 모른다는 생각이 들었다.

 다시 읽어보니 아쉬움도 많다. 그를 너무 작은 사람으로 만든 것은 아닐까. 그러나 이 소설을 쓸 때 책상 앞에 붙여놓았던 '미화하지 말자'를 떠올리며 그대로 두었다. 하지만 하나만은 양보할 수 없었다. 그는 내게 인간은 사랑하고 신뢰해야 하는 존재라는 걸 가르친 사람이었다. 그를 통째로 집어삼킨 사상이란 것도 결국 인간에 대한 지극한 애정에서 나온 것이었다는 걸 시간이 지날수록 깨닫는다. 사람에 대한 신뢰가 흔들릴 때마다, 자신에 대한 회의가 몰려올 때마다 나는 그를 떠올렸다. 이 소설 속에서 그런 그가 살아 있으면 좋겠다.

'유령의 시간'이란 제목 때문인지 책은 몇 년간 죽어 있었다. 시중에서 구할 수 없는 유령과 같은 책이 되어 떠돈 지 4년째. 그 사이에 이 책의 의미가 지난 역사로 묻힐 것 같은 분위기가 도래하기도 했다. 남과 북은 비무장지대에서 만났고 곧 서로 오가게 될 것 같은 희망에 들뜨기도 했다. 그런데 어느덧 비무장지대의 철책은 더욱 삼엄해졌고 이 소설 속 질문들은 여전히 유효하게 되었다. 참담한 비극이다.

이 소설이 새옷을 입고 세상에 나온다는 게 내겐 죽은 그를 다시 살려내는 일처럼 의미 있고 기쁜 일이다. 교유서가의 신정민 대표께 감사의 인사를 전한다. 부활이라도 하듯 새로 태어났으니 더 많은 사람들과 만나길 빈다.

초판 작가의 말

 그때로부터 얼마나 지난 것인가? 계산기를 꺼내 숫자를 입력하니 1년도 에누리 없는 40이란 숫자가 나온다. 딱 40년이 되었다. 이 이야기를 쓰고 싶다고, 아니 쓰게 될 거라고 예감한 지 꼭 40년이 되었다. 그때까지 나는 한 번도 소설을 쓰고 싶다는 생각을 하지 않았지만 그 순간 갑자기 그렇게 마음을 묶어버렸고, 언젠가 이 이야기를 내가 쓰게 될 거라는 예감을 느닷없이 하기 시작했다.
 그후 나는 먼 길을 돌아 뒤늦게 소설을 쓰게 되었고, 한시도 그를 잊은 적 없지만 엄두는 나지 않았다. 어디서부터 어떻게 시작해야 할지 몰라 계속 미루고만 있었다. 졸음 같은 시간만 흘러갔다.
 이 소설의 초고를 쓰기 시작한 것은 뜻밖에도 절명의 위기에 봉착해서였다. 갑자기 들이닥친 해일에 모두 속수무책 휩쓸려가고 있을 때, 나는 매일 도서관에 나가 조금씩 이 글을 쓰기 시작했다. 모든 걸 잃어버리고, 아니 그 위에 감당 못할 바윗덩이를 짊어지고 나서야 나는 비로소 마음이 조급해지기 시작한 것이다. 어쩌면 이걸 못 쓴 채 내 삶이 끝날지도 모른다는 두려움이 몰려왔다.

지붕과 대들보가 날아가고 식구들은 제각각 불안과 공포에 휩싸여 갈팡질팡하는 사이 나는 그들을 외면한 채 이 글을 쓰고 있었다. 다 쓰고 나서야 나는 이 글이 내 구명보트였음을 깨달았다. 나의 두려움이 결국 나를 구한 셈이었다. 글을 쓰기를 잘했다는, 모처럼의 포만감이 몰려왔다.

초고를 쓴 지도 꽤 여러 해가 지났다. 그동안 나는 가끔 부적처럼 이 글을 꺼내 보며 얼굴을 붉히거나 삐걱거리는 관절을 다잡곤 했다. 그렇게라도 하지 않으면 이 재(灰)의 시간들을 견디기가 힘들었다.

소설 속의 주인공이 태어난 지 올해가 꼭 백 년이다. 1세기 전에 태어난 한 인간의 이야기가 지금 무슨 의미가 있을지, 혹 내게만 의미 있는 글은 아닌지 불안하기 짝이 없다. 그러거나 말거나, 나는 이제 무거운 짐 하나를 벗는다. 애초에 몸 가벼운 내가 지기엔 지나치게 무거운 짐이었다. 다만 나는 이걸로 그에게 진 빚을 갚는다. 그런데 정말 이걸로 빚이 탕감될까? 아마 어림도 없을 것이다. 하지만 나는 이걸로 탕감해달라고 우기기로 했다. 이제 길고 길었던 부채에서 벗어나 자유로워질 것이라고!

갑자기 막연한 예감 하나가 다시 몰려온다. 나는 이제야 비로소 그의 이야기를 제대로 할 수 있게 된 게 아닐까, 부채가 아닌 진짜 문학으로. 부디 이 글이 그 시작이면 좋겠다.

40년 전 그날, 스물두 장에서 끝난 그의 누런 원고지에 함께 지문을 포갰던 이들과 다른 곳에서 그가 떠났다는 사실조차 알지 못했던 '그들'에게 이 책을 바친다.

그동안 미완의 원고를 싸들고 떠돌았던 길들이 책 속에 지문처럼 남아 있다. 토지문화관, 연희문학창작촌, 21세기문학관, 변산바람꽃, 이 창작실들에 잠깐씩 둥지를 틀 때마다 고단한 길 위의 몸이 얼마나 큰 위로와 힘을 얻었던가! 마음 다해 감사드린다.

변산반도의 드넓은 갯벌 앞에서
김이정

유령의 시간

1판 1쇄 인쇄 2024년 9월 13일
1판 1쇄 발행 2024년 9월 23일

지은이 김이정

편집 이경숙 정소리 | 디자인 이정민 | 마케팅 김선진 김다정
브랜딩 함유지 함근아 박민재 김희숙 이송이 박다솔 조다현 정승민 배진성
저작권 박지영 형소진 최은진 오서영
제작 강신은 김동욱 이순호 | 제작처 한영문화사

펴낸곳 (주)교유당 | 펴낸이 신정민
출판등록 2019년 5월 24일 제406-2019-000052호

주소 10881 경기도 파주시 회동길 210
문의전화 031.955.8891(마케팅) 031.955.2692(편집) 031.955.8855(팩스)
전자우편 gyoyudang@munhak.com

인스타그램 @gyoyu_books | 트위터 @gyoyu_books | 페이스북 @gyoyubooks

ISBN 979-11-93710-60-9 03810

◦교유서가는 ㈜교유당의 인문 브랜드입니다.
  이 책의 판권은 지은이와 ㈜교유당에 있습니다.
  이 책 내용의 전부 또는 일부를 재사용하려면 반드시 양측의 서면 동의를 받아야 합니다.